Michel Bergmann

DER RABBI UND DER KOMMISSAR:

DU SOLLST NICHT BEGEHREN

Kriminalroman

WILHELM HEYNE VERLAG
MÜNCHEN

MIX
Papier | Fördert gute Waldnutzung
FSC® C014496

Penguin Random House Verlagsgruppe FSC® N001967

3. Auflage
Originalausgabe 10/2022

Neumarkter Straße 28, 81673 München
produktsicherheit@penguinrandomhouse.de
(Vorstehende Angaben sind zugleich Pflichtinformationen nach GPSR)

Redaktion: Joscha Faralisch
Umschlaggestaltung: Martine Eisele, München, unter Verwendung von Motiven von © Shutterstock.com (dodoit, Tabata Art Studio)
Satz: Uhl + Massopust, Aalen
Druck und Bindung: GGP Media GmbH, Pößneck
Printed in Germany
ISBN: 978-3-453-44130-9

www.heyne.de

Nach dem Verbotenen streben wir stets
und begehren Versagtes.

(Ovid)

1

»Wann haben Sie Ihre Frau das letzte Mal gesehen?«, fragt der Rabbi. Dabei schaut er dem missmutigen Mann in seinem teuren, aber etwas zu eng sitzenden Anzug freundlich ins Gesicht. Denn er weiß genau, wer ihm da gegenübersitzt. Semjon Gurewitz ist eine Zeitbombe! Ein falscher Ton, ja, bereits ein falscher Blick genügt, und er rastet aus. Es gibt einige Zeitgenossen im Großraum Frankfurt, die diese Erfahrung schon hinter sich haben. Oft waren es Belanglosigkeiten wie eine launige Bemerkung, eine missverstandene Ironie, die zu körperlichen Konsequenzen und nicht selten auch zu gerichtlichen Auseinandersetzungen führten. Nein, Humor ist seine Sache nicht. Die Schmerzensgeldzahlungen des Russen ergeben inzwischen eine beachtliche Summe, und so mancher *nebbich* denkt ernsthaft darüber nach, Semjon Gurewitz mal kurz zu beleidigen und einen Krankenhausaufenthalt in Kauf zu nehmen, um danach eine gute, wenn auch einmalige Nebeneinkunft zu verbuchen. Henry Silberbaum, Rabbiner der Liberalen Jüdischen Gemeinde zu Frankfurt am Main, hat als Mann des Wortes und der Schrift wenig Interesse an einer

Konfrontation mit Semjon Gurewitz, dem Spezialisten für Kopfnüsse.

Der Rabbi betrachtet das Kraftpaket gegenüber – die stechenden Augen, die stets witternde spitze Nase, den immer kauenden schmallippigen Mund in diesem viereckigen Gesicht. Nein, einen Streit mit diesem Mann sollte er unbedingt vermeiden.

Semjon Gurewitz wirkt deutlich jünger als die sechzig Jahre, die in seinem Pass stehen. Der russische Geschäftsmann, der in den Neunzigern als besitzloser Kontingentflüchtling – wie so viele damals – im Zuge der Übersiedlung von Juden aus der ehemaligen Sowjetunion in die Bundesrepublik gekommen war, wurde auf wundersame Weise wohlhabend. Es gibt die abgründigsten Gerüchte über ihn. Über seine Herkunft, über zwielichtige Geschäfte, über Geldwäsche und Korruption. Er soll Verbindungen in die höchsten und die niedrigsten Kreise der Stadt haben. Wahrscheinlich stimmt nur die Hälfte davon, doch auch das wäre schon schlimm genug.

Aber es gibt noch eine andere Seite an diesem merkwürdigen Menschen. Er spendet nicht wenig für die Gemeinde und wohltätige Organisationen. Seine geschiedene Frau Rifka ist aktiv bei der *WIZO* engagiert. Er unterstützt die Fußballabteilung von *Makkabi,* bei der sein jüngster Sohn spielt. David ist zwar kein Ronaldo, aber für einen neuen Satz Trikots oder ein gesponsertes Turnier ist ihm ein Stammplatz sicher. Nicht nur deshalb hat der Vorsitzende der Gemeinde, Dr. Avram Friedländer, seinen Rabbiner ermahnt, sich nicht in »diese Sache« einzumischen, und wenn doch, bitte wenigstens Vorsicht und Feingefühl walten zu lassen.

»Der Mann ist sehr sensibel«, hat Friedländer gesagt, und der Rabbi hat darauf geantwortet: »Nein, sensibel bedeutet empfindsam. Dieser Mann ist empfindlich!«

»Müssen Sie immer das letzte Wort haben?«

»Was soll ich machen? Wenn Sie mich dazu zwingen.«

Die Stunde ist gekommen, in der sich Gurewitz mit dem Rabbi in dem namenlosen Restaurant im Erdgeschoss des Gemeindezentrums treffen wollte. Um die Mittagszeit dient es gleichzeitig als Kantine für das Personal der Jüdischen Gemeinde.

15:30 Uhr war vereinbart. Gurewitz ist allerdings, wenig überraschend, eine Viertelstunde später erschienen, selbstverständlich ohne sich dafür zu entschuldigen. Während der Rabbi allein an einem Tisch in dem menschenleeren Lokal saß, sprach Gurewitz am Tresen noch etwa fünf Minuten mit dem Wirt, seinem Landsmann Abramowitsch über das *bisness,* wie die Geschäfte auf Russisch heißen. Beruf: *bisness.* Dazu kippte jeder einen eisgekühlten Wodka.

»Ich mache in *bisness«,* ist ein feststehender Begriff unter russischen Geschäftsleuten und denen, die diese Karriere anstreben. Abramowitsch hat allerdings kein Händchen dafür. Der stets missgelaunte Wirt kommt in seinem koscheren Lokal lediglich mit Ach und Krach über die Runden.

Aber er kann gut jammern, und es sind *bisness-Leute,* die ihn so manches Mal unterstützen, indem sie Veranstaltungen finanzieren mit einem aufwendigen *ketterink*, wie sie das Anliefern von Speisen nennen.

Die Woche über ist das Restaurant nachmittags geschlossen, aber Gurewitz hat den Rabbi am Telefon beruhigt. »Kein Problem, für mich macht er auf«, hatte er gesagt, »also, halb vier, kommen Sie pünktlich, meine *time* ist mein *money*!«

Auch für den Rabbi ist Zeit Geld. Nachdem er anhand der Flecken auf der ehemals weißen Tischdecke die Speisefolge des Mittagsmenüs erraten hat, wird er ungeduldig.

Normalerweise wäre er jetzt aufgestanden und gegangen, während Gurewitz unverhohlen mit dem Wirt plauderte und dabei weder beruhigend zu ihm herüberwinkte, noch Anzeichen machte, gleich am Tisch zu erscheinen. Aber Henry hat gelernt, dass Semjon Gurewitz »sensibel« ist, und deshalb vermied er einen vorwurfsvollen Blick oder ein Tippen auf seine Armbanduhr.

Er atmete tief durch und ließ »sechse gerade sein«, wie sein Freund, der Buchhändler Jossi Singer, zu sagen pflegt. Dazu musste Henry die Augen schließen. Das Restaurant von Abramowitsch ist eine schmerzliche Mixtur von Geschmacklosigkeiten. Es tut dem Rabbi jedes Mal körperlich weh, wenn er sich länger hier unten aufhalten muss. Dieser Ort beleidigt seinen Sinn für Ästhetik.

Die Stühle passen nicht zu den Tischen, die Tischdecken und Servietten sind nicht einheitlich weiß, zum Teil sogar schreiend bunt oder kariert, an den Wänden hängen billige biblische Drucke oder russische Souvenirs. Da die Tür zur Küche immer offen steht, mischen sich Topfgeklapper und laute russische Wortfetzen mit der unerträglichen Musik, die aus den billigen Boxen quäkt.

Als Gurewitz endlich zum Tisch kam, stand sein Tee schon bereit. Der Koch hatte ihn beflissen serviert. Dazu ein Schälchen mit Kandiszucker, dem *zubeiß*, wie man das im Jiddischen nennt. In osteuropäischer proletarischer Tradition nimmt man ein Stück Zucker in den Mund, beißt knackig zu – daher der Name – und saugt, beziehungsweise schlürft gut hörbar den Tee lautstark zwischen den Zähnen ein.

So macht es auch Semjon Gurewitz, nachdem er sich auf den Stuhl gegenüber geworfen hat, ohne seine Verspätung auch nur zu erwähnen. Den Begriff *zubeiß*, so kommt dem Rabbi plötzlich in den Sinn, gibt es auch im einschlägigen Milieu: Es ist ein einkalkulierter menschlicher Kollateralschaden bei einer Auseinandersetzung. Ein Opfer, das man in Kauf nehmen muss. Henry ist gewarnt.

Das Reizvolle an Gesprächen mit Gurewitz und seinesgleichen ist, dass sie keinen Small Talk kennen. »Wie geht es Ihnen? Ihrer Frau?«, »Was machen die Kinder?«, »Die Gesundheit?« und »Was gibt es sonst so?«

sind überflüssige Fragen, die in der Welt der *starker* und der *macher* keinen Platz haben. Man kommt ohne Umschweife zur Sache.

»Sie ist weggegangen«, knurrt Gurewitz, nachdem der *zubeiß* lautstark zerkaut ist. »Mehr braucht man nicht zu wissen. In Israel ist sie nicht, ich habe meine Informationen. Sie wird zurückkommen, oder ich werd' sie finden, machen Sie sich nichts zu tun. Alles andere geht niemanden was an. Auch Sie nicht, Herr Rabbiner. Sie müssen sie nicht suchen, ich werde mich kümmern. Das wollte ich Ihnen persönlich sagen.«

»Warum sind Sie dann überhaupt zur Polizei gegangen?«, fragt der Rabbi.

»Ich bin zur Polizei gegangen? Ihre Mutter ist gegangen. Sie hat sich geängstigt, was kann man machen? Frauen!« Danach verzieht er keine Miene.

»Schade, ich hätte gern bei der Lösung dieses Mysteriums geholfen.« Der Rabbi lächelt freundlich.

»Okay, wenn es Ihnen so wichtig ist, Sonntag vor zwei Wochen habe ich sie zum letzten Mal gesehen.«

»Und wann? Um wie viel Uhr?«

»Was weiß ich? Gegen zwei, drei. Sie wollte zum Training.«

»Ins Seniorenstift?«

»Ach was! Zum Stadion.«

»Will sie denn noch mal zur Olympiade?«

»Sicher will sie das. Wenn sie die Quali schafft. Sie ist mit vierundzwanzig noch besser als viele Jüngere.«

»Das glaube ich«, sagt der Rabbi.

»Auch wenn Sie es nicht glauben, ist es so«, meint Gurewitz.

Der Rabbi wird langsam ungnädig. Kleinmachen wird er sich vor diesem neureichen Russen nicht. »Lassen Sie mich helfen, Ihre Frau zu finden.«

Er zeigt mit dem Finger frech auf den Rabbi. »Haben Sie nicht zu beten? Sind Sie auch noch Privatdetektiv, oder was? Wenn ich einen Schnüffler brauche, dann besorge ich mir einen. Einen richtigen.«

»Kommissar Berking bat mich …«

Gurewitz unterbricht und sagt angewidert: »Berking! Was geht das die Polizei an, wenn meine Frau mal verreist ist? Außerdem ist der Kerl bei der Mordkommission, hab ich gehört. Hat der nichts anderes zu tun? Was soll das?«

»Wir sind befreundet.«

»Schöne Freunde haben Sie. Hören Sie, Silberbaum, ich mag Sie. Noch! Und das soll viel heißen. Ich mag nicht viele Menschen. Lassen Sie sich nicht *meschugge* machen von meiner Schwiegermutter. Sie ist eine Hysterikerin.«

»Interessiert es Sie denn nicht, wo sich Ihre Frau aufhält?«

»Nein! Es interessiert mich nicht. Kapiert?« Gurewitz wirkt langsam aufgebracht. »Hören Sie, was ist daran ungewöhnlich, wenn jemand mal ein paar Tage wegfährt? Wellness, Shopping – was Frauen so machen.«

»Hat sie denn Gepäck mitgenommen?«

Gurewitz schnaubt. »Ich habe Besseres zu tun, als in ihren Sachen zu wühlen.«

»Haben Sie sich gestritten?«

»Nein. Und wenn ja, würden Sie es zuletzt erfahren.«

»Was ist Ihr Problem, Semjon?«

»Was ist Ihr Problem, Rabbi?«

»Ich sorge mich. Das gehört zu meinen täglichen Aufgaben. Mich um Menschen zu sorgen. Ihre Frau Galina ist seit über zwei Wochen spurlos verschwunden. Und das scheint Sie nicht zu interessieren. Obwohl alles passiert sein kann: Unfall, Entführung, sogar Mord!«

»Mord!«, knurrt Gurewitz und bewegt seine Hand mit gespreizten Fingern vor seinem Gesicht auf und ab, um dem Rabbi zu signalisieren, was er von dieser Vermutung hält.

Henry lässt sich nicht verunsichern.

»Genau. Oder vielleicht Selbstmord oder Flucht.«

»Stimmt. Aber eines haben Sie vergessen.«

Der Rabbi schaut ihn fragend an.

»Nichts! Das kann auch passiert sein: Nichts! Sie ist weg für ein paar Tage, und irgendwann taucht sie wieder auf. Einfach so. Und der eifrige Rabbi kann wieder einpacken.«

»Das wäre schön.«

Gurewitz legt demonstrativ einen Zwanzigeuroschein auf den Teller, stellt das Teeglas drauf, ruft Abramowitsch etwas auf Russisch zu. »Sie vergeuden meine Zeit«, sagt er danach zu Henry und erhebt sich. »Und wer meine Zeit vergeudet, macht einen großen Fehler. Sie haben Glück, dass ich gute Laune habe.«

Der Rabbi bleibt sitzen und sieht ihn an. »Sie sollten nach Galina suchen«, meint er. »Sonst machen Sie sich irgendwann Vorwürfe.«

Er beugt sich zum Rabbi herunter. »Vorwürfe? Was soll das sein? Vorwürfe kann man sich nur machen, wenn man Fehler macht. Steht nicht in Ihrer Tora. Ist eine Weisheit von mir.«

Er klopft zweimal auf den Tisch und geht grußlos.

»Machen Sie's auch gut, Herr Gurewitz«, ruft ihm der Rabbi nach.

Er schaut dem Mann hinterher, wie er nach einem kurzen Kopfnicken zum Wirt das Restaurant verlässt. Selbstsicher und breitbeinig marschiert er durch die Lobby des Gemeindezentrums. So läuft einer, der keine Fehler macht, der mit sich zufrieden ist. Man hört jeden seiner Schritte auf dem Granitboden, noch lange nachdem er aus dem Blickfeld verschwunden ist.

Gegen Abend, im Untergeschoss des Jüdischen Seniorenstifts, ist der Rabbi wieder »im Dienst«. Er trägt seinen *talles* und nagelt eine *mesusah* an den rechten Türpfosten des neuen Fitnessraums. Dabei sagt er einen Segensspruch. Er wird umringt von einigen Bewohnerinnen und Bewohnern, die von der Heimleiterin Esther Simon liebevoll »Gäste« genannt werden.

Nachdem Henry seiner Pflicht nachgekommen ist und nun die Tür öffnet, ertönt Applaus, und einige Leute rufen »*masel tow!*«

An der Tür ist jetzt großspurig zu lesen: Fitnesscenter. Und darunter ein kleines Metallschild mit der Aufschrift: »Gespendet von Herrn Hugo Weisz«. Viele erinnern sich noch an den alten Herrn, der in der Nacht seines Todes beim Pferderennen gewonnen hat. Das Ergebnis des Gewinns kann man heute hier bestaunen.

Inzwischen bewundern die »Gäste« ihre neue Muckibude mit den vielen Geräten. Sie heben versuchsweise Hanteln oder bestaunen das Laufband und die Beinpresse.

Der Rabbi lässt sich zu einigen Schlägen am Sandsack überreden. Trotz Gebetsschal macht er mit Boxhandschuhen dabei eine gute Figur. Er findet viele begeisterte Zuschauer. Als Frau Werbelauer ihn fragt, wieso er das so gut beherrsche, sagt der Rabbi: »Das ist ganz einfach. Ich stelle mir bei jedem Schlag jemanden vor!«

»Und wen?«, fragt ein anderer.

»Jeden, der es verdient hat. Und da gibt es eine ganze Menge.«

Einen Tag später sitzt Kommissar Berking in der leeren letzten Reihe des Betsaals und beobachtet, wie der Rabbi gemeinsam mit seinen etwa zwanzig Schülerinnen und Schülern diesen mit Luftballons und bunten Girlanden dekoriert. Dazwischen schreitet mit strengem Blick der *schammes*, Zigmund Kornmehl, der Synagogendiener. Es gab den alterslosen schweigsamen Mann schon immer, und es wird ihn immer geben. Die Synagoge ist sein Reich. Hier hat er darauf zu achten, dass jeder sich an die Hausordnung hält und die Dinge ihren Platz behalten. Er legt die Ausdrucke mit den Gesängen für das Fest aus, die er gemeinsam mit dem Rabbi zusammengestellt hat.

Behutsam steigen der Rabbi und die zwölfjährige Ilana jeweils auf eine Leiter, um gemeinsam eine Girlande mit Lampions über dem Toraschrein an der hinteren Wand zu befestigen. Nach einem Fehlversuch gelingt es schließlich. Zwei Jungen, die das von unten begutachtet haben, applaudieren. Der Rabbi hat ein Händchen für Teenager, stellt der Kommissar fest. Er weiß aus eigener Erfahrung, wie nervenaufreibend es für einen Vater sein kann, durch die Pubertät einer Dreizehnjährigen zu kommen.

Irgendwann macht Felix Heumacher, Klassenprimus und Computernerd, den Rabbi auf den Fremden in der letzten Reihe aufmerksam. Henry drückt dem Jungen eine Rolle mit Doppelklebeband und eine Schere in die Hand und macht sich auf den Weg zu Berking.

»Robert«, ruft der Rabbi. »Du hier?« Die Männer geben sich die Hand. »Grüß dich, Henry.«

»Die *kippa* steht dir gut.«

Der Kommissar klopft auf das Käppchen, das er auf dem Hinterkopf trägt, und sagt: »Ein Geschenk. Von einem besonderen Mann.«

»So besonders bin ich leider nicht«, sagt der Rabbi. »Ich bin bei Gurewitz gescheitert.«

Niemand hätte es noch vor wenigen Monaten für möglich gehalten, dass der sperrige hessische Hauptkommissar und der weltläufige Rabbi je Freunde werden würden. Verschiedener können zwei Männer nicht sein, aber das Schicksal folgt einem eigenen Plan.

Berking sagt: »*Today I fail, tomorrow I fail better.* Das habe ich von dir.«

Der Rabbi lächelt, dann wird er ernst. Er schaut verärgert zu den Kindern, die inzwischen die *bima* schmücken, und ruft: »He! Geht's auch etwas leiser?« Das Geschnatter ebbt sofort ab.

»Wir haben Gurewitz übrigens in unserer Kartei«, sagt der Kommissar. »Er war mal Kunde. Körperverletzung, Ende der Neunziger. Er kam mit Bewährung davon. Was sagt er über seine verschwundene Frau?«

»Er hat keine Ahnung, wo sie sein könnte, und es scheint ihn auch nicht zu interessieren. Er hält Galinas Verschwinden nicht für besorgniserregend. Noch nicht. Zu gegebener Zeit würde er sich selbst um die Sache kümmern, sagt er. Außerdem hat er mir unmissverständlich zu verstehen gegeben, dass ich mich da raushalten soll.«

»Was du sicher auch tun wirst«, bemerkt der Kommissar belustigt.

»Genau.« Der Rabbi grinst.

Der Kommissar denkt in diesem Moment an den Tod von Frau Axelrath, ihren ersten gemeinsamen Fall. Auch da war es der Rabbi, der keine Ruhe gab, der von einem Verbrechen überzeugt war, als noch keinerlei Beweise dafür vorlagen. Berking weiß, sein Freund wird alles tun, um Galina Gurewitz zu finden. Tot oder lebendig. Er schaut den Rabbi an und wechselt dann bewusst das Thema:

»Was macht ihr hier eigentlich?«

»Wir bereiten *Purim* vor. Der Ursprung geht zurück auf die Zeit, in der die Juden wieder mal in Gefangenschaft waren, diesmal in persischer. Sie lassen sich laufend gefangen nehmen. So eine Art Volkssport. Es gab da einen gewissen Minister namens Haman, der alle Juden töten lassen wollte. Aber Königin Esther hat auf ihren Mann, den König Achaschwerosch, bekannt auch als Xerxes I., eingeredet, und irgendwann war er so genervt von seiner jüdischen Frau und hatte ein Einsehen und hat gesagt: ›meinetwegen‹. Und die Juden waren gerettet.«

»Ihr habt viele solcher Feste, oder?«

»So ist es. Wir geraten in Gefangenschaft oder werden überfallen und sind dem Tode nah. Dann kommt jemand und rettet uns. Natürlich von Gott eingefädelt. Dann wird Er bedankt, und es gibt was Leckeres zu essen.«

»Das hast du schön erklärt.«

»Du bist herzlich zur Feier eingeladen. Da wird gebetet und gesungen, und die Kinder haben Rasseln und Knattern und verkleiden sich. Anschließend gibt es was zu trinken, und man isst Hamantaschen.«

»Haman… was?«

»Hier bei uns wird das mit Mohn gefüllte dreieckige Gebäck Hamans Taschen genannt. Warum, wird unterschiedlich ausgelegt. Einige sagen, um damit an die Geldsäcke zu erinnern, mit denen Haman versuchte, König Achaschwerosch zu bestechen, um seinen teuflischen Plan auszuführen. Andere meinen, die Kekse erinnerten an Hamans Hut. Der habe nämlich, wie Napoleon, einen dreieckigen Hut getragen.«

»Wenn ich mir das so ansehe, so erinnert das alles an Fastnacht«, bemerkt der Kommissar.

»Richtig erkannt, nur ohne ›Helau‹«, sagt der Rabbi. »Die meisten eurer christlichen Feste haben einen jüdischen Ursprung. Kein Wunder. Ihr wart ja früher alle Juden. Purim ist heute in erster Linie ein Fest für die lieben Kinder.«

»Verstehe«, murmelt Berking.

»Die lieben Kinder!«, wiederholt der Rabbi ironisch und schaut in die Mitte der Synagoge. Auf der *bima* gibt es eine lautstarke Auseinandersetzung zwischen zwei Jungen. »Entschuldige«, sagt er zu Berking und läuft rasch nach vorn.

2

Nina Bubka ist der Prototyp einer *jiddischen mame.* Klein, etwas rundlich, gutmütige Augen, eine bäuerliche Knollennase, volle Lippen und ständig besorgt. Wenn Henry Silberbaum eine entsprechende Rolle in einem Chanukka-Stück zu besetzen hätte – sie wäre seine erste Wahl.

Kaum steht der Rabbi im Flur ihrer Wohnung, schon küsst Frau Bubka seine Hände, bevor er sich überhaupt wehren kann. »*Rebbeleben*, vielen Dank, dass Ihr seid gekommen. Freue ich mich ja so. *Baruch haschem,* und sollt Ihr sein *gebenscht*, sollt Ihr sein. Kommt rein. Wollt Ihr etwas essen? Ihr müsst doch essen was. Ein junger Mensch muss er doch essen. Ich habe gemacht *Pelmeni.* Esst Ihr *Pelmeni*? Sie sind koscher. Meine Galina sagt immer: ›Mamele, deine *Pelmeni* sind die besten!‹« Sie bricht in Tränen aus. »*Oj wej, oj wej mir*, meine kleine Lina.«

Der Rabbi legt ihr beruhigend die Hand auf die Schulter. Dann gehen beide ins Wohnzimmer.

Das Zimmer ist mit Möbeln vollgestellt und mit russischem Nippes überladen. Porzellanfiguren, ein Samowar, eine *menora,* geschliffene Gläser in einer Vitrine. Dazwischen eine Sammlung von Matroschkas und Kopien von Fabergé-Eiern. Auf dem Tisch stehen Teller mit Selleriestangen, Radieschen, Salzgurken, Tomatenstücken, Pumpernickel, diversen Dips, *Latkes* und *Pelmeni.*

Trotz des frühen Abends sind die Jalousien bereits heruntergelassen und die Lichter am viel zu wuchtigen Kronleuchter über dem Couchtisch eingeschaltet.

»Einen *bronfn* trinkt Ihr zur Begrüßung?«, fragt Frau Bubka.

»Gern«, sagt Henry mehr aus Höflichkeit.

»Ist er im Eis, wie es soll sein«, sagt sie, »eine Minute, bitte. Setzt Euch doch.« Sie eilt davon.

Der Rabbi setzt sich nicht. Er geht im Zimmer umher und sieht sich die zahllosen Fotografien, Titelseiten von Sportillustrierten und Zeitungsausschnitte an, die gerahmt an den Wänden hängen. Galina in allen Altersstufen, im Badeanzug, mit und ohne Medaillen, Blumen oder Stofftieren. Galina bei Siegerehrungen, Galina an der Freiheitsstatue, auf dem Zuckerhut, vor dem Tower, am Strand von Tel Aviv. In der Ecke eine Art Altar, wo Pokale, Urkunden und Medaillen der Weltklasse-Schwimmerin Galina Bubka, verschwundene Gurewitz, repräsentativ aufgereiht sind. Daneben ein überdimensionaler Fernseher, der hier wie ein sperriger Gast aus der Zukunft wirkt.

Frau Bubka kommt mit einer Flasche Wodka und zwei gekühlten Gläsern zurück. Geschickt gießt sie im Stehen den Schnaps ein, während sie die beiden Gläser zwischen den Fingern jongliert. Eine Übung, die in Russland schon in der Grundschule gelehrt wird. Nach einem kurzen »*lechaim*« kippen Frau Bubka und der Rabbi die beiden Schnäpse.

»Noch einen?«, fragt die Dame des Hauses.

»Nein, vielen Dank. Sie wollen mich wohl *schicker* machen?«

Frau Bubka lacht und zeigt dabei zu einem Sessel. »Setzt Euch doch bitte, Rabbi.«

Henry setzt sich in den Sessel und versinkt fast bis zum Hals, so weich ist er. Die Gastgeberin hat die Irritation bemerkt und sagt: »*Heimisch*, nicht? Das ist Lieblingsplatz meiner.«

»Sehr *heimisch*, danke.« Der Rabbi lächelt höflich.

»Nehmt Euch zu essen«, sagt Frau Bubka besorgt, als würde ihr Gast gleich unterernährt zusammenbrechen.

»Das ist lieb«, meint der Rabbi, »aber ich habe noch keinen Hunger.« Doch dann greift er zu einem Radieschen. »Aber das ist gut, nach dem Schnaps.«

»Ihr kennt meine Tochter, Rabbi?«, fragt Frau Bubka.

»Kennen ist übertrieben. Ich habe sie ein paarmal gesehen. Im Schwimmbad des Seniorenheims. Da habe ich einmal versucht, sie einzuholen. Aber gegen sie schwimme ich wie ein Stein.«

Frau Bubka lächelt. »Ja, ist sie eine großartige Schwimmerin. Schon in Russland, mit dreizehn ist sie geworden Schulmeisterin und mit vierzehn Stadtmeisterin von Petersburg. Wir kommen aus Sankt Petersburg.«

»Wie ging es weiter? Sie sind dann nach Israel gegangen. Oder?«

»Ja. Nachdem man sie nicht hat aufgenommen in den russischen Olympiakader. Weil wir Juden sind. Obwohl sie hat geschafft die Qualifikation, sind wir ausgewandert. Ist sie dann sofort geworden israelische Staatsbürgerin, danach Meisterin und auch sofort gekommen ins Olympiateam. In Rio sie ist geworden Achte im 200 Meter Freistil, und in Tokio ist sie gescheitert knapp über 400 im Halbfinale. Wegen Corona hat sie sich nicht gekonnt gut vorbereiten.«

»Wieso sind Sie nach Deutschland gegangen?«

»Ja, wieso ist man gegangen? Ich hab nicht gewollt gehen. Ich bin gewesen glücklich in *Erez Jisruel*.« Wie auf Kommando belädt sie einen Teller mit Gurke, Tomate, Meerrettichcreme und *Pelmeni* und drückt ihn dem Rabbi in die Hand. Eine Gabel folgt.

Dabei sagt sie: »Ihr müsst essen was, ich bestehe darauf.«

Der Rabbi fühlt sich an seine Mutter erinnert: Da macht man und tut man und steht den ganzen Tag in der Küche, und der Herr Sohn hat keinen Hunger, hört er sie sagen. Er beginnt zu essen. Sie beobachtet ihn wohlwollend.

»Schmeckt?«

»Danke, gut. Essen Sie nicht mit?«

»Hab nicht keinen Hunger. Ist mir zu früh. Wer kann schon was essen jetzt?«

Der Rabbi denkt sich seinen Teil.

Er hält sich mit einer Bemerkung zurück und sagt stattdessen, indem er mit der Gabel zur Wand zeigt: »Was ich vermisse, ist ein Hochzeitsfoto mit Semjon.«

Mit einem Mal verändert sich ihr Ton: »Sie hat kennengelernt den Gurewitz in Tel Aviv«, sagt sie laut, doch wie zu sich selbst. »A *stick dreck*! Der Tag soll sein verflucht!« Sie spuckt sich über die rechte Schulter. Ein abergläubischer Brauch gegen das Böse. Dann folgt ein verzweifelter Blick zu Henry. »Ist sie gewesen neunzehn, blutjung und *jener* ist er gewesen vierundfünfzig, na stellt Euch vor. Ein Kind war sie noch. So alt wie sein eigener Sohn Arie. Aber schön war sie. Euch gesagt, alle Männer waren verrückt nach ihr. Hochgewachsen, intelligent. Sie hat gehabt alles und hätte haben können jeden einen. Aber nein, der Gurewitz hat es gemusst sein! Dieser Verbrecher aus Frankfurt. Er ist gewesen verheiratet und hat sie gewickelt um den Finger. Was kann man machen?«

»Das Geld hat sicher auch eine Rolle gespielt«, bemerkt der Rabbi lakonisch, während er weiterisst.

Frau Bubka reagiert aufgebracht. »Was redet Ihr da? Das sollt Ihr nicht sagen! Das Geld! Das Geld! Das hatte meine Galina doch nicht nötig. Sie ist doch nicht keine *chonte*. Oder meint Ihr, sie ist eine *chonte*?«

»Nein«, sagt Henry gelassen, »es waren sicher der Charme, die Bildung, die Kultur und vor allem der Humor von Semjon Gurewitz, die Ihre Tochter bezaubert haben.«

Das will Frau Bubka so nicht stehen lassen: »Sie hat ihren Vater *nebbich* verloren jung und deshalb hat sie gesucht einen Ersatz. Außerdem kommt er auch aus Sankt Petersburg. Das verbindet. Das ist nicht schwer zu verstehen.«

»Ist ihr Vater gestorben?«

»Nein«, sagt Frau Bubka. »Noch schlimmer. Hat er uns verlassen. Und meinen Sohn Anatol, Linas älteren Bruder, er hat ihn einfach mitgenommen. Stellt Euch vor. Der Junge muss sein dreißig.« Sie beginnt zu weinen.

»Und Sie haben keine Ahnung, wo er jetzt lebt?«, fragt der Rabbi.

Sie schüttelt den Kopf. »Dass wir ihm nicht fehlen, das ist das Schlimmste. Denke ich jede Nacht an ihn, ich rede mit ihm, ich rufe nach ihm. Ich bin doch seine *mamitschka*!«

Sie springt auf und läuft aus dem Zimmer und ruft dabei »Verzeiht.«

Sobald sie den Raum verlassen hat, legt Henry die verbliebenen *Pelmeni* heimlich zurück und stellt dann seinen leeren Teller ab. Frau Bubka kommt mit einem Taschentuch und scheint sich wieder gefasst zu haben.

»Wann haben Sie Ihre Tochter zuletzt gesehen?«, fragt der Rabbi.

»Vor drei Wochen. Waren wir zusammen bei Klezmer-Konzert in der Gemeinde. Na ja, und danach wir haben bei Abramowitsch noch gegessen eine Kleinigkeit. Man muss ihn unterstützen doch. Aus *rachmunes*. Er ist *nebbich* nicht kein Wirt und nicht kein Kellner und nicht kein Koch ist er auch nicht.«

»Hatten Sie den Eindruck, dass Galina bedrückt war?«

Frau Bubka lässt sich Zeit mit ihrer Antwort, bevor sie sagt: »Sie ist immer bedrückt *a bissel.* Sie lacht viel, aber ist es nur äußerlich. Inwendig weiß sie, dass es war ein großer Fehler, zu heiraten diesen Mann. Aber hat er sich scheiden lassen wegen ihr und hat er sie überschüttet mit Geld und Geschenken und Reisen und fühlte sie sich verpflichtet irgendwie. Wie das so ist.«

»Sie lebt also in einem goldenen Käfig. Kann man das so sagen?«

»Ja. Genau so.«

»Und aus dem ist sie jetzt ausgebrochen?«

»Nein. Es ist was passiert, da bin ich ganz sicher, bin ich mir da.«

»Warum?«, will der Rabbi wissen.

»Eine Mutter spürt das. Glaubt mir.«

»Warum haben Sie dann keine Vermisstenanzeige erstattet?«, fragt der Rabbi.

Frau Bubka schweigt.

»Ihr Schwiegersohn hat Ihnen davon abgeraten, stimmt's?«

Sie nickt kaum merklich, steht dann abrupt auf und beginnt, das Geschirr wegzuräumen. Sie nimmt die Platte mit den *Pelmeni* und sagt dann leise: »Das wisst Ihr nicht von mir.«

Damit geht sie zur Tür.

»Hat er Sie bedroht?«, bohrt der Rabbi weiter.

Er hat sich erhoben und geht auf Frau Bubka zu, die hilflos das Geschirr in den Händen hält.

»Hat er Sie bedroht?«, fragt Henry noch einmal eindringlicher. »Frau Bubka, das ist wichtig. Es geht um Ihre Tochter!«

Die Frau dreht sich hastig um und verlässt das Zimmer. Im Hinausgehen hört er sie sagen: »Vielen Dank, dass Ihr seid gekommen, Herr Rabbiner.«

Der Rabbi sitzt in seinem Auto, starrt in Gedanken vertieft durch die Windschutzscheibe und fährt langsam durch eine Straße. Die Wischer laufen auf Volldampf, obwohl es kaum noch regnet.

Was war das eben? Ein besserer Rauswurf. Aber warum? Wieso hat Frau Bubka sich verweigert? Ist es nur die Angst vor ihrem rabiaten Schwiegersohn, oder hat sie etwas zu verbergen? Vermutlich weiß sie mehr, als sie zugibt.

Henry findet eine Lücke und parkt rasch rückwärts ein. Dann greift er zu seinem Telefon.

»Robert, ich bin's. Ich komme gerade von Frau Bubka. Das muss ich dir erzählen …«

Als Henry seine Wohnung betritt, steht die kleine Hündin Betty bereits im Flur und kriegt sich kaum noch ein. Sie springt so lange an seinem Bein hoch, bis er sie schließlich auf den Arm nimmt. Inzwischen liebt er das

Tier, das er im vergangenen Jahr nach dem Mord an Frau Axelrath an sich genommen hat.

Während er die Post durchsieht, sagt er: »Du dummes Hundemädchen, du. Immer glaubst du, ich komme nie mehr nach Hause, und dann bist du überrascht, dass ich doch wieder auftauche.«

Er drückt im Wohnzimmer auf den Anrufbeantworter und vernimmt eine Stimme im heftigsten Frankfurter Dialekt: »Tag, Herr Silberbaum, hier ist Wimmer, von Animalship. Es ist wegen dem Dackelmix. Wir hätten ein Frauchen für die Kleine. Eine ältere Dame, der wo der Hund gerade verstorben ist, tät sich interessieren. Also, wenn das noch aktuell ist, dann …« Der Rabbi schaltet den AB aus, setzt Betty ab und sagt: »Ein Glück, dass du das nicht verstehst.«

»Dass ich jetzt für ›Shmoogle‹, ein ›Jewish Google‹ arbeite, ist eine Sache. Aber dass ich den ganzen Tag mit Juden zu tun haben muss, hätte man mir sagen müssen. Mal ja, mal nein, mal so, mal so, mal links, mal rechts. ›Super, Zoe, wirklich super, das geht nicht besser – aber so funktioniert das nicht, Zoe!‹ Sie machen mich fertig.«

»Darling, beruhige dich, wenn es nicht klappt, dann hörst du auf. It's as simple.«

»Aufgeben? Ich? Never ever.«

»Dann beschwer dich nicht.«

»Das sagst du? Der mir ständig vorjammert? Hu, Friedländer ist so gemein zu mir, hu, meine Mutter geht mir auf die Nerven, hu, ich muss den Hund loswerden, hu, diese Kinder killen mich, hu … Was ist mit dieser verschwundenen Frau? Habt ihr sie gefunden?«

»Ach was. Ich befürchte das Schlimmste.«

»A crime?«

»Ist gut möglich. Ihr Mann ist jedenfalls ziemlich verdächtig. Lässt nichts an sich ran. Sieht aus wie aus dem Paten.«

»Kaut er auf einem Streichholz?«

»Nein.«

»Ist da nicht wieder der Hund auf deinem Schoß?«

»Ja. Sie muss Gassi.«

»Okay. I see. Du hast dich entschieden!«

»Have a nice day, darling.«

»Have a nice Gassi. Bye, rabbi.«

Als der Rabbi am nächsten Mittag die Tür zum Klassenraum hinter sich abschließt, nachdem seine Schüler bereits lautstark an ihm vorbeigestürmt sind, kommt ihm seine Sekretärin Frau Kimmel entgegen. Es muss schon etwas Außergewöhnliches vorgefallen sein, wenn die kleine Frau mit der weißblonden Kurzhaarfrisur ihren Kommandostand verlässt.

»Sie haben Ihr Handy im Büro vergessen, deshalb …«

»Ich habe es nicht vergessen, liebe Frau Kimmel«, unterbricht der Rabbi, »ich habe es bewusst nicht mitgenommen. Ich kann von meinen Schülern nicht verlangen, auf den Gebrauch eines Mobiltelefons während des Unterrichts zu verzichten und selbst gleichzeitig …«

»Ist ja schon gut. Ich habe es kapiert«, funkt die Sekretärin dazwischen, während die beiden über die verglaste Brücke zum Hauptgebäude gehen.

»Und? Was gibt es denn so Dringendes?«, will der Rabbi wissen.

»Herr Lazar kommt eine Stunde früher.«

»Okay. Dann habe ich ja mehr Zeit dazwischen.«

»Ich habe den Termin bei Frau Rappaport trotzdem nach hinten verlegt.«

»Hoffentlich ist das nicht zu spät«, meint Henry schmunzelnd, »immerhin wird Frau Rappaport hundertfünf!«

»Also, Herr Rabbiner«, empört sich Frau Kimmel spielerisch.

»Haben Sie eine Ahnung, was Lazar von mir will?

Es kommt selten vor, dass Zeus von seinem Olymp steigt.«

»Ich nehme an, es geht um die Hochzeit seines ältesten Sohnes Benny. Er ist mit Camilla Sternlieb verlobt. Hübsches Mädchen.«

»Sternlieb? Die Tochter des Friedhofsgärtners?«

»Genau. Abi Sternlieb ist ihr Vater. Er war früher Steinmetz und wurde nach einem Arbeitsunfall Invalide. Aber es reicht hinten und vorn nicht, und deshalb jobbt er auf dem Friedhof. Seine Frau ist eine Spinnerin. Nimmt sich wichtig. Hält sich für eine große Künstlerin. Aber die Tochter ist wirklich begabt. Camilla studiert Kunst. Unten in der Halle hängt ein Aquarell von ihr. Der Olivenbaum.«

»Danke. Alles klar. Ist jetzt abgespeichert.«

»Und es gibt noch etwas, das vielleicht interessant sein könnte«, sagt die kleine Frau Kimmel geheimnisvoll.

»Und das wäre?«

»Benny Lazar ist gut mit Galina Gurewitz befreundet. Sie kennen sich von *Makkabi*.«

Der Rabbi ist nun ganz bei der Sache. »Was heißt ›gut befreundet‹? Geht's vielleicht ein bisschen präziser?«

»Na ja, was die Leute so reden.«

»Frau Kimmel! Sie sind doch sonst nicht so zimperlich. Raus damit!«

»Man sagt, da ist mal was gelaufen, aber der alte Lazar hat das gestoppt. Deshalb die rasche Verlobung mit der kleinen Sternlieb und jetzt die Hochzeit. Vor einem Jahr war Lazar noch gegen die Verbindung. Nicht standesgemäß. Arme Schlucker und so. Aber er hat offensichtlich seine Meinung geändert.«

Der Rabbi sagt nichts mehr, als seine Sekretärin die Tür zum Vorzimmer aufschließt.

Benny Lazar ist fast doppelt so lang wie sein Vater, und das wirkt ausgesprochen komisch, als die beiden das Büro des Rabbis betreten. Henry erhebt sich hinter seinem Schreibtisch und begrüßt per Handschlag seine Besucher, die es sich anschließend in der Sitzecke bequem machen. Der Rabbi setzt sich ihnen gegenüber.

»Möchten Sie etwas trinken?«, fragt er.

»Danke, nein«, sagt Viktor Lazar, »Frau Kimmel hat uns bereits gefragt. Wir wollen Sie nicht lang behelligen.«

»Wie kann ich Ihnen helfen?«, fragt Henry.

»Es geht um die *chassene* meines Sohnes.«

»*Masel tow*«, sagt der Rabbi, und Benny Lazar nickt jovial. »Danke.«

»Sind Sie nicht mit Camilla Sternlieb zusammen?«, fragt der Rabbi unschuldig. Bevor Benny etwas sagen kann, hat sein Vater wieder das Kommando übernommen.

»Ja. So ist es. Die beiden sind verlobt. Ich bin sehr froh darüber, die Sternliebs sind eine *bekowete* Familie. Einfache Menschen, aber anständig.«

»Aber hallo! Das kann man laut sagen«, bestätigt Henry, »und Camilla ist eine eindrucksvolle junge Dame. Und sehr begabt.«

»Das stimmt«, sagt Benny, »sie malt echt toll. Sie wird bald ihre erste Ausstellung haben und …«

»Kommen wir zur Sache, Herr Rabbiner«, unterbricht Lazar sichtlich ungeduldig, »wir planen die Hochzeit für den 18. September, einen Sonntag. Wir hätten gern, dass Sie die Zeremonie durchführen.«

»Und wo soll sie stattfinden?«

»Am Osthafen. Um 12 Uhr. Im Key East, und danach geht's auf ein Schiff.«

»Sehr originell«, sagt der Rabbi, »aber was ist mit *kaschrut*?«

»Kosher Kitchen macht das Catering. Den Fraß von Abramowitsch kriegt ja keiner runter.«

»Wann ist die standesamtliche Trauung?«

»Zwei Tage vorher«, sagt Benny und fügt an: »Es gibt noch etwas, was ich Sie fragen wollte. Also es ist so, wir haben uns gedacht …«

Bevor er weiterspricht, hat sein Vater wieder das Wort übernommen: »Kurz und gut. Wir hätten gern, dass Sie zum Fest bleiben und vielleicht etwas auf dem Klavier spielen. Auf dem Schiff gibt es sicher ein Klavier, und wenn nicht, besorgen wir eins.«

Der Rabbi überlegt einen Augenblick, dann sagt er: »Lassen Sie mich darüber nachdenken.«

»Nennen Sie Ihren Preis!«

»Ich nehme kein Geld, Herr Lazar, aber ich habe der *WIZO* schon zugesagt für den Ball im November, und es könnte heißen, der Rabbiner wechselt langsam ins Showbusiness. Aber Camilla und Benny verheirate ich gern. Allerdings müssen wir uns vorher sehen und üben. Und ich brauche Infos.«

»Gern«, sagt Benny, aber sein Vater meint mit misstrauischem Unterton: »Was für Infos?«

»Für meine Rede«, sagt der Rabbi unschuldig.

»Geht klar«, sagt Lazar und erhebt sich. »Komm, Benny.«

»Ach, Benny, noch eine Frage«, sagt der Rabbi fast beiläufig, »wie gut kennen Sie Galina Gurewitz?«

Viktor Lazar ist wie elektrisiert. »Was soll diese Frage, Rabbi Silberbaum? Das verstehe ich jetzt nicht.«

»Ich hatte eigentlich Ihren Sohn gefragt«, sagt der Rabbi.

Lazar schaut ihn nur schmallippig an.

Benny räuspert sich, sagt dann versucht ungezwungen: »Lina und ich kennen uns von Makkabi. Sie schwimmt, und ich bin im Basketballteam. Das ist alles. Warum fragen Sie?«

»Sie ist seit drei Wochen verschwunden und unauffindbar. Angeblich hat keiner eine Ahnung, wo sie sich aufhalten könnte. Und ihre Mutter bat mich, mich mal umzuhören.«

»Und was haben wir bitte schön damit zu tun?«, fragt der alte Lazar mit einem aggressiven Unterton.

»Ich hoffe nichts«, sagt der Rabbi freundlich und öffnet seine Tür. »Auf Wiedersehen!«

3

Der rote Smart kommt flott vor das Jüdische Seniorenstift gefahren und hält wie immer am Eingang im absoluten Halteverbot. Schon ist der Rabbi ausgestiegen, die automatische Tür öffnet sich, und er durcheilt die großzügige Eingangshalle. Links das Café mit der kleinen Piano-Bar in der Ecke, wo Henry hin und wieder zu vorgerückter Stunde für sich und die wenigen Jazzliebhaber aufspielt. Der Rabbi ist ein Jazzfan. »Jazz ist das Gegenteil von Faschismus«, hat Paolo Conte einmal gesagt. Jeden Dezember zum Tag der offenen Tür folgt dann ein klassisches Konzert. Dann ist das Café gut besucht. Nicht wegen Chopin, sondern weil die Zuhörer wissen, dass der Rabbi stets am Ende das Lied »Hanukkah in Santa Monica« von Tom Lehrer zum Besten gibt. Das ist immer der Bringer.

Gegenüber dem Eingangsbereich befindet sich die kleine Ladenzeile mit dem Buch- und Zeitschriftenladen seines Freundes Jossi Singer, der auf Judaika spezialisiert und ein Kenner jüdischer Mythologie ist. Daneben der Friseursalon, in dem die matronenhafte Helene Herschkowitz nicht nur kosmetische Tinkturen, sondern auch

»Torturen« (O-Ton Jossi Singer) anbietet, sowie Hand- und Fußpflege. Sie ist Jossis Lieblingsfeindin, und er nennt sie die »Pediwalküre«. Der Salon ist in direkter Nachbarschaft zum kleinen Supermarkt der iranischen Familie Rahmanian, bestehend aus Mutter Henna, Vater Ramin und den beiden Töchtern Dalia und Tara. Die Rahmanians sind praktisch Tag und Nacht unermüdlich für die Heimbewohner da.

Den netten Rahmanians wird nichts zu viel, trotz oft ausgefallener Wünsche wie peruanischer Alpakawolle, echtem kubanischem Rum, chinesischem Bier, ayurvedischen Gewürzen oder schottischem Walker-Shortbread für starke (dritte) Zähne. Einige der Heimbewohner haben im Zweiten Weltkrieg in Ländern wie China, Ceylon, Aserbaidschan, Kuba oder Französich-Guayana »überwintert« und sehnen sich nun im Alter nach dem Geruch und dem Geschmack ihrer jungen Jahre. Nichts bringt Erinnerungen besser zurück.

Der Rabbi grüßt freundlich nach links und rechts, bleibt für einen Moment bei Frau Steyer, einer Dame mit Rollator stehen, um einige Worte mit ihr zu wechseln, dann eilt er die Treppe nach oben, wie immer zwei Stufen nehmend.

Esther Simon, die attraktive Heimleiterin, ist gerade in ihrem Büro, als der Rabbi durchs verlassene Vorzimmer läuft. Sie hat ihn bemerkt und geht ihm entgegen.

»Henry«, ruft sie und nimmt ihn in die Arme. Er lässt

es gern geschehen. Ein Küsschen links und rechts folgt. »Hm, du riechst ja wie ein orientalisches Bordell!«, sagt sie lächelnd.

»Hab ich extra für dich angeschafft. Es heißt ›Exzess‹.«

»Eine Sekunde noch«, sagt sie, »ich muss noch etwas Landluft auflegen«, und geht zurück an ihren Schreibtisch, während sich der Rabbi auf das breite Fensterbrett setzt. Er beobachtet sie, wie sie sich mit einem Pinsel Rouge auf die Wangen tupft. Er mag diese Frau. Sehr. Aber ob er in sie verliebt ist, wagt er sich nicht zu fragen. Außerdem hat sie ja einen Freund in Israel. Und er eine Freundin in New York. Was soll das Ganze also?

Er denkt an das bizarre Abenteuer, das sie verbindet, als sie nachts heimlich auf dem Jüdischen Friedhof die Asche ihres christlichen Vaters auf dem Grab der Mutter ausschütten wollten. Und von Kommissar Berking erwischt und verhaftet wurden!

»Wann machen wir mit dem Religionsunterricht weiter? Dienstag?«, fragt sie.

»Meinetwegen. Ruf Frau Kimmel an. Die kennt meine Termine besser als ich.«

Jetzt tuscht sie sich die Wimpern. Der Rabbi wundert sich. Alle Frauen haben dabei die Lippen geöffnet. Komisch.

Er schaut ihr zu, wie sie an ihrem Schreibtisch sitzt und sich immer weiter schminkt.

»Machst du dich schön für mich oder für Frau Rappaport?«

»Du hast keine Ahnung von den Frauen, Rabbi! Ich mache mich schön für mich.«

Das sitzt. »Ist was mit dir? Du warst vorhin am Telefon so zugeknöpft«, spricht sie nach ein paar Sekunden in ihren Taschenspiegel.

»Ich war in Gedanken.«

»In Gedanken? Da steckt doch was dahinter.«

Sie stopft ihre Schminksachen in ein kleines Täschchen.

»Wie soll ich das sagen?« Er macht eine Pause. »Ich befürchte, es gibt da eine mysteriöse Angelegenheit.«

»Wow! Echt? Geht es wieder um Mord?«

Mit einem »Klack« wird das Täschchen zugemacht.

»Ich hoffe nicht. Galina Gurewitz ist spurlos verschwunden.«

Esther schaut ihn erschrocken an. »Das ist ja der Hammer! Jetzt, wo du das sagst … Sie ist schon länger nicht mehr zur Wassergymnastik erschienen. Meine Damen waren bitter enttäuscht. Sie lieben Galina. Sie hat sich nicht einmal abgemeldet. Das ist sonst nicht ihre Art. Ich habe ihr schon zweimal auf die Mailbox gesprochen. Keine Reaktion. Was weißt du?«

»Nicht viel. Ihre Mutter hat angeblich keine Ahnung, und ihr Mann ist nicht gerade eine Plaudertasche.«

»Das kannst du laut sagen. Am Holocaust-Gedenktag hat Gurewitz eine Spende ans Heim gemacht und sollte eine kleine Rede halten. Der Saal war rappelvoll, und er geht schon ziemlich gequält nach vorn und drückt mir einen dicken Umschlag in die Hand und sagt: Machen Sie was Vernünftiges damit. Das war's.«

»Passt«, sagt der Rabbi, »wie viel war drin?«

»Fünfzigtausend. Damit will er sich Ansehen erkaufen.«

»Und bleibt doch ein zweifelhafter Mann.«

Sie beendet ihre Arbeit, holt ein verpacktes Buch aus dem Regal. Dabei sagt sie: »Hier. Dein Geschenk. Hat Jossi Singer organisiert. Ein Fotoband von Roman Wiszniak. Sind Fotos von Witebsk drin, von Frau Rappaports Heimatstadt. Aus den Zwanzigern. Da war sie ein kleines Mädchen. Die wird ausflippen vor Freude.«

Esther Simon und der Rabbi stehen vor der Tür zu Frau Rappaports Apartment. Neben die große Zahl 10 haben pfiffige Mitarbeiter des Heims noch eine 5 geklebt. Esther klopft und öffnet gleichzeitig die Tür. Frau Rappaport thront in ihrem Fernsehsessel. Überall Vasen mit Blumen. Neben ihr auf einem runden Tisch ein Berg von Briefen, Karten und Geschenken.

»Sie habe ich sehnsüchtig erwartet. Der Mann meiner Träume!«, ruft sie entzückt. »Rabbi Silberbaum.«

Sie strahlt über das ganze Gesicht, während der Rabbi sie begrüßt und sich zu ihr hinunterbeugt, um ihr ein Küsschen zu geben.

»Alles Gute, *bis Hundertzwanzig*«, gratuliert er.

»Hundertundfünf reichen vollkommen«, sagt sie und mit Blick auf das Geschenk: »Legen Sie's auf den Tisch.«

Und so geschieht es, während Frau Rappaport weiterspricht: »Das schaue ich mir nachher alles in Ruhe an. Da liegt auch ein Brief vom Bundespräsidenten. Dem werde ich was erzählen. Mir schreibt er, aber wo bleibt die Rente für die jüdischen, ukrainischen Flüchtlinge? Ich werde damit drohen, mein Bundesverdienstkreuz zurückzugeben. Das habe ich mit hundert bekommen. Ich habe es eh nicht verdient. Altwerden ist doch keine Leistung. Die Leistung ist, am Leben zu bleiben!« Esther und der Rabbi lachen. Frau Rappaport legt ihre Hand auf Esthers Hand. »Ich sage Ihnen, Rabbi, diese Frau ist ein Geschenk. Seitdem sie da ist, ist Zug in dem Laden. Ich kann das beurteilen, ich habe zwei Heimleiter überstanden.«

»Ja, Frau Rappaport«, sagt der Rabbi hintergründig, »wir wissen alle, was wir an Frau Simon haben.«

Dabei grinst er Esther breit an.

»Davon merke ich aber wenig«, sagt Esther gespielt schnippisch.

Frau Rappaport lächelt. Dann sagt sie: »Heute Morgen war ja der Oberbürgermeister hier. Sie hätten sehen sollen, wie sie den zurechtgewiesen hat.«

Der Rabbi schaut fragend zu Esther, die neben Frau Rappaport auf der Lehne des Sessels sitzt.

»Na ja, ich sehe nicht ein, dass wir uns an den Kosten für den Ausbau der Straße beteiligen sollen«, sagt die Heimleiterin.

»Anlieger müssen sich beteiligen«, meint der Rabbi, »so sieht es das Gesetz vor.«

»Wir leben von Spendengeldern«, widerspricht Esther, »die würden in diesem Fall nicht satzungsgemäß verwendet. Der Ausbau einer öffentlichen Straße gehört nicht zum Unterhalt des Hauses.«

Der Rabbi hebt den Daumen.

»Das klingt vernünftig. Deine zwei Semester Jura haben sich gelohnt. Wie hat der OB reagiert?«

»Du, der war ziemlich geplättet. ›Äh‹, hat er gemeint, ›wir, äh, werden uns da sicher noch mal drüberbeugen‹.« Sie lächelt vielsagend.

Der Rabbi wechselt das Thema. »Mann, wir feiern hier Ihren Geburtstag und quatschen über Unwichtiges. Wie geht es Ihnen, Frau Rappaport?«

Sie nimmt eine Hand des Rabbis in ihre Hände.

»Gut. Bis auf die Tatsache, dass der liebe Gott mich vergessen hat zu sich zu holen. Meine beiden ersten Kinder aus meinem vorigen Leben sind *nebbich* in Auschwitz geblieben, und mein jüngster Sohn, *selig*, ist auch schon bei ihm, und ich hocke immer noch hier. Das Leben wird eintönig. Schlafen, essen, fernsehen, schlafen. Das ist mein Tag!«

»Gott hat noch etwas vor mit Ihnen«, sagt der Rabbi.

»Ja«, sagt die alte Dame angriffslustig, »ich werde Weltmeisterin im Sudoku!«

Der Rabbi lacht.

Als Henry durch die Lobby zum Buchladen geht, lässt Jossi Singer gerade das Rollgitter herunter.

»Danke für den Fotoband. Was bekommst du?«

»Fünfunddreißig. Hat er ihr gefallen?«

»Sie schaut ihn sich später an. Sie hat zu viele Geschenke bekommen.«

Der Rabbi hat fünfunddreißig Euro aus der Hosentasche genommen und drückt sie seinem Freund in die Hand.

»Kommst du noch rein?«

»Nein. Ich muss Betty abholen. Sie ist bei meiner Mutter.«

»Witzig. Zuerst war sie so vehement gegen den Hund, und inzwischen scheint sie richtig vernarrt in das Tier. Ich wünschte, sie wäre so mitfühlend mit mir.«

»Sag das nicht. Du würdest sonst kastriert!«

»Blöder Kerl! Du nimmst meine Gefühle nicht ernst. Und deine Mutter auch nicht. Grüße sie von mir.«

»Mach ich«, lügt der Rabbi, geht los und schaut dabei um Verzeihung bittend in Richtung Himmel.

Die Synagoge ist gut besucht und bunt geschmückt. Die Kinder haben ganze Arbeit geleistet. Sie halten Rasseln in den Händen, haben sich verkleidet, alle sind bemalt und gut drauf. Der Rabbi hat die Tora in den Schrein gestellt, ihn geschlossen, den Vorhang zugezogen und begibt sich zurück zur *bima,* wo ein gemeinsames Lied gesungen wird. Dann geht der Rabbi zu einem Lesepult mit Mikrofon und beginnt mit seiner Rede:

»Meine lieben Freundinnen und Freunde, gern wird

Purim bei uns in Deutschland mit Karneval verglichen, aber im Gegensatz zu dem christlichen Fest hat das jüdische einen ernsten, ja lebensbedrohlichen Hintergrund in der Geschichte von Esther, die, wie wir wissen, schließlich gut ausgegangen ist. Aber in seiner Ausübung ähnelt Purim sicher dem Karneval, wenn man mal von dem Ausnahmezustand in Köln absieht. Verkleidungen, Musik und Tanz gehören ebenso dazu wie Essen und Trinken, um dem Anlass eine freudige Note zu geben. Dieses Fest ist besonders bei Kindern beliebt, da sie sich in eine Person verkleiden können, die sie gerne sein möchten. Das ist nicht anders als beim weltlichen Karneval auch. An Purim sind die beiden Hauptfiguren, der böse Haman und die gute Königin Esther, am beliebtesten. Wir veranstalten Purim-Feiern jedoch nicht nur für Kinder, sondern gern auch für die Erwachsenen. Warum? Weil wir immer mal wieder sein wollen wie die Kinder: Fröhlich, zuversichtlich, sorgenfrei, und wer möchte sich nicht einmal in eine andere Person verwandeln?«

Eine halbe Stunde später ist der Gottesdienst vorüber. Im Vorraum und im Innenhof der Synagoge haben sich zahllose Menschen um die mit weißem Papier gedeckten Tapeziertische versammelt. Es werden Limonade und süßer Wein ausgeschenkt und dazu Hamantaschen gegessen.

In einer Ecke im Innenhof stehen der Rabbi und Jossi

Singer gemeinsam mit anderen Frauen und Männern herum, darunter auch Robert Berking, der Kommissar, der der Einladung gefolgt ist und etwas verloren das für ihn ungewohnte Treiben beobachtet. Jetzt erzählt man sich Witze. Im Hof der Synagoge! Überhaupt ist er von der Atmosphäre der Ungezwungenheit überrascht. Dass in einer Kirche je gelacht worden wäre, kommt in seiner Erinnerung nicht vor.

Jossi ruft in die Gruppe: »Leute, ich habe noch einen. Da kommt Moses auf den Sinai, und Gott sagt zu ihm: ›Ich habe Gebote für Euch!‹ Da fragt Moses: ›Was sollen die kosten?‹ Da sagt Gott: ›Nichts.‹ ›Gut‹, sagt Moses, ›dann nehme ich zehn!‹« Die Leute lachen. Daraufhin meldet sich der Rabbi zu Wort: »Okay. Ein letzter: Moses kommt vom Berg runter, und die Juden fragen ihn ganz neugierig: ›Nu?‹ Da sagt Moses: ›Ich konnte ihn auf zehn runterhandeln, aber Ehebruch ist immer noch dabei!‹«

Brüllendes Gelächter folgt, und wie aufs Stichwort entdeckt der Rabbi hinten in einer Ecke eine streng dreinblickende Frau, die ihm bekannt vorkommt. Daneben steht, wie immer total overdressed, mit einem auffälligen, glitzernden Turban und viel zu großen Ohrringen, seine Mutter Cilly. Sie hat ihn bemerkt und winkt ihn hektisch zu sich.

Der Rabbi verabschiedet sich vom Kommissar und bahnt sich seinen Weg durch die Menge. Schließlich hat er sich bis zu den beiden Damen durchgekämpft.

»Henry, du kennst Rifka Gurewitz?«, sagt seine Mutter. Der Rabbi gibt der Frau die Hand. »Ja natürlich, vom Sehen, von der *WIZO*. Wie geht es Ihnen, Frau Gurewitz?«

»Es könnte besser gehen«, sagt die Frau kühl.

»Das tut mir leid. Kann ich denn irgendwie helfen?«

Die Frau lacht bitter. »Das ist sehr lieb von Ihnen, aber da kann mir niemand helfen, da muss ich schon allein durch. Es ist eben alles nicht so einfach, seit Semjon mich verlassen hat. Obwohl es nun schon ein paar Jahre her ist, ist es für mich wie gestern.«

»Ja. Ich kann das nachvollziehen«, sagt Henry.

»Wissen Sie, Herr Rabbiner«, erklärt Frau Gurewitz weiter, »wenn man sich nicht mehr versteht, das ist eine Sache, das gibt es immer. Aber wenn man plötzlich weggeworfen wird, wie ein alter Schuh, das tut weh.«

Frau Silberbaum schaltet sich wieder ein. »Da gebe ich Ihnen vollkommen recht, aber er hat ja auch dafür bezahlt. Und nicht schlecht, hört man.«

Rifka Gurewitz reagiert dünnhäutig. »Cilly! Wie können Sie so etwas sagen? Was nützt das Geld? Das macht mich nicht glücklicher. Die Verletzungen der Seele heilen nicht, durch nichts. Sie verstehen das sicher, Herr Rabbiner.«

»Ja, sehr gut. Besonders, wenn es sich bei dem Scheidungsgrund um ein neunzehnjähriges Mädchen handelt. Sie müssen Galina doch hassen.« Der Rabbi schießt einen Pfeil ab.

»Nein. Das sehen Sie total falsch. Ich hasse sie nicht.

Sie kann nichts dafür. Sie ist bildschön, sie ist jung, und sie ist dumm. Sie kommt aus ärmlichsten Verhältnissen und hat eine berechnende Mutter, der es nur ums Geld geht. Und Gurewitz brauchte die Kleine als Trophäe, denn sie ist eine berühmte Sportlerin. Man hat sie manipuliert. Ich bin sicher, dass sie es heute bereut. Man muss jeden Tag neben einem Mann aufwachen, den man verabscheut.«

»Wenn das so ist, sollten Sie doch froh sein, ihn los zu sein«, merkt Cilly Silberbaum an.

»Eigentlich haben Sie recht, aber tief in meinem Innern fühle ich mich nach wie vor mit ihm verbunden. Wir haben gemeinsame Kinder, und ich empfinde noch viel für ihn, mehr, als ich wahrhaben möchte. Er war die Liebe meines Lebens, und er fehlt mir. Trotz seiner zahlreichen unangenehmen Eigenschaften. Und ich weiß, dass ich ihm auch fehle.«

»Haben Sie den Eindruck, er hat inzwischen die Nase voll von seiner jungen Frau?«, fragt der Rabbi neugierig.

»Das würde er niemals zugeben. Ein Mann wie Semjon Gurewitz macht keine Fehler. Aber er ist in der letzten Zeit viel weicher geworden. Er ruft plötzlich an, meldet sich, fragt, wie es mir geht und ob ich etwas brauche. Er vermisst mich als Freundin und Vertraute.«

»Vernunft heilt die Gefühle«, sagt der Rabbi, »so steht es bei Maimonides geschrieben.«

»Ein kluger Satz«, sagt Frau Gurewitz, »den werde ich mir merken.«

Einen Augenblick später schiebt sich ein junger, gut aussehender Mann durch die dicht stehende Menge und hält Ausschau. Arie Gurewitz hat seine Mutter entdeckt und kommt auf die Gruppe zu. Er begrüßt seine Mutter mit Wangenküsschen, dann gibt er Cilly Silberbaum und dem Rabbi die Hand.

»Arie«, sagt der Rabbi, »wie geht es Ihnen? Was macht das Studium?«

Bevor er etwas sagen kann, antwortet seine Mutter: »Arie ist nicht glücklich damit, das darf ich doch sagen, oder? Sein Vater wollte, dass er Jura studiert.«

»Stimmt leider. Ich wäre lieber Architekt geworden, aber habe mich dem Diktator unterworfen!«

»Arie!« Seine Mutter zwickt ihn spielerisch in die Wange.

»Mama, wir müssen los. Ich parke im Halteverbot.«

»Und das als Jurist«, sagt der Rabbi freundlich, »das geht gar nicht.«

Als Frau Gurewitz und ihr Sohn sich entfernen, ruft der Rabbi hinterher: »Ach, Arie …« Der junge Mann bleibt stehen, während seine Mutter weitergegangen ist. »Melden Sie sich mal bei mir. Es eilt nicht. Ich wollte Sie nur etwas fragen.«

»Gern, mach ich! Ciao.« Und schon hat ihn die Menge verschluckt. Arie wird schon morgen anrufen, da ist der Rabbi ziemlich sicher.

4

Die Stehtische sind verschwunden. Vor dem Wasserbüdchen befinden sich seit Neustem ein Biertisch und eine Bank. Hier in seinem »Stammlokal« nimmt Kommissar Berking fast täglich sein »Dinner« ein, wie der Rabbi es ironisch nennt. Bockwurst mit Brötchen und Senf und Ketchup. So auch heute Abend. Der Rabbi ist gekommen. Betty läuft auf eine nahe Wiese. Henry hat sich bei Karim, dem Besitzer der Trinkhalle, ein Sprudelwasser mit Strohhalm besorgt und sich neben seinen Kumpel gesetzt. Der mampft seine Wurst.

»Du bist und bleibst ein Gourmet«, sagt Henry, »da gibt es keinen Zweifel.«

»Mach dich nur lustig. Soll ich mich vielleicht allein in ein Restaurant setzen? Das ist noch viel trostloser.«

»Ich habe dir schon einmal gesagt, du sollst dir gesunde Lebensmittel kaufen und zu Hause kochen. Das ist meditativ und macht glücklich. Das solltest du dir wert sein.«

»Das kann ich nicht. Und will ich nicht.«

»Was für ein tristes Dasein. Du lebst wie ein Einzeller.«

»Was kümmert es dich? Es ist mein Leben.«

»Und wenn deine Tochter bei dir ist, was esst ihr? Bockwurst am Wasserbüdchen?«

»Diana bekocht uns manchmal. Das macht sie gern und auch gut. Nur bin ich küchenmäßig nicht so perfekt ausgestattet wie du. Wir gehen meistens zum Italiener, da drüben an der Ecke. Die gelbe Neonschrift.«

»Ah ja, -izzeria -alermo! Sieht einladend aus.«

»Henry! Bist du gekommen, um mir mein ach so scheußliches Leben um die Ohren zu hauen?«

»Nein. Sorry. Ich kann es nur nicht ertragen, wenn ein intelligenter, kultivierter Mensch sich selbst dermaßen unwichtig ist. Das tut mir weh.«

»Redest du von mir?«

»Allerdings, Berking.«

»Ich bin in einer Krise. Kann vorkommen, oder?«

»Deine Krise dauert schon achtundvierzig Jahre.«

»Stimmt. Mein Leben ist permanente Krise. Dadurch ist meine Ehe in die Grütze gegangen. Und alle anderen Beziehungen vorher und nachher. Entweder man ist Ermittler bei der Mordkommission, oder man hat ein Privatleben. Beides zusammen geht nicht.«

»Und wie machen das deine Kollegen?«

»Sie machen weder das eine noch das andere gut.« Damit steht er auf. »Ich hole mir einen Äppelwoi. Und du?«

»Danke. Hab mein Wasser.«

Während der Kommissar verschwindet, denkt der Rabbi nach. Eigentlich schon verwunderlich, dass sich aus dem ersten unangenehmen Zusammentreffen auf dem nächtlichen Friedhof und den offensichtlichen gegenseitigen Animositäten schließlich doch ein freundschaftliches Verhältnis entwickeln konnte. Vorurteile sind die höchsten Hindernisse in den menschlichen Beziehungen. Der Rabbi beobachtet den Kommissar, wie er sich mit seinem gerippten Äppelwoiglas auf den Weg macht, und fragt sich, warum sie eigentlich befreundet sind. Es sind vermutlich die Aufrichtigkeit, die Suche nach der Wahrheit und der Wunsch nach Gerechtigkeit, die die zwei Männer verbinden.

Berking ist zurück und setzt sich wieder an den Biertisch. Er schaut den Rabbi an. Merkwürdig, denkt er, ich habe diesen Typ mal für einen eitlen Schönling gehalten, und jetzt mag ich den Kerl wirklich.

»Gibt es was Neues? Hast du was herausgefunden?«, will der Rabbi wissen.

»Ich habe natürlich meine Kompetenzen überschritten«, sagt Berking. »Die Handyverfolgung in der Sache Galina Gurewitz hat nichts gebracht. Das Schwimmstadion war der letzte Aufenthaltsort. Danach keine weitere Ortung.«

»Und die Verbindungsdaten?«

»Dafür brauche ich einen Beschluss. Oder eine Vermisstenanzeige. Willst du das machen?«

Der Kommissar prostet dem Rabbi zu und nimmt einen Schluck Apfelwein.

»Nein. Ich möchte Gurewitz nicht zum Feind haben«, sagt Henry, »es genügt, dass er mir misstraut.« Der Rabbi trinkt mittels seines Strohhalms aus der Wasserflasche.

»Und bei dir? Hast du etwas?«, fragt der Kommissar.

»Wenig Verwertbares«, sagt der Rabbi. »Ich habe mit Galinas Mutter gesprochen, das weißt du, und mit der Ex-Frau. Die Mutter tut so, als sei ihr unschuldiges Töchterlein in die Fänge eines Monsters geraten, obwohl sie sicher nichts dagegen hatte, dass das Monster Millionär ist. Sie befürchtet, dass der Tochter etwas zugestoßen sein könnte. Und die Ex ist verbittert, hegt aber angeblich keinen Groll gegen ihre Nachfolgerin.«

»Glaubst du ihr?«, will Berking wissen.

»Nein«, sagt Henry. »Ich denke, wir müssen was unternehmen.«

»Wie gesagt«, meint Berking, »ohne Vermisstenanzeige kann ich nichts machen. Frau Bubka hat sich lediglich bei den Kollegen der Dienststelle West erkundigt, wie man in so einem Fall vorgeht. Ich habe davon nur zufällig erfahren, weil die Kollegen wissen, dass wir uns seit dem Mordfall Axelrath kennen, und das bestimmt wieder so eine ›Judenkiste‹ ist, wie sie sich ausdrückten. Wir brauchen eine Anzeige der Familie oder einen richterlichen Beschluss, dass ein öffentliches Interesse an der Auffindung der Galina Gurewitz besteht.«

»Mit anderen Worten: Wir stecken fest«, meint der Rabbi. »Frau Bubka wollte sich wieder bei der Polizei melden, was sie aber nicht getan hat.«

»Oder es war ganz anders«, meint der Kommissar nachdenklich und fährt dann fort: »Tatsache ist doch, die Mutter kommt aufgeregt zu uns, weil ihre Tochter verschwunden ist. Aber sie ist bis heute nicht wiedergekommen! Hallo? Eine Mutter, die sich plötzlich nicht mehr um das Leben ihrer Tochter sorgt?«

»Wie wäre es jetzt mit den berühmten zwei Möglichkeiten? Erstens: Ihr netter Schwiegersohn hat ihr robust nahegelegt, die Polizei rauszuhalten«, sagt der Rabbi, »oder ...«

»Zweitens: Die Tochter hat sich inzwischen bei ihr gemeldet!«

»Bravo!«, sagt der Rabbi. »Ich ernenne dich hiermit zum Ehrenjuden!«

Wie vermutet, hat Arie Gurewitz, der Kronprinz, gleich am nächsten Vormittag angerufen. Als der Rabbi nach dem Unterricht ins Vorzimmer kommt, hat Frau Kimmel bereits einen Termin klargemacht.

Es ist kurz nach 15 Uhr, als Gurewitz junior das Büro des Rabbis betritt. Henry bittet ihn, vor seinem Schreibtisch Platz zu nehmen. Er kommt sofort zur Sache:

»Arie, welche Beziehung haben Sie zu Galina, Ihrer Stiefmutter?«

Der junge Mann ist für wenige Sekunden fassungslos, dann kriegt er die Kurve. »Was soll das? Haben Sie mich deshalb hergebeten?«

Der Rabbi steht auf. »Genau. Deshalb wollte ich Sie

sprechen. Sie brauchen mir lediglich eine Antwort zu geben. Gut oder schlecht?«

»Das ist allein meine Sache«, meint Arie aufmüpfig. »Ich finde das anmaßend von Ihnen als Rabbiner.«

»Ja«, sagt Henry, »das hat mir bereits Ihr Vater zu verstehen gegeben. Ich solle besser in die Synagoge gehen und beten. Aber ein Gemeindemitglied ist seit vier Wochen spurlos verschwunden, und das treibt mich um. Als Rabbiner!«

Henry schaut seinen Besucher ernst an, bevor er sagt:

»Galinas Mutter, Frau Bubka, hat die Polizei informiert. Daraufhin habe ich mich entschlossen, mich einmal innerhalb der Familie umzuhören, um die Diskretion zu wahren. Und das tue ich, ob es Ihnen passt oder nicht.« Er macht eine Pause und schaut Gurewitz junior freundlicher an, bevor er weiterspricht: »Aufgepasst! Als Jurist! Und zwar, bevor man das SEK einsetzt, Häuser und Wohnungen durchsucht, in Gärten gräbt, Familie und Freunde verhört, deren Handydaten checkt, die Autos auseinandernimmt, mit Hundestaffeln den Stadtwald durchkämmt und mit Wärmebildkameras umherfliegt oder den Main leer pumpt! Immer gefolgt von Presse, Funk und Fernsehen. Das will doch keiner, oder? Meine Frage ist also durchaus in Ihrem Interesse. Also, noch mal, was haben Sie für ein Verhältnis zu Galina?«

Arie sitzt stumm auf dem Stuhl und schaut auf seine Hände.

»Arie?«, fragt der Rabbi und setzt sich auf die Ecke seines Schreibtischs. Der junge Mann druckst herum.

»Was soll ich sagen? Sie ist die neue Frau meines Vaters.«

»Ein guter Grund, sie abzulehnen, oder?«, sagt der Rabbi.

»Nein. Im Gegenteil«, antwortet der junge Mann völlig überraschend, »ich kann sie gut leiden und sie mich auch, wir waren hin und wieder gemeinsam joggen, waren ein paarmal zusammen auf einem Rockkonzert oder in einem Club oder im Kino, total harmlos, wirklich. Gut, wir haben es heimlich gemacht.«

»Sie hatten Angst vor Ihrem Vater und vor den Konsequenzen, falls es herauskäme. Er ist bestimmt eifersüchtig. Das könnte ich nachvollziehen.«

»Nein. Er fände es sogar total super, wenn wir uns alle mit Galina verstehen würden, besonders mein Bruder, der ziemlich bösartig zu ihr ist. Es ist wegen meiner Mutter.«

»Ihrer Mutter?«

»Ja. Sie würde es als Verrat empfinden, wenn ich mit der Frau ausgehen würde, die an ihrem Schicksal schuld ist. So sieht sie es jedenfalls.«

»Was, glauben Sie, würde denn passieren, wenn sie es erfahren würde. Denn es ist ja, wie Sie sagen, alles harmlos.«

Arie Gurewitz reagiert empört: »Es – ist – harmlos! Echt! Ich habe nie etwas mit Galina gehabt. Ehrlich nicht. Sie ist die neue Frau meines Vaters.«

»Wie war das für Sie, als Ihr Vater die Familie wegen Galina verlassen hat?«

»Entsetzlich. Ich war neunzehn, hatte das Abitur, wollte weg von zu Hause, die Welt stand mir offen, und plötzlich hatte ich eine Mutter, die mich nicht gehen ließ, die völlig durchdrehte, die mit Selbstmord drohte, die monatelang heulte und hysterisch war und mich zu ihrem Vertrauten machte. Mein Bruder war elf damals.«

»Da hatten Sie doch sicher gehörige Wut auf Galina.«

»Klar. Und wie! Ich stand unter dem Einfluss meiner Mutter, aber als ich Galina dann kennenlernte, fand ich sie klasse. Sie ist intelligent, humorvoll und ein Superstar in Israel. Ich konnte meinen Vater sogar verstehen.«

»Haben Sie ihn auch beneidet?«

»Nur darum, dass er nicht mehr mit meiner Mutter zusammenleben musste. Für mich war es jeden Tag die Hölle. Sie ist ja bis heute nicht darüber hinweg.«

»Arie, ehrlich. Was war mit Galina? Es bleibt unter uns.«

»Rabbi! Galina ist für mich tabu. Bitte glauben Sie mir. Außerdem bevorzugt sie ältere Männer. Vaterfiguren.«

»Wann haben Sie sie das letzte Mal gesehen?«

»An dem Sonntag, an dem sie verschwand. Sie wollte zum Stadion, trainieren. Ich habe sie noch hingefahren.«

»Ach? Und danach?«

»Bin ich wieder in die Stadt. Ich hatte eine Verabredung.«

»Darf ich fragen, mit wem?«

Arie Gurewitz schaut misstrauisch, doch der Rabbi sagt schnell: »Es ist besser, ich frage das, als irgendwann die Polizei.«

»Mit Benny Lazar, einem Freund.«

»Ich kenne Benny. Wo haben Sie sich getroffen?«

»Im Reno. Wir haben Backgammon gespielt. Sie können ihn gern fragen. Ich gebe Ihnen seine Nummer.« Er fingert sein Smartphone aus der Tasche.

»Schon okay. Haben Sie irgendeine Idee, wo Galina hin sein könnte? Hat sie mal eine Andeutung gemacht, oder so? Wollte sie Ihren Vater verlassen? Hatte sie einen anderen? Ist das schon öfter vorgekommen, dass sie verschwunden ist?«

»Keine Ahnung.«

»Haben Sie keinen Verdacht? Oder eine Befürchtung?«

»Nein, wieso? Sie ist doch erwachsen und kann tun und lassen, was sie will.«

Der Rabbi steht auf. »Danke, Arie, für Ihre Offenheit.«

Der junge Gurewitz hat sich erhoben und gibt dem Rabbi die Hand.

Es ist mal wieder seine »blaue Stunde«, wie er sie nennt. Ein Lieblingsmoment. Die Schwimmhalle ist menschenleer. Die Heimbewohner sind beim Abendessen. Henry Silberbaum schwimmt. Das heißt, er ist ein paar Bahnen geschwommen, nun lässt er sich auf dem Wasser treiben und hängt seinen Gedanken nach. Er schaut zur Decke der Halle, wo die Spots wie funkelnde Punkte einen angedeuteten Davidstern bilden.

Der Rabbi *klärt*. In der rabbinischen Tradition heißt das nichts anderes, als zu versuchen »klar« zu sehen, sich an den Kern einer ungelösten Frage heranzuarbeiten. Dabei die Gedanken hin und her zu wälzen, Denkgebäude errichten und sie wieder zu verwerfen, Mutmaßungen anzustellen, Hypothesen zu wagen und alle Möglichkeiten abzuwägen, die zur Lösung eines Problems führen können. Wenn seine Schüler ihn fragen, was *klären* bedeutet, so beschreibt er es gern folgendermaßen: Einmal wurde Michelangelo gefragt, wie es denn sein könne, dass er aus einem rauen Marmorblock so etwas Schönes wie die Statue eines Löwen erschaffen konnte. Daraufhin soll der Künstler erwidert haben: »Es ist ganz einfach. Ich schlage alles weg, was nicht nach Löwe aussieht!« Genauso verhält es sich mit dem *klären*. Galina Gurewitz, geborene Bubka, die schöne russische Meisterschwimmerin, ist spurlos verschwunden. Fakt. Keiner weiß von eventuellen Reiseplänen. Der *Makkabi*-Sportverein nicht, bei dem sie trainiert, das Seniorenheim nicht, wo sie regelmäßig Wassergymnastikstunden gibt. Ihr Mann Semjon hat angeblich keine Ahnung, wo sie abgeblieben sein könnte, ebenso wenig ihr Stiefsohn Arie, mit dem sie eine heimliche Freundschaft verbindet.

Für beide Männer ist die plötzliche Abwesenheit der jungen Frau offenbar nicht besorgniserregend. Um die Ecke gedacht ist das erst einmal ein gutes Zeichen. Wären sie schuldig am Verschwinden, würden sie sicher so tun, als sorgten sie sich. Aber auch Gurewitz' Gleichgültigkeit macht ihn suspekt. Und Arie ist unschuldig, da ist Henry sicher. David, sein kleiner Bruder, ist sechzehn und ein eher dünnes Bürschlein. Obwohl der Galina angeblich ablehnt, ist er nicht verdächtig. Wie soll er es bewerkstelligen, die große, sportliche Frau unauffällig verschwinden zu lassen?

Die Mutter Nina hat keine Idee, wo die Tochter sich aufhalten könnte, sie ist allerdings als Einzige besorgt. Aber war sie wirklich so unglücklich über die Heirat ihrer Tochter mit dem Millionär? Es gibt Schlimmeres, als zu wissen, dass sein Kind versorgt ist und man selbst dadurch auch. Besonders dann, wenn man arm war. Da schaut man über manches hinweg. Was wäre, wenn Galina ihrer Mutter gestanden hätte: »Ich habe einen anderen und verlasse Gurewitz«? Vermutlich wäre die Mutter nicht begeistert. Aus Angst um das Geld und um ihre Gesundheit.

Kommen wir zu Rifka Gurewitz: Die geschiedene Frau ist nicht am Schicksal von Galina interessiert. Im Gegenteil. Sie hätte sogar einen Vorteil von ihrem Verschwinden. Sie wäre die Konkurrentin los, hätte die Hoffnung, ihr Mann würde sich ihr wieder annähern, vielleicht sogar zu ihr zurückkehren. Auch ein Bekannter von Galina, Benny Lazar, der zufällig auch Aries Freund ist, hat mit ihrem Verschwinden nichts zu tun. Sagt er jedenfalls.

Was, wenn sie mehr waren als nur gute Bekannte? Und was ist mit seinem Vater Viktor Lazar? Er musste die Verbindung seines Sohnes mit Galina unbedingt verhindern. Um jeden Preis? Hatte er Angst um seinen Ruf oder vor Semjon Gurewitz? Und wie gut kannte er selbst die schöne Galina? Ist er für sie möglicherweise eine Vaterfigur? Fragen über Fragen. Aber die schwerste ist die wichtigste: Wo ist Galina?

Das Café im Erdgeschoss des Seniorenstifts hat bereits geschlossen. In der kleinen Piano-Bar nebenan treffen sich regelmäßig zu dieser Stunde ein paar ältere Herren zu einem späten Kartenspiel. Es wird dabei *geschmust*. Auch über das Pärchen in der Ecke. Dort, abseits vom Geschehen, sitzt der Rabbi Esther Simon gegenüber. Seit einiger Zeit kann er nach dem Schwimmen nicht mehr einfach nach Hause gehen, so wie früher. Die Heimleiterin wäre beleidigt, würde er sich nicht danach bei ihr melden. Er hat ihr gegenüber nie einen Hehl draus gemacht, dass er lediglich ihre Freundschaft sucht, ohne Hintergedanken. Schließlich ist er mit Zoe liiert, wobei weit mehr zwischen ihnen liegt als bloß der Atlantik. Trennung in der Liebe, so steht es geschrieben, ist wie ein Feuer im Wind: Das starke facht er an, das schwache löscht er aus! Wie genau sich das Feuer von Zoe und Henry entwickeln wird, ist unbestimmt. Spätestens seit ihrem letzten Besuch in Frankfurt ist Henry die Aussichtslosigkeit ihrer Beziehung deutlich geworden, und er glaubt, dass es seiner Freundin nicht anders geht. Ihre regelmäßigen Zoom-Gespräche werden immer beliebiger, so scheint es ihm. Man tauscht lediglich Erlebnisse aus, redet über aktuelle politische Vorkommnisse und vermeidet es, in die Tiefe zu gehen. Und da sie beide das sehr genau spüren, werden die Gespräche immer verkrampfter und führen weg vom Eigentlichen, um das es in ihrer Beziehung gehen sollte: Wie steht es um unsere Liebe und unsere gemeinsame Zukunft? Haben wir überhaupt eine? Zoe wird New York City nie im Leben verlassen, sie lehnt Deutschland ab. Sie ist die Enkelin eines Holocaust-Überlebenden, der total mit Deutschland, auch dem neuen Deutschland, gebrochen hat. Ihr Großvater Pinkas Schwarz hätte niemals einen Mercedes erworben oder sich einen Braun-Plattenspieler zugelegt. Miele oder Siemens, die Protzmarken jeder neureichen jüdischen US-Familie? No way! Er hat die sogenannte »Wiedergutmachung« abgelehnt, obwohl er das Geld gut hätte brauchen können, und er ist niemals der offiziellen Senatseinladung in seine alte Heimatstadt Berlin gefolgt. »Sie wollten mich 33 nicht mehr«, schrieb er an den Regierenden Bürgermeister, »jetzt will ich Sie nicht mehr.« So bekam Zoe Schwarz bereits als kleines Kind subkutan eine gehörige Dosis Deutschenunverträglichkeit eingeimpft, sie entwickelte quasi Antikörper gegen die Deutschen und ist nicht bereit, diese Aversion genauer zu überprüfen. Im Gegenteil. Sie empfindet Henrys Leben in Frankfurt als Verrat. Als Verrat an den Opfern der Judenvernichtung. Sein Argument, dass zum Beispiel eine Stadt wie Berlin bei den meisten jungen Israelis das »Eldorado« ist, überzeugt Zoe nicht. Diese Leute sind für sie einfach keine richtigen Juden, Punkt. Die sind in ihren Augen geschichts- und empathielos. Und wie sähe es in Henry aus, wenn er sich zwischen Frankfurt und Zoe entscheiden müsste? Wie sehr liebt er Zoe noch? Oder glaubt er lediglich, sie zu lieben? Was geht in ihm vor, jetzt, da er dieser geistvollen, amüsanten, attraktiven Esther Simon gegenübersitzt? Er kann sich sagen, er habe schließlich beruflich mit ihr zu tun, denn sie leitet das Heim, in dem er zahlreiche ältere Herrschaften in seiner Eigenschaft als Rabbiner betreut.

Außerdem hat sie die Absicht, zum Judentum zu konvertieren, weil sie einen jüdischen Freund hat, und Henry unterrichtet sie einmal in der Woche in »Jüdischkeit«, wie er es nennt. Aber sind das nicht hilflose Konstrukte, um zu verbergen, was er für Esther in Wahrheit empfindet?

»Und? Bist du vorangekommen in deinem neuen ›Fall‹?« Sie lächelt ihn an. Henry schüttelt stumm den Kopf. »Was sagen denn die Angehörigen? Die Freunde? Machen die sich denn keine Sorgen?«

»Nein. Außer der Mutter scheint sich keiner für Galinas Verbleib zu interessieren. Vielleicht hat sie Freundinnen oder Kollegen bei Makkabi, denen sie sich anvertraut hat? Oder hier? Eine von ihren Kursteilnehmerinnen? Vielleicht kannst du da mal was raushören?«

»Da habe ich kaum Hoffnung«, sagt Esther, »Galina

ist nicht besonders gesprächig. Wir haben mehr oder weniger nur dienstlich miteinander geredet. Sie ist ziemlich verschlossen, was das Private betrifft. Ich habe das Gefühl, sie sucht keine Nähe. Sie ist ziemlich ich-bezogen. Im Leben wie im Sport. Sie hat ein Ziel, und davon lässt sie sich nicht abbringen.«

Der Rabbi ist nachdenklich. »Okay. Nehmen wir an, es ist tatsächlich so, wie du sagst. Was könnte ihr Ziel sein, außer einer Olympiamedaille? Gurewitz zu verlassen? Irgendwo ein neues Leben beginnen, mit einem neuen Mann? Was denkst du?«

»Das könnte gut sein«, sagt Esther verschmitzt, »wünscht sich das nicht jede Frau?«

5

Henry und Rabbiner Gad Aronsohn schauen wenig begeistert auf das Mobiltelefon, das ihnen der Direktor der Gemeinde, Doktor Avram Friedländer, in seinem Büro vor die Nase hält. Darauf läuft ein amateurhaftes Video, in dem ein dicker Mann das *Kol Nidre* singt.

Endlich ist es vorbei. Friedländer steckt sein Telefon weg.

»Nu? Was meinen Sie, meine Herren? Ist dieser *chasen* nicht großartig?«

»Wenn ich seine Stimme hätte, würde ich besser singen«, sagt der Rabbi lakonisch, und sein älterer Kollege fügt an: »Nathan Wexler ist hundertmal besser!«

»*Wexler-Schmexler*!« Der Gemeindedirektor ist außer sich. »Wexler kommt aus London und ist auch hundertmal teurer! Und dieser hervorragende ungarische Kantor …« Er schaut auf einen Zettel und spricht dann weiter: »Lajos Karpati, kostet uns keinen Cent.«

»Mehr ist er auch nicht wert«, meint Aronsohn.

»Eher weniger«, fügt Henry an, um dann fortzufahren, »gehe ich recht in der Annahme, dass uns dieses Juwel spendiert wird?«

»Genau so ist es, Herr Silberbaum, gut erkannt«, sagt Friedländer, »und diese Tatsache ist nicht zu unterschätzen, in unserer angespannten finanziellen Situation, wenn Sie verstehen. Haben Sie die ukrainischen Flüchtlinge schon vergessen? Ich nicht, wenn ich in die Gemeindekasse schaue!«

»Und ist vielleicht ein wohlhabendes Gemeindemitglied ungarischer Provenienz der Wohltäter?«

»So verhält es sich in der Tat.«

»Dann möchte ich raten«, sagt der Rabbi, »ich kaufe ein ›L‹. L wie Lazar.«

Friedländer hat sich hinter seinen Schreibtisch begeben.

»Sie haben ein Näschen, Silberbaum, muss ich zugeben. Also, meine Herren, anlässlich der Hochzeit des jungen Lazar spendiert uns sein Vater, Herr Viktor Lazar, für die hohen Feiertage diesen hervorragenden Kantor. Inklusive Reisekosten, Tagesspesen und Hotel. Und es ist mir ziemlich wurscht, ob er Ihnen gefällt oder nicht. Er kostet nichts, also ist er erstklassig.«

»Warum haben wir ihn uns dann anhören müssen?«, fragt Rabbiner Aronsohn und streicht verärgert über seinen grauen Bart. »Wenn Sie eh schon entschieden haben.«

»Bin eben Demokrat, mein Lieber. Jeder darf seine Meinung sagen … und ich entscheide, was gemacht wird.« Er lacht über seinen eigenen Witz.

Aronsohn nimmt mürrisch seine abgewetzte Aktentasche vom Tisch. »Hab Bar-Mizwa-Unterricht«, grummelt er. »Meine Herren!« Er tippt sich an den Hut, und draußen ist er. Auch der Rabbi will das Büro verlassen.

»Henry, sagen Sie«, meint der Direktor plötzlich, »was war mit Gurewitz?«

Der Rabbi kommt zum Schreibtisch zurück. »Nichts«, sagt er, »Gurewitz scheint sich nicht für den Aufenthaltsort seiner Frau zu interessieren. Und ich sollte mich nicht einmischen, meinte er.«

»Dann tun Sie das auch nicht. Der Mann ist gefährlich.«

»Und sensibel«, sagt der Rabbi und lächelt seinen Boss vielsagend an.

»Hauen Sie ab«, sagt Friedländer nicht unfreundlich, »schönen Tag, Rabbi.«

»Ihnen auch.« Der Rabbi winkt im Rausgehen mit den Fingerspitzen über die Schulter, ohne sich noch einmal umzudrehen.

Als seine Mutter die Wohnungstür öffnet, flitzt die kleine Betty aufgeregt in den Hausflur, um Henry herzlich zu begrüßen. Er nimmt sie auf den Arm und geht mit ihr in die Wohnung.

»Ja, mein Mädchen, hier ist dein Papi wieder.«

Dann begrüßt er seine Mutter. »Hi, Mom.«

»Der Hund ist schon wichtiger als ich«, sagt sie, und Henry weiß nicht, ob seine Mutter das nur im Spaß sagt. Deshalb schweigt er.

»Vielleicht isst du noch schnell was? Ich habe Gulasch gemacht.«

»Um Himmels willen! Nichts Ungarisches. Das fehlt mir gerade. Nein, ich muss los. Jossi kommt gleich zum Schach.«

»Jossi! Immer dieser Jossi! Ich verstehe nicht, was du an dem hast. Das ist doch ein schrecklicher, aufdringlicher Mensch. Und ein *nudnik*!«

»Stimmt, ein Besserwisser ist er, aber er ist gescheit und nicht langweilig. Er ist unterhaltsam und ein super Schachspieler. Außerdem kennt er sich in jüdischer Geschichte aus wie kein Zweiter.«

Frau Silberbaum geht zur Flurgarderobe und sagt dabei:

»Ja, das mag ja alles stimmen, aber ich finde ihn unmöglich, und er hält sich für unwiderstehlich. Hier.«

Sie drückt ihm die Hundeleine in die Hand.

»Bubele, mach's gut.«

»Soll ich Jossi von dir grüßen?«

»Unterstehe dich!«

»Ciao, Mom.«

Betty ist schon die Treppe hinuntergefegt und wartet schwanzwedelnd zwei Stockwerke tiefer an der Haustür.

»Kompliment«, sagt Jossi Singer drei Stunden später und erhebt sich, »du hast eine Klassepartie gespielt.«

Während der Buchhändler sein Weinglas nimmt und sich in die Ecke zu einem Sessel begibt, sagt Henry:

»Wurde ja auch wieder Zeit. Ich weiß gar nicht, wann ich das letzte Mal gewonnen habe.«

Er setzt sich in den Sessel gegenüber und hebt sein Glas.

»*Lechaim.*«

»Was gibt es in der Gurewitz-Affäre?«, fragt Jossi.

»Nichts Neues. Es sieht so aus, als sei ihm das Verschwinden seiner Frau egal.«

Jossi lächelt. »Du weißt ja, es gibt immer zwei Möglichkeiten. Es ist ihm *emmes* egal, oder er tut so, als sei es ihm egal. Nehmen wir mal an, er tut so, dann gibt es wieder zwei Möglichkeiten. Er weiß, warum sie weg ist, oder er weiß nicht, warum sie weg ist. Apropos ›wissen‹. Was wissen wir von ihm?«

»Ja, was wissen wir?« Der Rabbi verschränkt seine Hände hinter seinem Kopf. »Semjon Gurewitz ist als armer *nebbich* vor fünfundzwanzig Jahren nach Deutschland gekommen. So wie viele damals. Er hat als Gorilla für verschiedene russische *bisness*-Typen – vulgo ›Gangsterbosse‹ – gearbeitet, bis er selber einer wurde und die anderen weggebissen hat. Er hat zuerst Etagen gemietet, dann ganze Häuser, zuerst möblierte Zimmer und Pensionen daraus gemacht, danach Hostels. Man sagt, einige Bordelle waren auch darunter. Später hat er Häuser gekauft und verkauft, und eines Tages wachte er auf und war ein reicher Mann.«

»Er hat also Dreck am Stecken«, sagt Jossi, »und Feinde!«

»Davon gehe ich aus. Wie geht seine Story weiter?« Der Rabbi sieht seinen Gast neugierig an.

»Nun kommt seine Frau ins Spiel, beziehungsweise Ex-Frau, die spröde Rifka Burger«, sagt Jossi, um dann weiter zu erklären: »Rifka ist die Tochter von Moische Burger, einem Reifenhändler aus Fechenheim, der ›Pneu à Pneu‹ *a bissel* Geld gemacht hat. Er hatte eine nette Frau, Luba Burger, ich habe sie gekannt, sie ist *nebbich* früh gestorben, Krebs. Sein Problem: Die Tochter ist über dreißig und hat noch keinen Mann. Er lernt Gurewitz kennen und bietet ihm Rifka an, die ein Mietshaus in Offenbach mit in die Ehe bringt. Dagegen ist nichts einzuwenden. So baut sich Gurewitz eine bürgerliche Fassade mit Frau und Kindern auf.«

»Gurewitz hat also alles erreicht«, fährt der Rabbi fort, »seine dunkle Vergangenheit ist Vergangenheit. Seine kriminellen Anfänge sind vergessen und verziehen.«

»*Pecunia non olet*, wie die Römer zu sagen pflegen«, geht Jossi dazwischen. Henry lässt sich davon nicht beirren. Er erhebt sich, geht nun nachdenklich hin und her.

»Wie dem auch sei. Semjon Gurewitz ist inzwischen ein angesehenes Mitglied der Frankfurter Community. Das wird dir jeder bestätigen.«

»Und ein *big spender,* nicht zu vergessen!«, ruft Jossi.

»Exakt«, stellt der Rabbi fest. »Er hat Geld, die Geschäfte laufen von allein. Er könnte entspannen, aber das kann er nicht. Er ist unzufrieden, denn er ist ein *macher*. Und er liebt das Abenteuer.«

»Genau«, ruft Singer, »jetzt kommt die kleine Galina Bubka ins Spiel. Eine Top-Schwimmerin, die es aber nie in die Weltspitze geschafft hat.« Er erhebt sich nun ebenfalls und doziert weiter. »Vielleicht erhofft sie sich mit dem Geld von ›Sugar-Daddy‹ Gurewitz endlich die große Karriere. Und er denkt sich, mit dieser Kleinen kann ich noch mal durchstarten. Ein neues Leben mit einer jungen, quasi ›ungebrauchten‹ Frau beginnen, die nichts von meinem vorherigen Leben und meinen Verfehlungen weiß. Eine Frau, die ich mir formen kann. Dazu kommt, dass eine junge Partnerin einen selbst wieder jünger macht. Nicht nur sexuell. Es ist eine Flucht vor dem Älterwerden. Man nennt das in der Psychologie das ›Jennifer-Syndrom‹. Deshalb lässt Gurewitz seine Frau Rifka fallen. Sie kennt ihn zu gut, und das geht ihm auf den Sack.«

Der Rabbi sagt, während er Wein nachschenkt: »*Not bad, Watson.*« Dann hebt er sein Glas, nimmt einen Schluck und sagt: »Die Scheidung! Sie hinterlässt hässliche Narben, und seine ›Jennifer‹ spurt auch nicht so wie erhofft. Sie ist inzwischen vierundzwanzig und hat einen eigenen Kopf. Auch das mit der Goldmedaille ist in die Hose gegangen. Sie denkt an ihr weiteres Leben an der Seite eines reichen, aber unkultivierten, charmefreien Mannes. Sie will weg! Allein? Mit einem Unbekannten, den wir noch nicht kennen? Oder mit Arie Gurewitz? Was für eine Vorstellung! Oder mit Benny Lazar? Was ist mit seinem Vater, dem alten Lazar? Der würde im Dreieck springen. Er hat gute Gründe, sie zu hassen.«

Jossi ist skeptisch.

»Aber jetzt nicht mehr, denn sein Sohn heiratet. Nein, es ist Gurewitz. Ich glaube, er hat genug von ihr.«

Er nimmt einen Schluck, dann spricht er weiter:

»Aber sie weiß zu viel. Deshalb muss sie verschwinden. Für ihn mit seinen Verbindungen kein Thema. Ein Auftragskiller ist schnell besorgt.«

»Aber wäre das nicht zu durchschaubar?«, fragt Henry. »Es gäbe Mitwisser, das ist nie gut. Und dass er selbst Hand anlegt, kann ich mir nicht vorstellen, auch wenn er rücksichtslos ist.«

»Was ist mit einem politischen Motiv?«, sagt Jossi plötzlich. »Man setzt ihn unter Druck.«

»Wie meinst du das?«, fragt ihn Henry.

»Na ja, wäre ja nicht der erste reiche jüdische Russe, der in die Fänge des russischen Geheimdienstes gerät. Ich sage nur Chodorkowski. Oder Roman Abramowitsch. Beresowskis dubioser angeblicher Selbstmord ist auch nie aufgeklärt worden.«

Der Rabbi muss lachen. »Jossi! Jetzt übertreibst du aber. Das sind Oligarchen und Multimilliardäre. Die hatten Macht und Einfluss. Und wussten zu viel. Sie hätten die russische Regierung kippen können. Dagegen ist unser Gurewitz eine kleine Nummer.«

»Na ja, ich meine ja bloß«, murrt Jossi. »Du weißt ja eh alles besser. Ich mache mich vom Acker.«

»Sei unbesorgt, ich werde jeder Spur nachgehen.«

Er schaut auf die kleine Betty, die in ihrem Körbchen liegt und gerade aus dem Schlaf erwacht ist.

»Komm, wir begleiten Jossi noch ein Stück. Los, Gassi!«

Der Rabbi und der Kommissar sitzen nebeneinander auf der gut besuchten Tribüne des kleinen Fußballstadions von TuS Makkabi Frankfurt. Die beiden verfolgen aufgeregt das Spiel. Die A-Mannschaft im klassischen Blau-Weiß mit dem Davidstern gegen die Jungs in Rot vom SV Langen. Es steht 1:1. Hektisch geht es hin und her. Entsprechend wandert eine Tüte mit koscheren Kartoffelchips zwischen den Männern. Soeben hat David Gurewitz eine hundertprozentige Chance zur Führung … und er verschießt! Ein ärgerliches Raunen geht durchs Publikum, das aus Fans, Freunden und Familienangehörigen der Spieler besteht. Aber Semjon Gurewitz ist nirgends zu sehen. Das beruhigt den Rabbi, denn er hat noch etwas vor.

Das Spiel ist vorüber, es ist beim Unentschieden geblieben. Henry hat ein paar Hände geschüttelt, ein paar belanglose Gespräche geführt und steht nun wie zufällig mit Berking am Ausgang, als er David Gurewitz entdeckt, der zu seinem Fahrrad geht.

»David!«, ruft der Rabbi. »Hast du einen Moment?«

»Ja, klar.«

Der Rabbi geht dem Jungen entgegen. Der Kommissar bleibt wohlweislich zurück.

»Gut gespielt«, meint der Rabbi, nachdem er ihm die Faust hingestreckt hat.

Der Junge winkt ab. »Nein, der hätte drin sein müssen.«

»Mach dir keine Vorwürfe. Der war nicht leicht zu nehmen.« David lächelt dankbar.

»Ich wollte dich mal was fragen«, sagt Henry.

David Gurewitz wird sofort schmallippig. »Wenn es um die Frau meines Vaters geht: Dazu kann und will ich nichts sagen. Diese Tante geht mir am Arsch vorbei! Meinetwegen kann sie irgendwo verrotten.«

»Das hört sich nicht sehr freundlich an, was du da sagst«, meint der Rabbi.

»Sie hat unsere Familie zerstört. Das werde ich ihr niemals verzeihen.«

»Meinst du nicht, dein Vater trägt eine gewisse Mitschuld? Sie war neunzehn damals. Etwas älter als du heute. Dein Vater war über fünfzig.«

Der Junge bleibt stur. »Sie hat ihn sich geangelt, und er ist auf sie hereingefallen.«

»So sieht das deine Mutter, oder?«

»So sehen wir beide das.«

»Und wie sieht das dein Vater?«

»Da müssen Sie ihn selbst fragen.«

»Kannst du mir sagen, wann du Galina das letzte Mal gesehen hast?«

»An dem Nachmittag, an dem sie verschwand. Mein Bruder hat mich abgesetzt bei meinem Vater. Wir wollten ins Kino, mein Vater und ich, und sie wollte zum Schwimmen, glaube ich.«

»Hast du eine Idee, wo sie abgeblieben sein könnte?«

»Das müssen Sie die Erpresser fragen.«

Der Rabbi ist geplättet.

»Erpresser?«

Wie ein wilder Stier stürmt Gurewitz mit gesenktem Kopf in das Vorzimmer, lässt sich von Frau Kimmel nicht aufhalten und läuft weiter ins Büro des Rabbis, selbstverständlich ohne anzuklopfen. Henry sitzt hinter seinem Schreibtisch. Gurewitz knallt die Tür hinter sich zu.

»Sind Sie lebensmüde?«

»*Schalom*, Herr Gurewitz, schön, dass Sie vorbeikommen«, sagt der Rabbi.

»Was haben Sie meinen Sohn da reinzuziehen in die Sache? Und ihn auszuhorchen? Ich mache Sie fertig, Silberbaum! Glauben Sie bloß nicht, dass Ihr Amt Sie schützt.« Seine Augen sind schwarz, als er sich über den Schreibtisch beugt und Henry anstarrt.

»Doch, das glaube ich schon. Denn wenn Sie nur auf die Idee kommen sollten – nur auf die Idee –, mich anzugreifen, dann bin ich in einer Viertelstunde bei der Polizei, und die ist in einer Stunde in Ihrem Haus und in der Firma und nimmt alles auseinander. Darauf können Sie sich verlassen.«

Gurewitz zeigt bedrohlich mit einem Finger auf den

Rabbi und kommt dabei so nah an sein Gesicht heran, als wollte er ihm ein Auge ausstechen.

»Halten Sie sich raus! Mein Leben geht Sie einen Dreck an, Sie aufgeblasener Wichtig!«

»Ihr Leben interessiert mich nicht, Herr Gurewitz, aber das Leben von Galina. Und die ist in der Hand von Erpressern, und das haben Sie mir nicht gesagt.«

»Was geht Sie das an? Das ist meine Sache, und ich werde das auf meine Art erledigen.«

»Das haben Sie mir vorhin schon am Telefon erzählt. Und ich sage Ihnen noch einmal: Es ist nicht Ihre Sache. Es geht hier um ein Menschenleben, und die Tora sagt dazu …«

Gurewitz unterbricht ihn harsch. »Was die Tora sagt, ist mir scheißegal. Es ist meine Frau! Es ist mein Problem! Und es ist meine Methode, das Problem zu lösen!« Bei jedem »mein« tippt er sich demonstrativ auf die Brust. »Kapiert?«

»Wie viel verlangen die Erpresser?«

»Das geht Sie einen Dreck an.«

»Das sagten Sie bereits. Aber es beantwortet nicht meine Frage.«

Henry schaut dem aufgebrachten Mann gegenüber mutig ins Gesicht. Der atmet tief durch, schaut ihn einen Moment an. Er scheint langsam abzukühlen. Er geht zum Fenster, sieht hinaus. Dann dreht er sich zum Rabbi um und sagt leise:

»Ich kenne diese Leute, glauben Sie mir. Mit Geld

allein ist es nicht getan. Die kommen immer wieder. Dann holen die einen meiner Söhne. Die wollen nicht meine Frau, die wollen mich.«

»Heißt das, Sie werden nicht auf die Forderung eingehen?«

Der Rabbi kann das nicht glauben.

»Genau das heißt es.«

»Das ist nicht Ihr Ernst?«

Gurewitz nickt: »Doch. Das ist mein Ernst.«

»Und wenn Galina dabei stirbt?«

»Dann haben diese Leute einen Mord begangen. Das werden sie sich überlegen. Denn sie wissen, meine Rache wird grenzenlos sein. Auge um Auge, das bringen Sie doch den Kindern bei.«

»Ja, aber ich rede dabei immer über die Verhältnismäßigkeit, denn das ist die Kernaussage dieses Gebots, und was Sie hier herbeiführen, ist ein Krieg mit vielen Opfern. Den möchte ich verhindern. Sagen Sie mir, was Sie vermuten und was Sie zu tun gedenken, und ich bin auf Ihrer Seite. Gemeinsam finden wir Galina und holen sie gesund zurück.«

Gurewitz setzt sein Raubtierlächeln auf.

»Rabbi Silberbaum, machen Sie Ihren Job, ich mache meinen.«

Damit geht er los. In der Tür dreht er sich noch einmal um.

»Vergessen Sie nicht, was ich Ihnen geraten habe: Halten Sie sich raus. Ich war heute sehr, sehr nett.«

Mit einem lauten Knall zieht er die Tür hinter sich zu.

Der Rabbi setzt sich in seinen Stuhl und atmet tief durch.

Eine Sekunde später steht Dr. Friedländer im Büro.

»Rabbi Silberbaum! Was ist denn hier los?«

Er tritt ein und schließt die Tür.

»Ich hatte Besuch«, sagt Henry lächelnd.

»Das habe ich gemerkt. Der hat mich fast über den Haufen gerannt. Und gegrüßt hat er auch nicht. Ich erwarte, dass Sie mich umgehend aufklären!«

Der Rabbi erhebt sich, während sich sein Chef in einen Sessel fallen lässt.

»Galina Gurewitz ist nach wie vor spurlos verschwunden, und ihr werter Gatte weigert sich, das irgendwie ernst zu nehmen. Auch wenn es so aussieht, als sei sie entführt worden, geht ihm das am Arsch vorbei.«

»Herr Silberbaum! Ich darf doch sehr bitten. Wir dürfen uns nicht wundern, dass die Sprache unserer Kinder verroht, wenn die Erwachsenen solche Vorbilder abgeben.«

»Diese Ausdrucksweise habe ich von unseren Kindern.«

»Papperlapapp! Fahren Sie fort. Sie wurde entführt?«

»Es könnte sein.«

»Da muss man doch die Polizei einschalten.«

»Das ist meine Rede, Herr Friedländer, aber Ihr sensibler Herr Gurewitz will davon nichts hören. Er wird das auf seine Art erledigen.«

»Und wie sieht die aus?« Friedländer schaut dümmlich drein.

»Das wollen Sie nicht wissen!« Der Rabbi lächelt.

Friedländer springt auf.

»Wie dem auch sei: Sie werden sich da raushalten. Am Ende haben wir noch diese Russen am Hals.«

»Ich sehe schon russische Panzer vor unserer Tür stehen. Und Putin wird ein Matzeknödelrezept fordern.«

»Das ist nicht lustig. Hören Sie auf, Detektiv zu spielen. Haben Sie mich gehört, Rabbi?«

»Aye, Sir«, sagt Henry und imitiert einen militärischen Gruß.

6

Brandgeruch liegt über der engen Vorstadtstraße im Ortsteil Praunheim. Kurz vor dem Polizei-Absperrband, an dem etwa fünfzig Schaulustige stehen, hält der Smart zwischen zwei Einsatzfahrzeugen. Rasch ist der Rabbi ausgestiegen und spricht mit einem Polizeibeamten, der den Tatort sichert und verhindert, dass Unbefugte sich Zutritt verschaffen. Der Rabbi bittet darum, Hauptkommissar Berking mal kurz sprechen zu dürfen. Der Polizist schickt einen jüngeren Kollegen los, der hinter der Straßenbiegung verschwindet. Henry hat sich etwas abseits gestellt und beobachtet die Szene. Die Zuschauer sind aufgeregt, jeder will einen Blick um die Ecke erhaschen. Es wird diskutiert, erklärt. Die Neuankömmlinge werden eingeweiht.

Berking kommt. Er wirkt angespannt. Er zieht Latexhandschuhe aus und stopft sie in eine der vielen Taschen an seinem schwarzen Parka. Dann bückt er sich unter dem Absperrband durch, während die Zuschauer ein Spalier bilden. Er begrüßt den Rabbi nur mit einem Kopfnicken und bedeutet ihm zu folgen. Die Männer gehen in eine Seitenstraße, wo sie ungestört sind.

»Was ist denn hier passiert?«, fragt Henry neugierig.

»Eine Gasexplosion in einem Keller. Zwei Tote. Wir sind dabei zu klären, ob es ein Zufall, ein Unfall oder ein Fall ist, und ob die Toten was damit zu tun haben oder nur Opfer sind. Morgen wissen wir mehr.« Er schaut den Rabbi an. »Also, was gibt es?«

»Eben war Gurewitz in meinem Büro, ich dachte, er macht Hackfleisch aus mir.«

»Wurde er handgreiflich?«

»Nur fast. Aber ich konnte den Atem des Todes riechen.« Der Rabbi lacht.

»Hast du etwas rausbekommen?«

»Er will nicht sagen, wer ihn erpresst, obwohl er es angeblich weiß. Und was oder wie viel die Kidnapper fordern, behält er ebenfalls für sich. Er befürchtet, dass es mit Galinas Freikauf nicht zu Ende wäre, und ist deshalb nicht bereit zu zahlen. Er löst es auf seine Weise, sagt er.«

»Also Gefahr im Verzug.« Der Kommissar wird nachdenklich.

»Was tun wir?«, fragt der Rabbi. »Schließlich geht es um ein Menschenleben. Müssen wir nicht was unternehmen?«

»Henry, wir haben schon was unternommen! Wenn ich heute einen sogenannten Vorgang eröffne, heißt das …« Er sucht nach einem Begriff. Der Rabbi fällt ihm ins Wort: *»The marines have landed!«*

»Ja«, meint Berking, »so kann man es sagen. Wollen wir das? Und wollen wir es jetzt?«

Der Rabbi ist zögerlich, dann sagt er:

»Ich habe dir ja von der talmudischen Dialektik der zwei Möglichkeiten erzählt. Warten wir ab, bringen wir Galina höchstwahrscheinlich in Lebensgefahr. Warten wir nicht ab, kann uns das Gleiche passieren. Greifen wir ein, gibt es wieder zwei Möglichkeiten: Es gelingt, und wir finden sie. Oder es gelingt nicht, und wir finden sie nicht. Oder tot. Nehmen wir an, wir finden sie lebend: Wir erwischen dabei die Täter, oder wir erwischen sie nicht. Finden wir …«

»Es ist gut, Henry. So können wir das bis heute Abend fortsetzen. Was schlägst du vor?«

»Vielleicht sollte ich die geschiedene Frau Gurewitz besuchen und etwas aus ihr herauskitzeln, was uns weiterhelfen könnte. Sie steckt so voller Wut, Frust und Enttäuschung.«

»Gute Idee. Und wenn es dir nicht gelingt, bleiben uns immer noch zwei Möglichkeiten!« Freundschaftlich legt der Kommissar dem Rabbi die Hand auf die Schulter: »Glück auf!« Dann geht er wieder zurück zu seinen zwei Toten.

Die protzige Villa an der Zeppelinallee ist nicht zu übersehen. Die Auffahrt, der Rasen, der weiße Kies, die üppigen Rhododendren. Auch die riesigen Pflanzentöpfe mit Oleandern und Olivenbäumen, die auf den breiten Stufen stehen, welche zur wuchtigen Eingangstür führen, deuten auf unbescheidenen Wohlstand hin. Vor einer Minute wurde das elektrische Tor geöffnet, nun parkt Henry seinen Smart zwischen einem cremefarbenen Bentley-Cabriolet und einem schwarzen Porsche. Er steigt aus. An der geöffneten Eingangstür wartet eine thailändische Hausangestellte und begrüßt ihn freundlich. Am rechten Türpfosten hängt eine *mesusah*, so gewaltig wie ein Nudelholz.

Durch einen großzügigen Eingangsbereich führt ihn die junge Frau in einen opulent ausgestatteten Salon und sagt: »Warten Sie hier bitte. Frau Gurewitz kommt gleich.«

»Danke«, sagt der Rabbi und bemerkt ein großes Ölgemälde über dem Kamin, das Vater, Mutter und Kinder Gurewitz aus einer einträchtigen Epoche zeigt. Er geht weiter zum Terrassenfenster, um einen Blick in den großen Garten zu werfen. Der Gegenentwurf zum Ölgemälde: Ein laubbedeckter Sandkasten, ein vernachlässigter Pool, eine verrottete Hollywoodschaukel und eine windschiefe Tischtennisplatte zeugen von einem einst harmonischen Familienleben, über das die Zeitläufte unwiederbringlich hinweggefegt sind und Tristesse und Nostalgie zurückgelassen haben. Jetzt stehen die Rudimente der Vergangenheit nutzlos in der Gegend herum. Ödnis und Leere sind spürbar.

Diese bittere Leere erkennt der Rabbi auch im Gesicht von Rifka Gurewitz, als sie rasch den Salon betritt und ihm mit aufgesetzter Freundlichkeit beide Hände entgegenstreckt.

»Mein lieber Rabbiner Silberbaum, wie schön, Sie hier

zu sehen.« Sie zeigt zu einem der zahllosen Sessel, die unsystematisch in dem großen Zimmer herumstehen. »Setzen Sie sich. Wollen Sie etwas trinken? Einen Kaffee oder Tee?« Sie zeigt zu einem überdimensionalen Samowar, der in der Ecke vor sich hin brodelt und auf seinen Einsatz wartet.

»Nein, vielen Dank«, sagt Henry und setzt sich. Frau Gurewitz platziert sich ihm gegenüber, adrett die Knie aneinander, die Hände brav auf den Oberschenkeln.

»Was führt Sie her? Geht es immer noch um das rätselhafte Verschwinden dieser … Person?«

»Ja. Darum bin ich hier.«

»Was interessiert Sie eigentlich so brennend an der Sache, wenn ich fragen darf? Sie ist vorübergehend verreist, ohne aller Welt Bescheid zu geben. Das ist doch ihr gutes Recht.« In ihrem Blick liegt Eiseskälte.

»Ich nehme grundsätzlich Anteil am Schicksal der Frauen und Männer unserer Gemeinde. Es betrübt mich, wenn Menschen krank sind oder deprimiert oder in Existenznöten oder wenn sonst etwas aus dem Ruder gelaufen ist. Und in diesem Fall mache ich mir besonders Sorgen. Es ist nicht normal, dass ein Mensch wie vom Erdboden verschwindet. Das berührt mich. Sie nicht?«

Diese Frage scheint Frau Gurewitz etwas verlegen zu machen. »Mein Bedauern hält sich, ehrlich gesagt, in Grenzen, wenn Sie verstehen, obwohl ich wirklich niemandem etwas Schlechtes will, *emmes* nicht. Noch nicht mal der Frau, die mein Leben zerstört hat.«

»Ich sehe das ein wenig differenzierter, aber es ist müßig«, sagt der Rabbi, »zu versuchen, etwas Einsicht in Ihre Gedanken zu bringen. Ich habe ja bereits mit David darüber gesprochen und …«

»Ich weiß. Er hat es mir erzählt. Es war überflüssig, das Kind mit reinzuziehen. Semjon war sehr erbost.«

»Das ist ein Euphemismus, mit Verlaub, es war nah an einer Handgreiflichkeit.«

Sie lächelt in sich hinein. »Ja, bei seiner Familie kennt mein Mann kein Pardon.«

»Ihr Ex-Mann.«

»Wir werden immer eine Familie bleiben, Herr Rabbiner«, sagt die Frau mit einer Selbstverständlichkeit, als würde sie die Realität nicht in ihr Herz lassen.

»Frau Gurewitz, ich bin hier, um Sie zu fragen, ob Sie eine Ahnung haben, wer Galina entführt haben könnte. Ihr … Ex-Mann scheint mehr zu wissen, als er vorgibt, aber er vertraut sich mir nicht an. Ich denke, das ist ein Fehler. Denn wenn die Sache erst einmal offiziell ist, haben Sie beide keine ruhige Minute mehr.«

»Beim besten Willen. Ich weiß nicht, wie ich da helfen könnte.« Frau Gurewitz sieht den Rabbi mit ihren großen, dunklen Augen an. Sie hält seinem Blick stand.

»Hat Ihr Ex-Mann Feinde? Er sagt, es ginge bei der Sache gar nicht um Galina, sondern um ihn. Man wolle ihn damit treffen, ihm schaden. Nennen Sie mir einen Namen. Es geht schließlich auch um Ihre Sicherheit und die Ihrer Söhne.«

Der letzte Satz scheint tatsächlich etwas Wirkung zu zeigen.

Rifka Gurewitz beißt sich auf die Unterlippe.

»Juri Tarassow«, sagt sie dann leise, »aber das wissen Sie nicht von mir.«

»Tarassow? Vom russischen Konsulat?«

»Kennen Sie ihn?«

»Nein, nicht persönlich. Ist er nicht für Kultur zuständig?«, fragt Henry.

»Kultur!« Sie lächelt bitter. »Er sitzt im russischen Generalkonsulat am Eschenheimer Tor. Als Referent für ›interkulturelle Zusammenarbeit‹, wie sie es nennen. Offiziell. Aber er ist ein Mann des SWR, des Geheimdienstes. Und sucht sich Spitzel in Kreisen der neuen Einwanderer. Das sagt jedenfalls Semjon. Sie sind ein paarmal aneinandergeraten.«

Wozu bei Gurewitz nicht viel gehört, denkt der Rabbi. Sagen tut er: »Was hat Ihr Mann mit ihm zu tun?«

»Tarassow ist auch der Ansprechpartner für die russischen Einwanderer in Hessen. Für alle. Nicht nur für die jüdischen. Russland lässt die Menschen zwar ausreisen, aber will sie weiterhin beeinflussen.«

Der Rabbi nickt. »Stimmt. Ich kenne das aus meiner Arbeit. Viele, besonders die jungen Menschen, geraten dadurch in einen Loyalitätskonflikt. In Israel ist das kein Problem. Da kommen sie an, da sind sie Juden unter Juden. Aber hier sollen sie plötzlich auch Deutsche sein. Da ist die Geschichte im Weg.«

»Also, wie gesagt, Tarassow wäre so jemand, der mit dieser Sache etwas zu tun haben könnte. Aber das ist nur eine Vermutung. Eine Vermutung, die sicher mein Mann auch hat.«

»Hat er das gesagt?«, interessiert sich der Rabbi.

»Nein. Und er würde auch mit keinem darüber sprechen, selbst mit mir nicht. Und wir sagen uns alles. Also, fast alles. Er sagt immer, wer nichts weiß, kann auch keine Fragen beantworten. Noch nicht einmal unter der Folter!«

Sie lächelt.

Der Rabbi beugt sich nach vorn und sagt leise:

»Eine letzte Frage noch: Kannten sich Ihr Ex-Mann und Tarassow vielleicht schon aus Russland?«

»Soviel ich weiß, haben sie sich hier in Frankfurt kennengelernt. Tja«, sagt Frau Gurewitz mit einem Mal und erhebt sich abrupt, um das Treffen ganz offensichtlich zu beenden, »ich hoffe, das hilft Ihnen ein wenig weiter bei Ihrer Suche.«

Henry ist ebenfalls aufgestanden.

»Danke«, sagt er, »ich finde hinaus. Auf Wiedersehen.«

Sie schaut ihm nach, wie er so wippend, sportlich und leichtfüßig den Raum verlässt. Die Gemeinde kann sich glücklich schätzen, denkt sie, so einen Rabbiner zu haben. Klug, attraktiv, jugendlich, humorvoll, ein brillanter Pianist zudem. Wenn er nicht seine hübsche Nase in alles hineinstecken würde …

»Die Pforte hat angerufen«, sagt Frau Kimmel und schaut kurz durch den Türspalt in das Büro des Rabbis, der hinter seinem Schreibtisch sitzt und arbeitet. »Sie ist da.« Henry steht auf, murmelt »Danke, Frau Kimmel«, und macht sich auf den Weg nach unten. Er läuft die drei Etagen hinunter, durchquert den Eingangsbereich des Gemeindezentrums, spricht kurz ein paar Worte mit seinem Kollegen Rabbiner Aronsohn, der ihm entgegenkommt. Dann betritt er den Gemeinschaftsraum, in dem sich jeden Mittwoch die russischen Damen treffen, um Loto zu spielen, eine Art russisches Bingo, und dabei zu *schmusen* und sich darüber auszulassen, wie schön es doch damals in der Sowjetunion war. Sie hatten zwar nichts, aber der Zusammenhalt! Erstaunlich, sagt sich der Rabbi, wie mit den Jahren die Vergangenheit verklärt wird. Dort wurden sie als Juden diskriminiert und schikaniert. Heute geht es allen besser und fast allen gut bis sehr gut, aber das zählt nicht.

»Ahs« und »Ohs« sind zu vernehmen, als Henry den Raum betritt. Der Rabbi ist beliebt bei den Damen, keine Frage. Er schüttelt ein paar Hände, spricht einige launige Sätze mit dieser und jener und landet schließlich bei Frau Bubka. Er flüstert ihr etwas ins Ohr, und daraufhin verlässt sie mit ihm den Raum. Die Damen schauen beiden hinterher und haben vermutlich sofort wieder ein Thema.

In der Lobby steht der Rabbi mit Galinas Mutter in einer Ecke und redet.

»Frau Bubka, ich habe Sie schon einmal gefragt. Und diesmal will ich eine Antwort: Warum haben Sie noch keine polizeiliche Vermisstenanzeige gemacht?«, fragt er die Frau.

Sie reagiert unsicher. »Wollte ich warten, wollte ich.«

»Ihr Schwiegersohn hat Ihnen abgeraten, stimmt's?«

»Ja«, sagt sie nach einem kurzen Zögern, »ich hatte *moire*. Er ist gekommen und hat er rumgeschrien, dass er wird meine Lina finden und soll ich mich hüten, die Polizei reinzuziehen in die Sache.«

»Hat sich Galina inzwischen einmal bei Ihnen gemeldet?«

Frau Bubka ist irritiert. »Gemeldet? Bei mir? Nein. Wie kommen Sie darauf?«

»Nur so«, sagt Henry. »Vergessen Sie's.« Er glaubt ihr kein Wort. »Kennen Sie einen Juri Tarassow?«, fragt der Rabbi unvermittelt, und so kommt die Frage auch an.

Zögerlich sagt Frau Bubka: »Seit wir sind hier, versuchen die Russen Lina zu beeinflussen. Sie haben ihr angeboten, sogar wieder für Russland zu starten, und haben ihr versprochen viel Geld dafür.«

»Aber sie ist doch schon für Israel gestartet. Ich denke, das geht nicht, nach den olympischen Statuten.«

»Interessiert das die Russen doch nicht. Machen die, was die wollen. Sogar Präsident, hat er sich eingeschaltet.«

»Halten Sie es für möglich, dass Tarassow etwas mit dem Verschwinden Ihrer Tochter zu tun hat?«

Sie schweigt. »Frau Bubka?«

»Das ist der Grund, warum ich nicht will, dass die deutsche Polizei soll sich einmischen.«

»Sie meinen, es ist politisch brisant?«

Sie nickt und flüstert: »Traue ich denen alles zu. Glaubt mir. Sind die zu allem fähig. Zu allem. Das hat man ja gesehen in der Ukraine!«

Chat

»Hi, my love, du siehst müde aus.«

»Bin ich auch. Außerdem geht mir diese Galina nicht aus dem Kopf.«

»Wie lange ist es her?«

»Zweiunddreißig Tage.«

»Müsste da nicht dein Freund, der Chief Inspector – sagt man das so? – etwas unternehmen?«

»Jemand ist weg. Mehr ist nicht passiert. Sie ist verreist. Oder will mal für sich sein? Oder führt ein Doppelleben? Anything goes.«

»Stimmt. Aber wenn es nicht so ist?«

»Genau das ist ja meine Befürchtung. Aber ich bin ziemlich allein mit meiner Annahme.«

»Bist du denn der Spur mit einem unbekannten Lover mal nachgegangen?«

»Die, die infrage kommen, kommen nicht infrage.«

»Vielleicht gibt es andere? Irgendjemand, an den du gar nicht denkst.«

»Dann fällt er mir ja auch nicht ein.«

»Du bist wirklich müde. Bye Rabbi!«

»Bye Zoe. Have a nice day in New York.«

7

City-Oase! Wir bauen für Sie! Hier entsteht Ihr neues Luxus-Apartment im Herzen der Stadt! VILA – Viktor Lazar Real Estate – heute Ihr Partner für Ihre Immobilie von morgen. Rufen Sie uns an.

Danke! Für mich muss keiner etwas bauen! Der Rabbi schmunzelt unweigerlich, als er an dem Schild vorbeiradelt. Dahinter ragt der eingerüstete Rohbau mit seinen fünfzehn Geschossen in den trüben Frankfurter Himmel. Zwanzigtausend Euro der Quadratmeter, so heißt es!

Dreißig Minuten später sitzt er hinter seinem Schreibtisch, und die unermüdliche Frau Kimmel steht ihm gegenüber.

»Ich habe dem Jüdischen Museum wegen Ihres Vortrags zugesagt.«

»Ach? Haben wir das vereinbart?«

»Genau. Das haben wir.«

»Und wann?«

»Die Ausstellungseröffnung ist am 12. nächsten Monat.«

»Und was war das Thema noch mal?«

»Das Jüdische Klischee.«

»Gut. Weiter.«

»Das Treffen mit dem Schuldezernenten.«

»Meinetwegen. Machen Sie was aus. Aber nicht open end, sonst hört der nie auf.«

Sie notiert ein paar Worte auf ihrem Block. Dann spricht sie weiter: »Das Musical für *Chanukka*.«

»Was gibt es da Neues?«, fragt der Rabbi.

»Die Rechte sind teuer. Es sei denn, wir verzichten auf Einnahmen. Dann ist es eine nicht kommerzielle Auswertung.«

»Können wir uns nicht leisten. Wir entwickeln selbst was.«

»Ist auch viel schöner.«

»Was ist mit Lazar?«

»Habe ich angefragt. Die rufen zurück.« Sie erhebt sich. »Sonst noch was?«

»Wo bleibt mein Kaffee?«, fragt der Rabbi.

»Den hatten Sie bereits.«

Er beugt sich zu seinem Notizblock hinunter, der vor ihm auf dem Schreibtisch liegt, und macht einen Haken.

»Okay. Danke. Dann ist das auch erledigt!«

Sie lächelt und geht nach draußen. Das Telefon im Vorzimmer klingelt. Frau Kimmel schließt die Tür hinter sich.

Der Rabbi beginnt in seine Tastatur zu tippen, als Frau Kimmel den Kopf in sein Zimmer streckt.

»Herr Lazar hätte um eins ein halbes Stündchen.«

»Super. Sagen Sie, ich komme.«

Bereits die gigantische Lobby ist dazu angetan, den Besucher zu überwältigen und ihm die eigene Nichtigkeit plastisch vor Augen zu führen. Dazu kommt, dass man die Halle, die den Umfang eines halben Fußballfelds hat, diagonal durchqueren muss, bis man vor einem marmornen Tresen haltmacht, hinter dem zwei uniformierte Pförtner stehen. Bevor der Rabbi auch nur ansatzweise eine Frage stellen kann, kommt ihm einer der beiden »doormen« zuvor, indem er mit dem Finger auf einen der vielen Monitore klopft, die hinter dem Tresen in Augenhöhe angebracht sind: »Ei, Sie habbe da drauße am Briefkaste Ihr Rad angeschlosse!«

»Das ist richtig, guter Mann«, sagt der Rabbi launig.

»Des geht abber net. Des is verbote.«

»Tut mir leid, das steht nirgends. Und es gibt keinen Fahrradständer vor dem Haus. Jedenfalls habe ich keinen gesehen.« Noch ist Henry gut gelaunt.

»Des stimmt. Und wisse Sie auch, warum?«

»Verraten Sie's mir?«

»Weil des das optische Empfinde vom Herrn Lazar stör'n tut. Hat er gesacht.«

»Wahrscheinlich stört es ihn noch mehr, wenn ich zu spät komme. Denn ich habe einen Termin mit ihm. In dieser Minute. Aber ich werde ihm genau berichten, warum ich hier unten aufgehalten wurde.«

Der zweite Mann beendet genervt die unselige Unterhaltung, nimmt einen Telefonhörer hoch und fragt: »Ihr Name?«

Kaum hat sich die Aufzugtür geöffnet, schon steht eine beflissene, dunkelhaarige, etwas zu stark geschminkte Empfangsdame im Weg, die den Rabbi übertrieben freundlich begrüßt und dann mit einem unsicheren Blick auf seinen ledernen Retro-Fahrrad-Sturzhelm fragt: »Kann ich Ihnen den abnehmen?«

»Danke, besser nicht«, antwortet Henry mit einem Fingerzeig auf den glänzenden Marmorboden, »man kann ja nie wissen.«

Sie lächelt gekünstelt, macht eine hilflose Handbewegung in die Ferne und sagt dann: »Bitte. Herr Lazar erwartet Sie. Darf ich vorgehen?«

Die Frau geht los. Der Rabbi nimmt seinen Helm ab und rückt seine Kippa zurecht, die darunter zum Vorschein kommt. Sie durchqueren einen eleganten Empfangsbereich. Hier wird der Steinboden von kostspieliger blauer Teppichware abgelöst, in der regelmäßig das goldfarbene Signet der Firma VILA zu erkennen ist. Bei gedämpftem Licht, wo an den Wänden gerahmte Fotos der zahlreichen Immobilienprojekte des Lazar-Imperiums nicht zu übersehen sind. Auch Fotos mit Viktor Lazar und der Ex-Kanzlerin sowie dem hessischen Ministerpräsidenten dürfen nicht fehlen. Henry entdeckt im Hintergrund eine Art von multifunktionellem Konferenz- und Seminarraum, in dem einige Anzugträger vor Laptops zusammensitzen, darunter, wenn er sich nicht irrt, lässig im T-Shirt Benny Lazar, der Junior.

Die Empfangsdame geht an einem Großraumbüro mit etwa zwanzig personalfreundlichen Arbeitsnischen entlang.

Die meisten Mitarbeiter telefonieren oder befinden sich gerade in Video-Konferenzen, einige stehen vor Reißbrettern und Bauzeichnungen. Nach einem gefühlten Kilometer biegt die Dame abrupt nach links ab. Dann geht es nach wenigen Metern nicht mehr weiter. Sie bleibt vor einer immensen zweiflügeligen Bürotür aus edelstem Tropenholz stehen und wartet, bis Henry aufgerückt ist.

Sie drückt auf den Knopf einer Sprechanlage und sagt: »Rabbiner Silberbaum für Sie.« Lautlos öffnet sich die Tür. Mit einer eingeübten einladenden Geste entlässt die Empfangsdame den Rabbi ins Ungewisse.

Viktor Lazars Büro hat die Dimension einer Sportarena. Während der Besucher auf dem Weg zum Schreibtisch immer kleiner wird, erscheint ihm der Mann dahinter immer größer. Dazu kommt, dass er mit dem Rücken zu einer gigantischen lichtdurchfluteten Fensterfront sitzt, hinter der ein Besucher nicht nur die eindrucksvolle Skyline Frankfurts erahnen kann, sondern auch Wiesbaden. Schemenhaft glaubt der Rabbi sogar, die Silhouette von Paris zu erkennen. Es ist kein Zufall, sondern Kalkül, dass der Besucher die Augen zusammenkneifen muss, um im Gegenlicht die Gestalt hinter dem Schreibtisch zu identifizieren. Es ist die Position des Staatsanwalts in den Gerichten, genau zu diesem Zweck. Henry ist am Schreibtisch angekommen, und Lazar hat sich erhoben. Er murmelt ein paar Floskeln wie »freut mich, Sie zu sehen«, reicht dem Rabbi die Hand und weist zu einer Sitzecke, die an die holzgetäfelte Behaglichkeit eines britischen Herrenclubs erinnert.

In eine Bücherwand eingebaut ein überdimensionales rotes Sofa und diesem gegenüber, mit einem Spot beleuchtet, vor einer roten Tapete ein aufwendig gerahmtes Ölgemälde: »Die Synagoge in Frankfurt« von Max Beckmann!

Lazar bemerkt den erstaunten Blick des Rabbis.

»Im Städel hängt eine Kopie«, sagt der Immobilientycoon selbstgefällig. »Die Stadt brauchte dringend Geld, und ich habe mich auf den Deal eingelassen.«

»Sind Sie sicher, dass nicht das hier die Kopie ist?«

Der Rabbi lächelt. Lazar lächelt unsicher zurück und sagt dann: »Darf ich Ihnen etwas zu trinken anbieten?« Er öffnet eine umfangreiche Hausbar. »Einen kleinen Whisky?«

»Nein, vielen Dank, ich bin mit dem Rad da. Es wartet unten direkt vor dem Eingang auf mich.«

Lazar lächelt gequält, sagt aber kein Wort. Henry setzt sich. Auf einem kurzbeinigen, langen asiatischen Intarsientisch liegen in inszenierter Unordnung diverse Hochglanzprospekte. Wie von ungefähr nimmt Lazar eines hoch.

»Hier. Unser neustes Projekt. City-Oase. Möglicherweise kennen Sie es?«

»Ja«, sagt der Rabbi, »ich fahre oft daran vorbei. Mit dem Rad.«

»Es ist das Nonplusultra der modernen Architektur. Enzo Viola hat es entworfen. Sagt Ihnen das was?«

»Hat der nicht auch seinerzeit die Autobahnbrücke von Genua gebaut, die zusammenbrach?«

Lazar lacht. »Ihr Humor gefällt mir, Rabbi. Na, wäre das nichts für Sie?« Er blättert in dem Prospekt. »Hier. Es gibt auch kleinere Einheiten für Singles.«

»Wenn noch eine Besenkammer frei ist, sind wir im Geschäft«, sagt Henry.

»Na, na, Sie werden nicht schlecht verdienen. Außerdem kann man das finanzieren.«

»Da müsste ich schon ein ungarischer Kantor sein, um da mitzuhalten«, meint der Rabbi verschmitzt.

»Ach? Sie wissen Bescheid. Friedländer hat also schon mit Ihnen gesprochen. Was halten Sie von Lajos Karpati? Ist er nicht außergewöhnlich?«

»Das kann man so sagen. Er ist in Budapest weltberühmt, hört man.«

Lazar hat die Spitze nicht mitbekommen. »Ja, er ist ein Star dort.« Und nach einem kurzen Blick auf seine Patek Philippe sagt Lazar: »Deswegen sind Sie sicher nicht hier. Geht es um die Hochzeit?«

»Indirekt«, sagt der Rabbi mehrdeutig. »Wenn ich richtig informiert bin … Sie kennen die Gerüchteküche in der Gemeinde … dann kommt diese Heirat auch zustande, weil Ihr Sohn vorher eine Bekannte hatte, mit der

Sie nicht so recht einverstanden waren. Die nicht so perfekt ins Bild einer zukünftigen Schwiegertochter passte.«

Lazars anfängliche Selbstsicherheit nimmt Schaden. Er zögert zuerst, dann sagt er in einer völlig anderen Tonart: »Okay, was sollen wir herumreden. Benny sagt zwar Nein, aber ich weiß definitiv, er hatte etwas mit Galina Gurewitz, und Sie können sich vorstellen, was es bedeutet hätte, wenn das herausgekommen wäre.«

»Ja«, sagt der Rabbi lakonisch, »Sie hätten dieses Haus abreißen müssen, nach Gurewitz' Besuch.«

Lazar lächelt. »Sie sagen es. Wenn ich mit einem Menschen keinen Streit will, dann ist es Semjon.«

»Sie nennen ihn Semjon?«

»Wir spielen zusammen Golf, manchmal. Nicht missverstehen, wir sind keine Freunde. Ich glaube, so einer wie er hat keine Freunde.«

»Also, Sie haben Benny nahegelegt, seine Bekanntschaft mit Galina zu beenden und sich stattdessen möglichst rasch mit einem netten jüdischen Mädchen zu verloben. Dass Camilla Sternlieb aus einfachen Verhältnissen kommt, war kein Hinderungsgrund.«

»Besser hätte ich es nicht ausdrücken können, Rabbi.«

»Ihr Sohn war sicher nicht begeistert.«

»Alles, was Väter sagen, wird erst einmal boykottiert, aber Camilla und er waren ja schon einmal zusammen, früher. Am Ende siegte die Einsicht.«

»Oder der Druck«, fügt der Rabbi an.

»Kein Kommentar«, sagt Lazar schmunzelnd. »Sie

kennen das Leben, Herr Rabbiner. Nicht jeder weiß, was wirklich gut für ihn ist. Manchmal muss man die Menschen zu ihrem Glück zwingen.«

»Richtig«, sagt Henry, »und deshalb geht mir eine Sache nicht aus dem Kopf.« Er schaut seinem Gegenüber, dem kleinen, braun gebrannten Multimillionär Viktor Lazar, direkt in die Augen. »Fragen Sie mich nicht warum, aber ich bin davon überzeugt, auch Sie kannten Galina näher.«

Lazar ist sichtlich erschrocken. »Wie kommen Sie darauf?«

»Sie sagten eben, Ihr Sohn habe zwar abgestritten, etwas mit Galina gehabt zu haben, aber Sie wüssten definitiv, dass da doch etwas war. Definitiv! Das kann Ihnen nur Galina gesagt haben, oder?«

»Sie sind ein schlauer Kopf, Rabbi Silberbaum, und Sie haben Talent zum Detektiv, das muss ich zugeben.«

Lazar hat sich erhoben. Er ist sichtlich nervös. Er geht zur Bar und nimmt sich einen Drink, während Henry sagt: »Das bringt das Tora-Studium so mit sich, und deshalb hat es auch wenig Sinn, mir gegenüber Ihr persönliches Verhältnis zu Galina Gurewitz zu leugnen.«

Das sitzt. Lazar nimmt einen Schluck. Seine gesamte aufgesetzte Souveränität ist mit einem Mal dahin. »Ja. Wir kannten uns näher, aber nicht so nah, wie Sie vielleicht denken. Es war rein geschäftlich. Uns war beiden klar, was das bedeutet hätte, wenn das herausgekommen wäre.«

»Wachkoma auf der Intensivstation.«

»Nicht nur das, ich wäre gesellschaftlich ruiniert. Sie sind übrigens der Einzige, der das weiß.«

Er nimmt den nächsten Schluck, während Henry sagt: »Keine Sorge, von mir erfährt es keiner. Berufsgeheimnis, ein Schweigegelübde, sozusagen. Meinen Sie nicht, sie hat es ihrer Mutter erzählt?«

»Nein! Auf keinen Fall. Damit hätte sie ihre eigene Mutter in Gefahr gebracht.«

Der Rabbi denkt nach. Dann schaut er Lazar an: »Geschäftlich, sagten Sie. Vielleicht hatte Galina vor, etwas durchsickern zu lassen, und deshalb musste sie von der Bildfläche verschwinden!«

»Also, das ist doch …«, ruft Lazar und stellt sein Glas mit einem Knall ab. »Ich habe mit Galinas Verschwinden nichts zu tun! Das müssen Sie mir glauben, Rabbi, wirklich!« Und nach einer kurzen Pause: »Obwohl ich allen Grund gehabt hätte, auf sie wütend zu sein.«

»Weil sie Sie vielleicht erpresst hat?«

Lazar ist im ersten Moment sprachlos. Dann räuspert er sich und sagt: »Ja! Ich gebe es zu, das hat sie! Sie ist nicht die kleine naive Schwimmerin. Das ist alles nur gespielt. Sie ist ein durchtriebenes Stück. Glauben Sie mir!«

»Wie viel hat sie verlangt?«

»Ein Penthouse im neuen Objekt.«

»Wie viel ist das wert?«

»Drei Millionen.«

»Nicht schlecht. Und? Bekommt sie es?«

»Nein.«

»Warum nicht? Es ist doch gefährlich, ihr etwas abzuschlagen.«

»Ich habe ihr fünfhunderttausend gegeben, wenn sie aus meinem und dem Leben meines Sohnes verschwindet.«

»Und das hat sie akzeptiert?«, fragt Henry.

»Das musste sie akzeptieren.«

»Herr Lazar, mal ehrlich, was wäre passiert, wenn sie nicht einverstanden gewesen wäre?«

Da hört man eine samtweiche Stimme, nach einem diskreten Gongschlag.

»Doktor Buchbinder ist da.«

»Verzeihen Sie«, sagt Lazar, »aber mein Anwalt …«

Der Rabbi holt seinen Sturzhelm vom Schreibtisch und macht sich auf den Weg zur Tür. Dabei fragt er noch einmal:

»Was wäre passiert?«

»Sie war ja einverstanden. Vermutlich ist sie mit dem Geld auf und davon.«

»Durchaus möglich. Danke für Ihr Vertrauen.« Der Rabbi dreht sich noch einmal um, als sich die Tür automatisch öffnet.

Der kleine Herr Lazar steht mit einer Fernbedienung in der Hand wie verloren in seinem viel zu großen Büro auf seinem viel zu blauen Teppich und ruft ihm hinterher: »Auf Wiedersehen, Rabbi, *schalom*.«

»*Schalom*«, sagt der Kommissar, während er mit seinem Eintracht-Schal in der geöffneten Tür steht. Dann drückt er Henry eine Flasche Wein in die Hand.

»Das war doch nicht nötig«, sagt der Rabbi, der eine Eintracht-Basecap trägt, als Berking die Wohnung betritt, »nicht, weil es nicht nötig wäre, sondern weil es sicher wieder ein Fusel ist, den ich nicht mal in die Soße schütten würde.«

»Ich liebe deine Direktheit«, sagt der Kommissar, »aber diesmal habe ich extra einen Kredit aufgenommen, um dich nicht zu enttäuschen.«

Henry entfernt das Seidenpapier von der Flasche und lässt einen Pfiff los. »Hoppla! Ein Yarden Merlot von 2018. Da kann man nicht meckern. Du lernst dazu.«

Er legt Berking die Hand auf die Schulter und schiebt ihn ins Wohnzimmer, wo bereits alles für einen gemütlichen Fußballabend unter Sportsfreunden vorbereitet ist.

»Mann!«, ruft der Kommissar. »Hier sieht es ja aus, als hättest du zuerst ein Putz- und anschließend ein Kochkommando durchgejagt. Vom Ausstatter nicht zu reden.«

»Keine große Sache, würde meine Mom sagen, in einer halben Stunde war alles erledigt. Ich mache das nur, um dir zu demonstrieren, wie es auch bei dir aussehen könnte, nachdem du einmal mit dem Bulldozer durch deine Wohnung gefahren wärst.«

»Erstens, ich mache mir nicht viel aus bürgerlicher Behaglichkeit«, kontert der Polizist, »und zweitens, müsste ich mich dann von vielen lieb gewonnenen Dingen trennen.«

»Klar. Von deiner eindrucksvollen ›Leere Tuben-, Flaschen- und Schachtel-Sammlung‹ zum Beispiel. Du könntest sie zu *Bares für Rares* bringen. ›Oha‹, sagen dann die Experten und holen die Lupe, ›eine Hühneraugensalbe aus dem Anthropozän!‹«

Berking lacht laut und boxt dem Rabbi liebevoll in die Rippen.

Einige Minuten später. Der Fernseher läuft ohne Ton. Der Vorbericht aus München zum Spiel der Eintracht gegen die Bayern. Henry und Berking stehen vor dem improvisierten Büfett, bestehend aus diversen Salaten und Dips. Dazu gibt es Matzen, Brot und Sticks.

»Wie heißt das noch mal, dieses peruanische Indianerzeug?«, fragt der Kommissar. »Ich kann mir das nicht merken.«

»Guacamole! Wie oft muss ich es dir noch erklären?«

»Nur noch einmal. Ohne dass es zu einem Seminar ausartet.«

»Es stammt aus Mexiko«, sagt Henry, »von den Azteken. Bei denen bedeutete das Wort ›Avocado‹ …?«

»Hoden! Genau, jetzt fällt es mir wieder ein. Es ist so eine Art Hodencreme.«

»Könnte man sagen. Nur mit Avocados und Koriander, Pfeffer, Zwiebeln, Knoblauch und Limettensaft.

Auch für Dilettanten leicht zuzubereiten. Und es macht immer Eindruck.«

Berking hat sich inzwischen eine Ladung davon auf den Teller getan und sich dazu Brot genommen. Kauend fragt er:

»Wie war's bei Lazar? Berichte!«

»Sein Sohn hatte wirklich etwas mit Galina! Bei ihm bin ich mir nicht sicher.«

»Donnerwetter!«

»Der alte Lazar wollte irgendwann raus aus dem Dilemma. Wenn Gurewitz Wind davon bekommen hätte, wäre er einbetoniert worden. Also verlobt er seinen Sohn und kauft sich selbst mit einer halben Million frei.«

»Aber warum lässt Lazar sich überhaupt erpressen? Sie kann doch an einem Geständnis nicht interessiert gewesen sein, oder? Denn hätte sie es Gurewitz gesteckt, um Lazar zu schaden, wäre sie selbst durch den Wolf gedreht worden«, bemerkt Berking richtig.

Der Rabbi nickt. »Du hast recht. Aber angeblich ist es so gelaufen, wie es gelaufen ist. Lazar zahlte für ihr Schweigen.«

»Und du glaubst, sie nimmt das Geld und haut damit ab?«

»Keine Ahnung. Du weißt ja, es gibt immer zwei Möglichkeiten. Einerseits hat sie selbst einen Millionär zu Hause, da sind fünfhunderttausend Peanuts, andererseits steht sie vielleicht unter Druck ...«

»Du meinst, sie wurde selbst erpresst? Warum und von wem?«

»Es gibt da diesen Juri Tarassow vom russischen Generalkonsulat, ich habe dir von ihm erzählt.«

»Ja, der Typ, der für die Einwanderer zuständig ist.«

»Kannst du da mal versuchen, diskret etwas herauszufinden? Vielleicht ist da irgendwo bei euch was in den Akten?«

»Mach ich.«

»Schreib's dir auf.«

»Tarassow. Merk ich mir.«

»Genau wie Guacamole!«

Sie begeben sich lachend Richtung Couch. Anpfiff. Das Spiel beginnt. Die Männer setzen sich vor den Fernseher.

8

Es ist immer wieder erstaunlich, wie auch die unerzogensten, aufgeregtesten Schüler ruhig und handzahm werden, wenn Rabbiner Henry Silberbaum das Klassenzimmer betritt und seinen Rucksack auf den Tisch wirft. Oft hat er dabei noch seinen ledernen Sturzhelm auf dem Kopf.

Sein Kollege Aronsohn reagiert manches Mal sogar eifersüchtig, denn: »Bei mir merken sie oft nicht, dass ich bereits im Klassenzimmer stehe!«, erzählt er eines Tages dem Rabbi bitter. Das ist der Unterschied zwischen Autorität und autoritär, denkt sich dieser, sagt aber: »Gad, du hast es mit Kindern zu tun, bei denen Internet und TV bereits Teil ihres Genoms sind. Die wollen unterhalten werden. Langeweile ist tödlich.«

»Du meinst, mein Unterricht ist langweilig?« Aronsohn ist empört über diese Aussage. Der Rabbi widerspricht. »Unsinn, dein Unterricht ist okay, aber du musst aus jeder Schulstunde ein Event machen. Du hast jeden Tag Premiere.«

»Soll ich mir *efscher* eine rote Pappnase anziehen?«

»Warum nicht?«

»Danke für die *eize*!«

Der Rabbi steht vor seiner Klasse, die gespannt wartet. Er schaut sie einen Moment stumm an, dann sagt er: »Das zehnte Gebot!«

Eine Welle des Protestes und der Aufmüpfigkeit rollt durch den Raum.

»Wir waren beim siebten!«

»Ich habe mich vorbereitet auf das siebte!«

»Warum gehen wir nicht chronologisch vor?«

»Warum das Zehnte?«

»Weil ich es so will«, sagt der Rabbi, »ich bin euer Lehrer, und ich entscheide, was wir drannehmen. Punkt.«

Der größte *nudnik* seiner Klasse, Felix Heumacher, meldet sich. »Gibt es dafür einen nachvollziehbaren Grund?«

»In der Tat, Felix«, meint Henry, »den gibt es: Ich will von euch etwas hören über das Zehnte, das da lautet?«

Die kleine Ilana meldet sich: »Du sollst nicht begehren das Haus deines Nächsten. Du sollst nicht begehren die Frau deines Nächsten, seinen Sklaven oder seine Sklavin, sein Rind oder seinen Esel oder irgendetwas, das deinem Nächsten gehört.«

»Sehr gut, Ilana. Moses hätte es nicht besser sagen können!«

Ein vielstimmiges Lachen ist zu vernehmen.

»Wenn wir mal die Sklaven und das Vieh weglassen, was bleibt dann? Was sagt uns das Gebot heute, wenn es vom Begehren spricht?«, fragt der Rabbi seine Schüler.

»Wenn man etwas unbedingt haben möchte, was einem nicht gehört«, ruft einer.

»Richtig«, sagt der Rabbi. »Es bedeutet, dass man etwas unbedingt haben möchte. Begehren beinhaltet die Elemente des Neids, der Begierde und der Habgier.«

Eitan Kanner, der kleine rothaarige Israeli, meldet sich wie wild. Der Rabbi nimmt ihn an die Reihe.

»Aber ist es doch menschlich, wenn man findet den Ferrari von seinem Nachbarn megageil!« Viele lachen.

»Das stimmt, Eitan. Es ist erlaubt, das Auto seines Nachbarn zu bewundern, aber es ist verboten, es deshalb zu klauen. Man kann auch dessen schöne Frau bewundern, aber man sollte sie nicht berühren. Maimonides sagte bereits vor über 800 Jahren: Verlangen führt zu Begehren und Begehren zum Stehlen.«

Keine Überraschung, dass Felix Heumacher sich wieder einbringt. Er nervt, er ist *edgy,* aber er hat zweifelsfrei einen herausragenden Verstand. Der Rabbi hat sich insgeheim so eine aufkommende Diskussion erhofft, um vielleicht daraus etwas zu ziehen für die Sache mit der verschwundenen Galina.

»Felix?«

»Würden Sie mir zustimmen in der Annahme«, beginnt Heumacher nach Art seines Vaters, des Frankfurter Top-Anwalts, »dass dies das einzige der zehn Gebote ist, das bereits einen Gedanken unter Strafe stellt und nicht erst eine Tat? Denn ›begehren‹ per se ist ja keine Tat. Es findet im Kopf statt.«

Wo hat der Junge das nur her?, denkt sich der Rabbi. Sagen tut er: »Du hast absolut recht. Rabbi Samson Raphael Hirsch schreibt dazu in seinem Tora-Kommentar: ›Wer kein Verbrecher werden will, muss die Begierde im Keime ersticken.‹ Entscheidend ist, dass man schon seine Gedanken, seine Begierden, sein Begehren unterdrückt und somit das Risiko, dass diese unguten Gedanken dem Nächsten schaden könnten.«

Das Mädchen Laura meldet sich: »Ist es überhaupt möglich, unsere Gedanken zu unterdrücken?«

Der Rabbi schaut nachdenklich: »Gute Frage. Der eine sagt so, der andere sagt so. Ich denke, es ist es möglich, das letzte der Zehn Gebote einzuhalten. Und das hat mehrere Gründe. Verboten sind: Das Haus, die Frau des Nächsten …«

»Oder der Mann!«, ruft Laura dazwischen.

»Richtiger Einwand«, sagt Henry, »auch der Mann. Aber entscheidend ist, dass sich das Begehren speziell auf das erstrecken muss, was dem Nächsten oder der Nächsten gehört. Es ist also durchaus erlaubt, den Ferrari seines Nachbarn zu bewundern und sich ein ebensolches Modell zu wünschen. Und genauso verhält es sich mit dessen Haus. Verboten ist allerdings, genau diesen Ferrari oder diese schöne Villa haben zu wollen. Es geht also nicht darum, Konkurrenzdenken zu unterdrücken. Im Gegenteil! Es kann positive Wirkungen haben, sich an anderen Menschen ein Beispiel zu nehmen. Es gehört zu den Konstanten des Menschseins, dass wir mit einem freien Willen ausgestattet sind, der uns befähigt, uns für das Gute oder das Böse, das Richtige oder das Falsche zu entscheiden. Im Gegensatz zum Christentum oder dem Islam, wo es um Gleichmachung geht, weil diese angeblich Gerechtigkeit herstellt, wird bei uns Juden die Individualität explizit gefordert: Du bist der Herr deines Tuns. Und deshalb sind wir auch in der Lage, unsere negativen Gedanken zu beeinflussen.«

»Wie soll das gehen?«, ruft einer.

»Wir sollen erkennen, dass es diesen Menschen, die wir beneiden, mitunter viel schlechter geht als uns selbst. Wir sehen zwar das tolle Haus, die attraktive Ehefrau, den Ferrari und schließen deshalb auf ein glückliches Leben. Wenn man genauer hinschaut, erfährt man von Problemen, von denen man niemals etwas geahnt hätte. Der Ferrari ist nur geleast, die Frau verabscheut ihren Mann, das Haus ist überschuldet. So verändert sich automatisch die Sicht auf die Dinge.«

»Wenn man sieht, dass es anderen Menschen viel schlechter geht als einem selbst«, meldet sich Tamara Fischel zu Wort, »dann ist man glücklicher mit dem, was man hat.«

»Sehr weise, Tamara«, sagt der Rabbi daraufhin, »in den *›pirkej avot‹* in den Sprüchen der Väter, steht geschrieben:

›Wer seine Leidenschaften besiegt, ist ein wahrer Held.‹ Wer also sein Verlangen, seine Begierden und seine Triebe zähmt, ist stärker als Superman. Denn es verhindert, dass schädliche Gedanken zu noch schädlicherem Handeln führen. Und im *Midrasch* wird es auf den Punkt gebracht: Die Schlechten werden durch ihre Gedanken beherrscht … und die Rechtschaffenen beherrschen ihre Gedanken.« Der Rabbi schaut seine Schüler an. »So. In die Pausen, ihr Banausen!«

Die Kinder springen lärmend auf, und der Rabbi packt seine Unterlagen ein.

Hauptkommissar Robert Berking hat sich sogar bis zum LKA in Wiesbaden vorgetastet, wo er einen Kollegen hat, mit dem er früher im Frankfurter Bahnhofsviertel auf Streife gegangen war. Aber selbst dieser »kleine Dienstweg« ist nur bedingt hilfreich. Als er sich telefonisch bei Henry meldet, sitzt dieser in seinem Büro.

»Also, dieser Juri Tarassow ist fünfundsechzig, kommt aus Leningrad. Er war in der Sowjetunion bei der Armee, danach im Strafvollzug. Zuletzt Anfang der Neunzigerjahre in einem Strafgefangenenlager bei Murmansk. Gemeinsam mit anderen Häftlingen emigrierte er ins nahe Schweden und wurde dann in der russischen Botschaft in Stockholm zuständig für Flüchtlingsangelegenheiten. Insbesondere für den Transfer von jüdischen Kontingentflüchtlingen in die Bundesrepublik. Es gab wohl auch mal ein kurzes Intermezzo beim BND, aber Tarassow war nicht sonderlich hilfreich, heißt es.«

»Und wie kam er hierher?«, will der Rabbi wissen.

»Nichts Genaues weiß man nicht«, sagt der Kommissar, »seit ein paar Jahren ist er im Generalkonsulat offiziell als Koordinator für interkulturelle Angelegenheiten zuständig, aber wie bereits vermutet, arbeitet er gleichzeitig für den SWR, die Nachfolgeorganisation des KGB, in diesem Fall für die Auslandsaufklärung. Offiziell zuständig für die wirtschaftliche Entfaltung Russlands im Ausland.«

»Gut. Aber was hat er in Frankfurt mit den jüdischen Einwanderern zu schaffen?«

»Keine Ahnung.«

»Wer kann mir diese Frage beantworten?«

»Nur du! Nur zu! Glück auf!«

»Vielen Dank für deine tröstlichen Worte. Ich melde mich. Tschö.«

»Nein, du irrst dich«, sagt seine Mutter nicht unfreundlich, aber bestimmt, »ich mag Betty. Sie ist ein sauberes, freundliches Tier. Aber mir reicht es, wenn du sie tagsüber bei mir abgibst. Wenn ich einen Hund wollte, würdest du es als Erster erfahren.«

Henry sitzt in der Küche und isst von der Matzeknödelsuppe, die ihm seine Mutter noch spät aufgewärmt hat. Frau Cilly Silberbaum sitzt ihm gegenüber und reibt mit der Hand nervös über die Wachstuchtischdecke, als wolle sie unsichtbare Brotkrumen zusammenwischen. Zwischen beiden, auf dem Küchenboden, sitzt der Dackelmix aufrecht und schaut aufmerksam, wie beim Tennis, vom Rabbi zu seiner Mutter und wieder zurück.

»Sie weiß, dass wir über sie reden«, sagt Henry leise.

»Bestimmt tut sie das, sie ist ja nicht blöd.«

»Es wäre ja nur für ein paar Nächte«, versucht es der Rabbi noch einmal, »sie engt mich ziemlich ein. Zeitlich.«

»Das überrascht mich nicht. Aber ich gehe nachts nicht mehr mit ihr raus«, bestimmt die Mutter. »Vor einem Monat ist hier um die Ecke eine Frau überfallen worden.«

»Du hast ja einen Hund dabei.«

»Sehr komisch.«

»Du weißt, ich hatte vor, ein neues Zuhause für sie zu finden, aber dann ist sie mir eben ans Herz gewachsen, wie das so ist. Aber sie macht mir leider auch Probleme. Friedländer hat ausdrücklich verboten, dass ich sie mit ins Büro nehme.«

»Du weißt, ich gebe ihm ungern recht, aber wo er recht hat, hat er recht. Stell dir vor, jeder würde sein Haustier mitbringen. Der eine hat einen Hamster, eine andere einen Wellensittich …«

»Eine Katze würde das Problem lösen.«

»Bubele, gib sie ins Tierheim. Ich habe das im Internet gesehen. Die Hunde haben es gut dort, und ein Hund mit ihrem Charakter findet sofort ein neues Herrchen oder Frauchen.«

»Mom, ich habe sie Axelrath weggenommen, weil er sie ins Tierheim stecken wollte!«

»Okay, deine Sache. Aber, wie gesagt, tagsüber gern …«

Henry hat seinen Teller leer. Er steht auf. »Wir finden

eine Lösung. Ich habe schon eine Idee. Komm, Betty. Gassi!«

Der Hund freut sich wie verrückt und rennt zur Wohnungstür.

Wie immer steht der rote Smart im absoluten Halteverbot vor dem Haupteingang des Jüdischen Seniorenstifts. Der Rabbi ist vor einer Minute mit Betty auf dem Arm durch die Halle gelaufen. Es ist noch früh, sodass es ziemlich unwahrscheinlich ist, einem Heimbewohner zu begegnen, der ihn möglicherweise in ein Gespräch verwickeln könnte. Auch sein Freund Jossi hat den Zeitungsladen noch nicht geöffnet. Und das ist gut so, denn es fällt dem Buchhändler schwer, etwas für sich zu behalten.

Henry hat den Aufzug betreten und fährt hoch zum Dachgeschoss. Hier bewohnt die Heimleiterin Esther Simon seit Kurzem eine kleine Dienstwohnung, die ihr der Stiftungsrat zur Verfügung gestellt hat. Man war der Ansicht, dass ihr Dienst nicht unbedingt mit dem Feierabend endet. Aus diesem Grund sei es angezeigt, dass sie auch darüber hinaus jederzeit für die Gäste erreichbar sein sollte. Esther ist hin- und hergerissen. Sie fühlt sich einerseits geschmeichelt, andererseits wird ihre spärliche Freizeit noch spärlicher. So kommt es, dass sie das geerbte elterliche Reihenendhaus am Dornbusch vermietet hat und nun über dem Seniorenstift thront. Allerdings nur testweise für ein Jahr, das hat sie zur Bedingung gemacht.

Henry hat kaum leise angeklopft, schon steht Frau Simon in der Tür und strahlt ihn an.

»Guten Morgen, ihr zwei«, sagt sie fröhlich. Betty ist schon in die Wohnung geflitzt.

Esther gibt dem Rabbi zwei Wangenküsse.

»Hi«, sagt er, »das ging ja schnell. Hast du an der Tür geschlafen?«

»Nein«, sie lächelt ihn an, »aber ich kann mir das Überwachungsvideo aus der Halle hochschalten und habe dich gesehen.«

»Big Sister is watching you«, sagt Henry und lächelt sie an, wie sie in ihrem groß geblümten Kimono vor ihm steht. »Du bist eine Morgenschönheit. Hat dir das schon einmal jemand gesagt?«

»Das höre ich ständig. Aber wenn du es sagst, ist es was Besonderes. Möchtest du einen Espresso?«

»Gern.«

Der Rabbi kommt in die kleine gemütliche Dachwohnung, wo das Morgenlicht angenehm durch die schrägen Fenster fällt. Während Esther zur Küchenzeile geht, sagt er: »Ich habe alles dabei. Körbchen, Leine, ihr Futter, Kacktüten, ihre Papiere. Danke noch mal.«

Die Heimleiterin bereitet den Espresso vor und sagt dabei: »Wir probieren es einfach mal aus. Unsere Gäste werden Betty lieben, besonders die Damen. Sie ist ja ein echter Schmusehund.«

»Ja, sie wickelt jeden um die Pfote.« Der Rabbi nimmt Betty auf den Arm: »Du bleibst ab heute hier, bei Esther, verstehst du, und du wirst das brave Heimhundi. Und passt auf die Leute auf und verbellst die bösen Eindringlinge.«

Er geht mit ihr an ein Fenster und lässt sie hinausschauen.

»Na, ist das ein Ausblick? Da staunst du. Den hatte Goethe im Sinn, als er den Osterspaziergang geschrieben hat.«

Betty schaut ihn an. »Faust. Kennst du doch. Des Pudels Kern.« Er lässt sie wieder auf den Boden.

»Gibt es was Neues von Galina?« Esther kommt mit zwei Espressotassen und reicht eine an den Rabbi weiter.

»Nein. Aber keiner scheint sich zu sorgen, außer ihrer Mutter.«

»Und dir.«

»Und mir.«

»Hast du eine Vermutung?«

»Ja, eine vage allerdings. Sie hat sich viel Geld organisiert und ist abgehauen. So sieht es jedenfalls aus. Und es gibt einige Menschen, die darüber nicht unglücklich sind. Inklusive ihres werten Gatten, denn er scheint sie nicht zu vermissen. Außerdem hat er mir unmissverständlich erklärt, dass ich mich gefälligst aus dieser Sache raushalten soll.«

»Und, gibst du dich damit zufrieden?«

»Ganz bestimmt nicht. Ich treffe heute einen geheimnisvollen Russen, eine Art Bond, Juri Bond!«

Sie lacht. Er stellt seine Tasse ab.

»Ich hole schnell die Sachen für Betty aus dem Wagen.« Und schon ist er aus der Tür.

Als er die Treppe hinunterläuft, kommt ihm Marek Perlmann entgegen, der Heimarzt, sein Hausarzt und Freund.

Der Rabbi fragt sofort: »Marek! So früh?«

»Es war Lipschitz und nicht die Lerche«, sagt Perlmann bissig, »er hatte heute Nacht angeblich etwas, das er ›Herzschwindelschwäche‹ genannt hat. Du kennst ihn ja, unseren alten Sprachjongleur.«

»Hat er mit dir auf Deutsch gesprochen oder in einer seiner erfundenen Sprachen?«

»Prito bloste, Doktorjub!«, sagt Perlmann belustigt.

»Na, dann war es nichts Ernstes«, meint der Rabbi. Er haut seinem Freund spielerisch auf den Bauch und sagt: »Ein bisschen Sport würde dir auch guttun.«

»Alles Lachmuskeln«, meint der Doktor.

»Wie wär's mit ein paar Runden unten in der Muckibude? Wettrudern?«

»Meinetwegen. Ich ruf dich an.«

»Wann?«

»Lass dich überraschen.«

9

Trotz des Betriebs um die Mittagszeit ist es dem Rabbi gelungen, einen Tisch mit zwei Stühlen auf der Terrasse zu erobern, der es ihm ermöglicht, einen guten Überblick über das Geschehen zu erhalten. Er setzt sich und schaut zum Eschenheimer Turm hinüber, der den Mittelpunkt des Platzes bildet, und zu den Bürogebäuden, die ihn umstellen und von dem aus sich viele Straßen in die Stadt verzweigen.

Henry erinnert sich an einen Schulausflug, bei dem die Kleinen fasziniert die Sage von Hans Winkelsee hörten:

Der Wilderer war um 1550 für neun Tage im Turm gefangen, um auf seine Hinrichtung zu warten. Er bat darum, für jeden Tag seiner Gefangenschaft einen Schuss auf die Wetterfahne an der Spitze des Turms abgeben zu dürfen, und traf tatsächlich neunmal. Der Rat der Stadt war dermaßen beeindruckt, dass er Winkelsee begnadigte und zum Stadtjäger ernannte. Noch heute sind die neun Löcher in der Fahne zu sehen.

Um die Ecke, in der Stiftstraße, war im Jahr 1957 die Nitribitt ermordet worden, das Mädchen Rosemarie, Deutschlands erste Edelprostituierte. Der Mörder wurde nie gefasst. Gegenüber residierte die *Frankfurter Rundschau*, als sie noch eine wichtige deutsche Zeitung mit zwei täglichen Ausgaben war. Und in der eindrucksvollen Empfangshalle prangte an einer Wand der Spruch von Lichtenberg: »Mehr als das Gold hat das Blei die Welt verändert. Und mehr als das Blei in der Flinte, das im Setzkasten.«

Im Theater am Turm gegenüber war die Uraufführung der *Publikumsbeschimpfung* von Peter Handke zu sehen, und Natalie Wood zeigte sich nebenan bei der Premiere von *West Side Story* im Turm-Palast. *Tempi passati.*

Es verwundert den Rabbi, was für ein saftvoller Mann dieser Juri Tarassow doch zu sein scheint. Er hat einen typischen KGB-Agenten erwartet, ein hageres Männchen wie den frühen Putin. Gestern Abend noch hat er ihn gegoogelt, um ihn gleich zu erkennen.

Aber nun, wo der Mann trotz seiner Renaissance-Figur leichtfüßig in einem teuren Maßanzug auf ihn zukommt, wird ihm klar, dass es die Vorbereitung nicht gebraucht hätte. Dieser Russe ist unverwechselbar.

Die Männer begrüßen sich, setzen sich, tauschen ein paar belanglose Floskeln übers Wetter aus, schließlich ist Tarassow Diplomat. »Ich komme gern her, hier bekommt man noch beste Hausmannskost«, sagt der Russe. Weltmännisch und wie selbstverständlich ruft er nach dem Kellner, der ohne Murren eine Sekunde später stramm an ihrem Tisch steht. Der Rabbi bestellt ein Wasser, Tarassow einen »Äppelwoi und Handkäs mit

Musik«, das könnte er immer essen, sagt er. Und natürlich grüne Soße. Überhaupt sei die hessische Küche total unterschätzt.

»Sie wissen, woher der Begriff ›Bistro‹ kommt?«, fragt er den Rabbi.

»Ich nehme an, aus Frankreich«, antwortet dieser.

»Das schon. Aber die Truppen Napoleons haben den Begriff 1812 aus Russland mitgebracht: Bystro heißt schnell.«

»Was Sie alles wissen«, sagt der Rabbi belustigt.

Tarassow beugt sich verschwörerisch nach vorn.

»Ich weiß noch mehr. Zum Beispiel alles über Sie«, sagt er spitzbübisch. »Sie sind hier geboren, haben in Amerika studiert, sind Junggeselle. Sie sind ein beliebter Rabbiner und spielen gut Klavier.«

»Gern auch das Zweite Klavierkonzert von Rachmaninow.« Der Rabbi lächelt freundlich.

»Alle Achtung«, sagt Tarassow, »das ist nicht einfach. Und wie steht es mit Schostakowitsch?«

»Auch sein Zweites. Aber da müsste ich lang üben.«

Der Kellner kommt, serviert die Getränke und das Essen und geht. Der Rabbi und der Russe prosten sich zu. Henry mit Wasser, Tarassow mit Apfelwein.

»Le'chaim«, sagt der Russe.

»Sa sdorowje«, kontert der Rabbi.

»Sehr gut. Die Deutschen sagen immer ›Na sdorowje‹, und das ist nicht richtig. Aber ich bin zu höflich, um das jedes Mal aufzuklären.«

»Ich betreue einige russische Menschen in unserem Seniorenheim, und die haben keine Skrupel, mich zu verbessern. Ganz im Gegenteil.«

»Ja. Ich kenne einige von ihnen. Als sie noch jünger waren. Ich habe geholfen, dass sie auswandern konnten. Das war nicht leicht. Alles lief über Klaus Kinkel. Er war Außenminister, damals. Ich war x-mal in Bonn.«

»Was ist genau Ihr Job im Konsulat?«, fragt der Rabbi.

»Das wissen Sie doch sicher schon, aber jetzt hören Sie es von mir: Ich komme aus Sankt Petersburg, ich bin Jurist, war lang in der Verwaltung, bin dann nach Schweden gegangen und bin heute zuständig für die Immigration und die Integration von russischen Bürgern in die Bundesrepublik, in meinem Fall in Hessen. Das heißt für das gesamte administrative Verfahren von dort bis hier. Aber mit der Ankunft endet es nicht. Die Leute werden auch vor Ort noch weiter betreut, bekommen Rat und gegebenenfalls Hilfe. Gesundheit, Sprachkurse, Geschäfte, Steuern, Dokumente, Wohnen, Kinder, Schule, Adressen, Kontakte, Nomenklatura eben. Wir haben ein Netzwerk aufgebaut mit den Jahren. Bei den jüdischen Menschen ist das weniger erforderlich, weil die einzelnen Gemeinden ein gut funktionierendes Integrationsprogramm anbieten, und weil die Leute mit offenen Armen empfangen werden und bereits viele russische Juden seit Jahren hier sind. Mit einer nichtjüdischen Familie in, sagen wir mal, Butzbach ist das nicht so einfach.«

»Das kann ich mir vorstellen«, sagt der Rabbi. »Für die

jüdischen Gemeinden in Deutschland waren die Zuwanderer aus der ehemaligen Sowjetunion ein großes Glück. Eine Art Wiederbelebung. Es gibt kleinere Gemeinden, die fast ausschließlich aus russischen Juden bestehen. Leider gab es auch einige Russen, die keine Juden waren, die aber auf dem Ticket gereist sind.«

»Tatsächlich?« Tarassow schaut wie ein unschuldiges Baby.

Der Rabbi wundert sich, unterbricht ihn aber nicht.

»Mir ist bekannt, dass viele Menschen darunter waren, die keine Ahnung vom Judentum hatten, weil es eine Zeit gab, wo es besser war, dies zu verschweigen. Und es gab nicht wenige, die keine Ahnung hatten, dass sie eigentlich Juden waren. Bei denen die Eltern Angst hatten, zu ihrer Religion zu stehen. Aber dass sich Leute als Juden ausgegeben haben sollen, die keine waren, ist mir neu. Ich kenne keinen Fall. Zumal es im Pass stand: Jewrej, Jude. Wie hätten Nichtjuden das machen sollen?«

»Das meinen Sie doch nicht ernst, oder? Ausgerechnet Sie hatten davon keine Ahnung?«

»Glauben Sie es oder glauben Sie es nicht!« Tarassow zündet sich leicht ungehalten eine Zigarette an. Dem Rabbi ist bewusst, mit was für einem Menschen er es hier zu tun hat. Ein harter Knochen, der noch nicht einmal unter der Folter die Wahrheit sagen würde. Trotzdem macht er einen nächsten Versuch.

»Aber Sie sagten doch selbst, dass manche nicht wussten, dass sie Juden sind. Da konnte es auch nicht im Pass stehen!« Der Rabbi ist langsam ungeduldig. Tat dieser Mann nur so, oder war er wirklich so naiv?

Tarassow atmete tief durch: »Ich werde es Ihnen erklären. Diese Personen mussten einen Nachweis führen, dass ihre Eltern, zumindest ein Teil, jüdisch waren. In diesem Fall bekamen sie das Wort ›Jude‹ in den Pass, und erst dann hatten sie ein Anrecht, auszuwandern. So war das. Und deshalb war dieser Betrug ganz unmöglich.«

»Sie gestatten, dass ich das nicht glaube?«

Der Rabbi lächelt dem Mann gegenüber ins Gesicht. Der lächelt frech zurück und sagt dann: »Sie haben mich aber nicht deshalb herbestellt, oder?«

»Herr Tarassow, kennen Sie Galina Gurewitz?«

»Sicher. Ich kenne Semjon Michailowitsch flüchtig und auch seine hübsche Frau. Sie war eine populäre Sportlerin bei uns. Leider tritt sie nicht mehr für Russland an. Wieso fragen Sie?«

»Sie ist seit über fünf Wochen spurlos verschwunden.« Der Rabbi ist gespannt auf Tarassows Reaktion, aber der bleibt gelassen.

»Tatsächlich? Und warum erzählen Sie mir das?«

Bevor der Rabbi etwas sagen kann, fährt der Russe fort: »Halt! Alles klar. Natürlich sind die Russen schuld. Wahrscheinlich steckt das Konsulat mit drin. Das ist ein Agententreffpunkt. Alte Seilschaften. KGB und so. Das sind Ihre Gedanken, Rabbi Silberbaum, geben Sie es zu.«

Henry lächelt gelassen. »Genau so ist es. Und es gibt wenig Anlass dazu, es nicht zu denken. Ich bin davon überzeugt, dass Sie mehr über Gurewitz und seine Frau wissen als die selbst. Und dass das kein Nachteil ist. Und dass es vielleicht Abhängigkeiten gibt. Oder man sich von früher kennt. Die Bubkas kommen aus Sankt Petersburg, Sie kommen aus Petersburg, Gurewitz ebenfalls.«

»Wissen Sie, wie groß Sankt Petersburg ist? Außerdem kommt Gurewitz aus Moskau.«

»Sind Sie sicher?«

Zum ersten Mal scheint Tarassow die Fassung zu verlieren. Nervös drückt er seine Zigarette aus.

»Erlauben Sie mir diese Kritik: Dass wir Kontakt zu unseren ehemaligen Mitbürgern halten, ist eine Geste der Freundschaft. Wir laden zu Empfängen ein, wie wir auch eingeladen werden, ab und zu. Dass es dabei zu einem, nennen wir es, Gedankenaustausch kommt, ist unbestritten. Aber dass wir massiv in das Leben dieser Leute eingreifen, so wie Sie es hier unterstellen und sie möglicherweise aushorchen oder unter Druck setzen, nein und nochmals nein! Das ist eine verdammte Lüge!«

Tarassow schaut pikiert auf seine protzige Armbanduhr, holt demonstrativ seine Brieftasche hervor und legt einen Zwanzigeuroschein auf den Tisch.

»Ein knappes halbes Stündchen haben wir vereinbart, Herr Silberbaum. Das ist vergangen.« Er erhebt sich.

»Schade«, meint der Rabbi, »ich hätte noch so manche Frage an Sie gehabt.«

Der Russe wirft eine Visitenkarte auf den Tisch.

»Schicken Sie mir eine Mail. Auf Wiedersehen.«

»Auf Wiedersehen, Herr Tarassow«, sagt der Rabbi. Er hat den Eindruck, ein völlig anderer Mann verlässt die Terrasse des Bistros. Wo ist seine Weltläufigkeit geblieben?

Sechs Wochen sind seit dem Verschwinden von Galina Gurewitz inzwischen vergangen. Der Alltag des Rabbis ist wie immer reichlich ausgefüllt mit seinen Schülern, dem Gottesdienst, seiner administrativen Arbeit, seiner Sozialarbeit im Altenstift und in den Krankenhäusern. Dazu kommen Vorträge und Artikel für die Webseite der Gemeinde und hin und wieder für die *Jüdische Allgemeine.* Heute ist einer der seltenen Abende, an denen sich Henry etwas entspannen kann. Er sitzt an seinem Flügel und versucht sich an einem Stück von Debussy. Aber er ist unkonzentriert, verspielt sich, klappt den Deckel zu. Er schließt die Augen und rekapituliert: Die verschollene Galina lässt ihn nicht los. Wo ist sie? Es bleibt ihm schlicht zu wenig Zeit, sich um den Fall zu kümmern und mit der Suche auch nur ansatzweise voranzukommen. Wo und wie aber soll er Licht in das Dunkel bringen? Zumal niemand Galinas Verschwinden zum Anlass nimmt, eine offizielle Suche einleiten zu lassen. Frau Bubka ist zwar besorgt, fürchtet sich jedoch vor ihrem Schwiegersohn Semjon Gurewitz, der sie offenbar bedroht, falls sie die Polizei einschalten sollte. Gurewitz selbst wird erpresst, will aber nicht zahlen, riskiert somit das Leben seiner jungen Frau. Diese wiederum ist auch nicht ohne, sie hat ihrerseits Viktor Lazar erpresst und eine halbe Million Euro kassiert. Und welche Rolle spielt dieser Tarassow in der Sache? Eine wirklich dubiose Geschichte, eine Nebelwand, in der Henry Silberbaum hilflos herumstochert.

Als Henry am nächsten Morgen sein Rad vor dem Gemeindezentrum abschließt, bemerkt er vor dem Haupteingang geschäftiges Treiben.

Metallene Boxen werden geschleppt, Kabel gezogen, Lampen ins Haus getragen. Selbst Hausmeister Herlitz, sonst nicht bekannt für übertriebene Hilfsbereitschaft, schleppt einen Verteilerkasten und ruft von Weitem: »Das Fernsehen ist da!«

»Das Fernsehen ist da«, raunt Sekunden später geheimnisvoll einer der Wachmänner, als der Rabbi ins Haus kommt. Auf dem Weg zu seinem Büro trifft er auf seinen großen Vorsitzenden Avram Friedländer. »Übrigens, das Fernsehen ist im Hause«, erklärt der. Der Rabbi bedankt sich für die Information und betritt eine Minute später sein Büro. »Das Fernsehen ist da!«, begrüßt ihn dort Frau Kimmel.

»Danke, Frau Kimmel, schalom!«, sagt Henry. »Wussten Sie davon?«

»Ja«, sagt die kleine vorwitzige Person, »und Sie wussten es auch.«

»Ich?«

»Unten am Brett hängt es, und es steht im Protokoll der letzten Gemeinderatssitzung.«

»Das lese ich nicht.«

»Sollten Sie aber. Denn dann wüssten Sie, dass Andrea Kiewel heute hier filmt. Einspieler für ihre Talkshow *Kiewif*, bei der Sie einer der Gäste sein werden.«

»Aha«, sagt der Rabbi, während er sein Büro betritt, »habe ich schon zugesagt?«

»Ja.«

»Um was geht es?«

»Antisemitismus.«

»Endlich mal was anderes!«

Frau Kimmel lacht.

Der Rabbi sammelt einige Unterlagen zusammen, entnimmt ein antiquarisches Exemplar des Talmuds aus seinem Bücherregal und macht sich auf den Weg zu den Klassenzimmern im Nebengebäude, wo dreimal wöchentlich der Religionsunterricht stattfindet. Die Schulstunden von Rabbiner Silberbaum unterscheiden sich allerdings sehr von denen seines Kollegen Gad Aronsohn. Während Aronsohn seinen Schülern mehr oder weniger die Lehren der Väter eintrichtert, arten die Unterrichtsstunden von Henry manches Mal zu Shows aus, und es kommt nicht selten vor, dass auch mal der Text eines Raps auf seinen fragwürdigen und tendenziösen Inhalt hin seziert wird. Der Rabbi möchte seine Schüler zu kritischen, selbstständig denkenden Menschen erziehen.

Auf der gläsernen Brücke, die beide Gebäude miteinander verbindet, kommt ihm die Moderatorin Andrea Kiewel entgegen.

»Schalom, Henry!«

Bevor der Rabbi sich versieht, wird er schon umarmt und geknuddelt. »Wir sehen uns in der Talkshow?«

»Aber hallo!«, sagt der Rabbi.

»Ich melde mich vorher, damit wir das Thema ein bisschen eingrenzen.«

»Ich denke, es geht um Antisemitismus? Der lässt sich nicht eingrenzen!«

Die Kiewel lacht. »Genau so will ich dich.«

Und schon ist sie verschwunden.

»Du hast versucht, mich zu erreichen«, sagt der Rabbi zu Robert Berking zwei Stunden später, als er wieder in seinem Büro ist und sein Telefon gecheckt hat.

»Ja«, meint der Kommissar, »ich habe eine interessante Info zu deinem neuen Freund vom Konsulat.«

»Wie wäre es heute Abend um sieben im Kosher Kitchen im Sandweg? Damit du mal was Vernünftiges zu essen bekommst. Die haben aber auch Würstchen, damit der Entzug nicht zu hart wird.«

Berking lacht.

Henry ist etwas früher gekommen und kann den hinteren Ecktisch klarmachen, an dem man ungestörter reden kann. Uri, der Kellner, serviert ihm ungefragt einen Wein, den er unbedingt probieren soll, stellt sich neben ihn und schaut ihn erwartungsvoll an. Henry bewegt den Wein im Mund, schluckt und sagt dann: »Nicht übel. Könnte ich mich dran gewöhnen.« Der Kellner schaut den Wirt an, der hinter dem Tresen steht, und macht den Daumen hoch. Erleichterung! Uff! Der Rabbi ist zufrieden!

Berking ist gekommen und steuert auf den Rabbi zu.

»Grüß dich.«

»Schalom«, sagt der Rabbi und lächelt den Kommissar an. Der zieht seinen Parka aus, legt ihn auf einen Stuhl und lässt sich auf die Eckbank fallen.

»Ich brauche erst einmal ein Bier«, sagt er, »oder gibt es das hier nicht?«

»Keine Sorge. Es ist sogar koscher. Es heißt ›*Simcha*‹, was ›Freude‹ bedeutet, und kommt aus Sachsen. Jetzt bist du baff, oder?«

»Allerdings. Wo Bier doch so etwas Urdeutsches ist.«

»Weit gefehlt, Euer Ehren. Der Hopfenhandel war vor der Nazizeit überwiegend jüdisch, und es gab einige jüdische Brauereien. Löwenbräu zum Beispiel gehörte der jüdischen Familie Schülein. Und das dänische Bier Carlsberg ist ebenfalls eine jüdische Gründung.«

Der Kellner kommt und bringt die Speisekarten. Berking nimmt seine nicht in die Hand, sondern sagt: »Danke. Aber ich lasse mir von Herrn Silberbaum etwas empfehlen.«

»So soll es sein«, meint der Rabbi daraufhin. »Wir nehmen ein paar Vorspeisen, von allem: Baba Ganoush, Shakshuka, Hummus mit Falafel, gehackte *zures*. Und Pita dazu. Das Hardcore-Programm!«

»Alles klar«, sagt der Kellner und geht. Der Rabbi beugt sich zum Kommissar hinüber. »Wie ist das mit der

Explosion in Praunheim weitergegangen? Habt ihr was herausgefunden?«

»Es war ein Racheakt. Zwei Mieter wollten dem Hausbesitzer einen Denkzettel verpassen, nachdem er ihnen angeblich zu hohe Heizkosten berechnet hat. Sie haben die Gasheizung manipuliert und sind dabei ums Leben gekommen.«

»Schrecklich.« Der Rabbi hebt sein Weinglas, der Kommissar sein Bier.

»Also? Was ist mit Tarassow?« Der Rabbi ist sehr gespannt.

Berking setzt sein Glas ab und sagt:

»Es gibt ein Dossier beim BND, der sich mal für ihn interessiert hat. Er ist wohl Jurist und hatte sich angeboten, für die Deutschen zu arbeiten. Ihnen Informationen zu liefern. Die Sowjetunion war kollabiert, Russland im Entstehen, sozusagen. Eine wirre Zeit. Er war damals in Schweden, irgendwas an der russischen Botschaft in Stockholm. Er wurde eingeladen und hat zu Protokoll gegeben, fünf Jahre in einem Gulag bei Murmansk verbracht zu haben. Was, wie sich später herausstellte, auch der Wahrheit entsprach. Allerdings war er dort nicht als Häftling, sondern als Kommandant.«

Der Rabbi stößt einen Pfiff aus, während Berking weiter berichtet: »Warum der Deal dann nicht geklappt hat, weiß ich nicht. Aber so kam er in die Akten.«

»Interessant«, sagt der Rabbi, »vielleicht ist dieses Lager eine Spur. Möglicherweise steckt Tarassow hinter der

Entführung. Ein Mann mit seiner Vergangenheit kennt alle Tricks, denke ich.«

Der Kellner Uri naht mit einem übervollen Tablett und tischt auf. Der Rabbi erklärt derweil: »Also, das ist Baba Ganoush. Eine Art Püree aus Auberginen und Sesampaste. Shakshuka sind Eier in Paprika, Zwiebel und Tomatensoße. Das ist Hummus.«

»Mit Falafel. Das kenne ich.«

»Hier ist gehackte Hühnerleber. Weil Zwiebeln drin sind und man danach aufstößt, nennen wir es ›*gehackte zures*‹, gehackte Sorgen.«

»Das hört sich passend an, das probiere ich mal«, sagt Berking, nimmt sich eine Portion, reißt dann eine halbe Pita ab und beginnt zu essen.

Henry betrachtet sein Gegenüber mit Zuversicht. Langsam wird der Kommissar lernen, dass es noch ein Leben jenseits von lauwarmer Bockwurst und altbackenen Brötchen gibt.

In der folgenden Nacht hat der Rabbi wieder einmal einen seiner merkwürdigen Träume, die ihm einerseits Rätsel aufgeben und doch in sich bereits die Lösung tragen, wenn er es schafft, die richtigen Fragen am richtigen Ort zur rechten Zeit zu stellen.

Es ist stockfinstere Nacht, und Henry wandert durch ein dunkles stetl. Die Menschen schlafen. Nur in einem Haus ist noch Licht. Schon steht Henry in der Stube. Es ist eine geräumige Stube mit einem Fußboden aus gestampftem Lehm. Der Raum ist nur spärlich von einem Kandelaber beleuchtet, der auf einem Lesepult steht, vor einer Bücherwand. Ein schöner Mann von Mitte dreißig kommt auf ihn zu, ein Chassid mit silberfarbenen pajes und einem kurzen dunklen Bart.

»Rabbi Nachman?«, fragt Henry.

»Genau, der bin ich«, sagt der Mann. »Ihr kennt mich?«

»Gewiss. Ihr seid der Urenkel des berühmten Bal Schem Tow.«

Rabbi Nachman lächelt.

»Ja, er war ein großer Zaddik. Ich bin nur ein kleines Licht gegen ihn.«

»Nein. Ihr seid zu bescheiden. Ich bin sicher, Ihr könnt mir helfen.«

»Was ist Eure Frage?«

»Wie finde ich die Wahrheit?«

»Ihr müsst sie nicht suchen, sie wird Euch finden!«

»Seid Ihr sicher, Rabbi?«, fragt Henry.

»Die Wahrheit ist wie eine zähe Pflanze, die selbst durch den Fels ihren Weg findet.«

Damit verschwindet der weise Mann und mit ihm sein Zimmer, sein Haus und seine Welt.

Der nächste Tag. Der Unterricht ist vorbei. Der Rabbi sitzt in seinem Büro, hat die Tür geschlossen und arbeitet an einem Artikel für das Gemeindeblatt. Er ist überrascht, einen Anruf von Gurewitz zu erhalten. In knappen Worten schlägt der Russe ein Treffen in seinem Hostel in der Nähe des Bahnhofs vor. Henry macht spontan Mittagspause und schwingt sich auf sein Rad.

Während er nun durch das Westend radelt, macht er sich so seine Gedanken. Was will Gurewitz wohl von ihm? Hat er Neuigkeiten von Galina oder einen Plan, den er ihm mitteilen möchte? Oder es gibt eine Art Friedensangebot, und er bittet Henry um seine Unterstützung. Der Rabbi ist sehr gespannt. Etwa zehn Minuten später ist er in der Moselstraße. Es gibt nichts Tristeres als die Lobby eines billigen Hotels um die Mittagszeit. Keine Menschenseele weit und breit. Auf den Resopaltischen noch die Reste von späten Frühstücken. So sieht es aus, wenn Backpacker auschecken: Halbe Brötchen, angebissene Früchte, die aufgerissenen Verpackungen von Butter, Wurstpasten, Honig und Schokocremes. Dazu halb leere Joghurtbecher und Plastikbesteck. Und eine Armee von Kaffee-Pappbechern. Wenn in ein paar Hundert Jahren Archäologen das alles wieder ausgraben, werden sie einen guten Eindruck von unserer Kultur bekommen, denkt Henry, als er sich in einer einigermaßen aufgeräumten Sitzecke niederlässt. Lediglich eine Schale mit Pistazien vom Vorabend steht noch auf dem ansonsten leeren, halbhohen Tisch. Der Pakistani am Empfang hat sich nicht von seinem Computerspiel ablenken lassen, während der Rabbi eintritt, doch mit einem Mal ist hektische Betriebsamkeit angesagt!

Man hört bereits raumgreifende Schritte, die sich nähern.

Das Computerspiel ballert nicht mehr, und der Portier beginnt eifrig die Frühstücksreste zu entsorgen. Während Semjon Gurewitz um die Ecke biegt, beginnt er bereits zu schimpfen: »Mittak! Für was bezahl ich dich, wenn es hier so aussieht?!«

Dann entdeckt er den Rabbi und geht auf ihn zu. »Tag«, grüßt er kurz, nicht sonderlich freundlich und setzt sich ihm gegenüber. Er kommt gleich zur Sache: »Ich wollte Sie sprechen, um Ihnen Folgendes zu sagen: Ich verbiete Ihnen, sich in meine Leben einzumischen! Und auch in das Leben meiner Frau. Kapieren Sie das endlich. Ich spaße nicht!« Seine Stimme bekommt einen gefährlichen Unterton. »Meine Geduld mit Ihnen ist zu Ende.« Dabei greift er in die Pistazien, knackt sie, wirft eine ein und kaut laut und provokativ.

Herr Mittak, der Portier, kommt und stellt ungefragt ein Glas mit eisgekühltem Wodka auf den Tisch. Gurewitz winkt den Mann ungnädig weg. Er schnappt sich das Glas und kippt sich den Wodka in die Kehle.

Henry hat das Ritual abgewartet und sagt jetzt bewusst leise und ruhig: »Herr Gurewitz, ich suche nach Ihrer Frau, weil Sie es ja nicht tun. Im Gegenteil, Sie riskieren das Leben von Galina. Das kann ich nicht zulassen.«

Gurewitz kocht innerlich. Und betont nun jedes Wort: »Sie – können – das – nicht – zulassen? Was sagen Sie da, Sie kleiner Rabbiner, Sie? Erst dringen Sie in mein Privatleben ein, belästigen meine Frau …«

»Ex-Frau, mit Verlaub!«

»… meine Frau ist meine Frau und bleibt meine Frau!« Das sagt er laut und haut auf den Tisch. Schnell redet er weiter: »Dann meine Söhne, und jetzt horchen Sie noch Juri Tarassow aus. Was kommt als Nächstes? Die Polizei?«

»Genau. Galina ist seit Wochen verschwunden, sie wurde entführt, Sie werden erpresst, vielleicht lebt sie schon gar nicht mehr, und Sie sitzen hier herum, essen Pistazien und saufen Wodka! Da Ihnen das Schicksal Ihrer Frau egal ist, bleibt nur der kleine Rabbiner, der sich sorgt. Ich werde mich kümmern, darauf können Sie sich verlassen!«

Der Russe lächelt teuflisch, wirft spielerisch eine Pistazie auf den Rabbi: »Und ich sorge mich um Ihre Gesundheit.« Er erhebt sich und sagt, während er mit dem Finger auf Henry zeigt: »Ab heute halten Sie sich raus. Ansonsten kann ich für Ihre Gesundheit nicht garantieren!«

Während Gurewitz sich umdreht, sagt der Rabbi: »Herr Gurewitz, wer hat Ihre Frau gekidnappt und warum? Sie wissen es.«

Gurewitz reagiert überhaupt nicht auf diese Frage. Er sagt im Abgehen, ohne sich umzudrehen: »Das ist meine letzte Warnung, Rabbi Silberbaum. Das verspreche ich Ihnen. Und ich halte meine Versprechen!«

»Henry bitte, tu mir einen Gefallen und höre auf damit. Willst du in Zukunft ohne Zähne und mit gebrochener Nase rumlaufen? Wäre doch schade um dein hübsches punim!«

»Ich kann nicht anders. Wer wird sich sonst kümmern? Gurewitz lässt seine Frau eher verrotten, als zur Polizei zu gehen.«

»Du gehst immer davon aus, dass sie entführt wurde. Dabei hast du mir doch selbst erzählt, wie sie sich eine halbe Million von diesem real estate guy abgeholt hat. Not bad. Genug kriminelle Energie, um weiterzumachen, wenn du mich fragst.«

»Ja, vielleicht hast du recht, aber es ändert nichts daran, dass sie in Gefahr ist. So oder so. Wer sich mit Gurewitz einlässt, verliert früher oder später.«

»Siehst du, jetzt sagst du es ja selbst: Man verliert immer gegen ihn. Empathielose Menschen, die keine Moral haben, sind stets im Vorteil. Sie schlafen gut, denn sie haben kein Unrechtsbewusstsein.«

»Schlafen ist ein gutes Stichwort.«

»Sleep well, darling. Und morgen früh wirst du erwachen und die Sache aufgeben. Du hast einen Job zu machen, vergessen?«

10

Das späte Gespräch mit Zoe hat gewirkt, denn als der Rabbi wach wird, hat er eine Lösung gefunden, die ihm Last von den Schultern und ihn aus der Schusslinie nimmt, ohne dass die Entführung von Galina Gurewitz folgenlos bleibt: Er wird mit Berking telefonieren und ihn fragen, ob er, Henry Silberbaum, eine Vermisstenanzeige bei der Polizei machen könnte! Dann wird es ein offizieller Fall, Semjon Gurewitz wird verhört und gefilzt werden und keine ruhige Minute mehr haben. Henry ist kein rachsüchtiger Mensch, aber das würde er diesem Psychopathen von Herzen gönnen. Es kann und es darf nicht sein, dass schlechte Menschen immer so gut davonkommen.

Als der Rabbi das Vorzimmer seines Büros betritt, wartet Frau Kimmel bereits auf ihn. Noch bevor er seinen Fahrradhelm abgelegt hat, winkt sie ihn zum Monitor ihres Computers und zeigt darauf.

»Hier, eben gekommen. Auf Ihrer Dienstmail. Zuerst dachte ich, es ist Spam, aber es sieht nicht danach aus.«

»To Rabbi Silberbaum, urgent!« Darunter das Foto eines offiziellen Dokuments in kyrillischer Schrift.

Der Absender ist eine beliebige Mail-Adresse, bestehend aus den vier Versalien DANG sowie der Zahl 12360.

»Drucken Sie das bitte aus«, sagt der Rabbi.

»Ich kann rüber zur Wohlfahrtsstelle zu Dalia Birnbaumova gehen, die übersetzt es mir. Sie kommt zwar aus Prag, aber sie kann Russisch.«

»Auf keinen Fall«, sagt der Rabbi schnell, »niemand hier im Haus wird es lesen, niemand, verstehen Sie? Wenn Dalia es kennt, wissen es alle!«

»Meinen Sie, es ist etwas Geheimnisvolles?« Die Sekretärin ist aufgeregt.

»Ich habe keine Ahnung, was es ist, aber ich spüre, dass nur wenige davon wissen sollten. Es ist explosiv!«

»Wow!« Frau Kimmel ist begeistert.

Das Mobiltelefon des Rabbis klingelt: »*Jidl mit'n fidel* …«

Henry geht ran.

»Robert! Danke, dass du zurückrufst. Ich wollte wissen, was du von meiner Idee mit der Anzeige hältst … Okay. Verstehe. Deine Leiche wird kalt … Ja … Tote haben Vorfahrt. Ich melde mich später.«

Er legt auf und telefoniert sofort weiter.

»Esther?«

Der Rabbi sitzt in Esther Simons Büro wie immer auf dem breiten Fensterbrett und hat Betty auf dem Schoß, die sich über den Besuch ihres alten Herrchens freut. Die Heimleiterin hat gerade berichtet, wie gut sich der Hund inzwischen eingelebt hat und wie sehr er den Gästen bereits ans Herz gewachsen ist. Während sie noch etwas in ihren Computer tippt, erklärt der Rabbi sein Anliegen.

»Ich denke, wir können es nur mit Frau Rappaport machen, denn was ich daraus lesen kann, ist der Name Gurewitz. Jeder von deinen Russen hier kennt ihn oder hatte was mit dem russischen Konsulat zu tun, das wäre mir viel zu gefährlich. Frau Rappaport besitzt die Weisheit und Gelassenheit des Alters. Im Gegensatz zu mir: Wie lange dauert das denn noch!?«

Sie steht auf. »Du hast ja keine Ahnung. Die Administration frisst mehr Zeit als der Dienst an unseren Gästen. Das ist nicht normal.«

Frau Rappaport ist begeistert, dass der charmante Rabbiner Silberbaum zum Kaffeeklatsch gekommen ist. Esther Simon hat Kuchen besorgt und der einhundertundfünfjährigen Dame beim Anziehen geholfen, denn sie wollte den Rabbi auf keinen Fall in ihrem Bademantel empfangen.

Die drei sitzen lachend am Tisch, und Henry kann sich nicht dagegen wehren, noch ein Stück Marmorkuchen auf seinen Teller geladen zu bekommen. Unter dem Tisch sitzt Betty, das neue Maskottchen des Heims und wartet darauf, dass Krümel herunterfallen.

»Das Fotobuch war wunderbar, vielen Dank noch mal«, sagt Frau Rappaport, »ich habe viele Straßen und Gebäude wiedererkannt. Und natürlich die alte Synagoge in der Puschkin-Straße, sie war aus Holz, und Chagall hat sie auch einmal gemalt.«

»Schön, dass es Ihnen gefallen hat«, sagt der Rabbi, »aber ich muss gestehen, dass es Frau Simons Idee war.«

»Das ist wirklich nicht wichtig«, sagt die Heimleiterin. Dann schaut sie den Rabbi fragend an. Der zieht einen Ausdruck hervor und legt ihn Frau Rappaport vor die Nase.

»Das ist ein Dokument, das ich bekommen habe. Könnten Sie es für mich übersetzen?«

»Gern«, sagt die alte Dame, »Esther, geben Sie mir meine Lesebrille, bitte.«

Frau Rappaport wechselt die Brillen und besieht sich das Dokument. Sie liest es erst einmal für sich, bevor sie langsam Wort für Wort übersetzt:

»Also, hier steht: Wir bedauern, Ihnen mitzuteilen, dass Gurewitz, Semjon Michailowitsch, geboren am 12. März 1960 in Leningrad, am 3. April 1996 im Zweiten Krankenhaus von Tuloma, Oblast Murmansk, an den Folgen einer Pneumonie verstorben ist. Seine … wie sagt man? … Hinterlassenschaft geht Ihnen in den nächsten Wochen zu. Unterschrift, kann ich nicht lesen, Lagerkommandantur Kola. Das ist alles.«

»Gurewitz?«, sagt Esther. »Meinst du, das ist sein Vater?«

Der Rabbi sagt sofort: »Das ist topsecret, bitte.« Und mit einem Blick auf die alte Dame: »Sie haben nichts gehört und nichts gesehen, Frau Rappaport.«

Sie lächelt den Rabbi unschuldig an. »Ach, Rabbi, wenn Sie das Zimmer verlassen, habe ich es eh schon vergessen. Ob ich will oder nicht!«

Es ist Abend. Eine Neonleuchte in der Mitte des Raums erhellt das karge Büro. Alle Mitarbeiter sind in den Feierabend entlassen. An der Pinnwand sind Tatortfotos zu sehen, darunter das arg zugerichtete Gesicht eines Toten. Der Rabbi steht davor, schaut sie interessiert an. »Warum macht jemand so etwas?«

Berking schaut nicht auf, als er sagt: »Um auch einen toten Zeugen zu beseitigen. Um dem letzten Blick zu entgehen. Und um eine Identität auszulöschen.«

Henry hat sich abgewandt und geht zum Schreibtisch zurück.

»Gutes Stichwort. Was hältst du von der Sache?«, fragt er den Kommissar, nachdem der sich den Ausdruck lang und ausführlich angesehen hat und ihn danach zurück auf seinen Schreibtisch legt.

»Kannst du mir die Mail weiterleiten? Ich will das Dokument mal einem unserer Spezialisten zeigen.«

»Wie sicher ist der Mann?«

»Henry!«

»Was willst du? Ist ja nicht das erste Mal, dass es bei der Polizei einen Maulwurf gibt!«

Der Kommissar schüttelt den Kopf. Er tippt auf seiner Tastatur herum und schaut dabei auf den Monitor. »Vielleicht handelt es sich um einen Verwandten.«

»Warum schickt man es mir, hn?« Der Rabbi ist sich der Sache ziemlich sicher. »Können wir rausfinden, wann unser Gurewitz geboren ist?«

»Gemach, gleich haben wir's.« Der Kommissar drückt auf eine Taste und wartet.

Der Rabbi will neben ihn treten, aber der Kommissar dreht den Monitor weg. »Das sind Dienstgeheimnisse, mein Lieber. Das zum Thema Maulwurf!«

Henry setzt sich schmunzelnd dem Kommissar gegenüber auf den Besucherstuhl, während Berking tippt.

»Wir haben ihn ja hier drin. Die schwere Körperverletzung. Schauen wir doch mal, wann der Herr geboren ist … Gurewitz, Semjon, geboren 12. März 1960, in Leningrad …« Berking pfeift durch die Zähne.

»Hammer«, meint der Rabbi, »auferstanden von den Toten.« Er springt auf. »Wieso sagt Tarassow, Gurewitz käme aus Moskau?«

»Er hat sich geirrt.«

»Oder der Mann, der sich als Gurewitz ausgibt, kommt aus Moskau!«

»Henry. Du hast zu viel Highsmith gelesen. Tom Ripley und so. Er kann in Leningrad geboren sein, und dann sind seine Eltern nach Moskau gezogen.«

»Wie dem auch sei. Hier will mir jemand eindeutig sagen: Gurewitz ist nicht Gurewitz!«

»Diese Mitteilung kann gefälscht sein.« Der Kommissar ist skeptisch. »Oft gibt es für solche Fälle eine einfache Erklärung.«

»Oft aber auch nicht. Auf jeden Fall bringt uns das im Moment nicht weiter. Also, was hältst du von meiner Idee?«

»Gut. Überzeugt«, meint Berking nachdenklich, »mach deine Vermisstenanzeige!«

Zwei Tage später wird Semjon Gurewitz zur Polizeidienststelle West geladen, um eine Aussage zu machen. Er ist darüber extrem verärgert, hält das Ganze für eine überflüssige Aktion. Wie die Vermisstenanzeige zustande kommt, wird ihm verheimlicht. Es läge im öffentlichen Interesse, so erfährt er, Galina Gurewitz zu finden. Er gibt Folgendes zu Protokoll:

Einvernahme Gurewitz, Semjon, geboren am 12. März 1960 in Leningrad, Sowjetunion, heute Sankt Petersburg, Russland. Wohnhaft in Frankfurt am Main. Beruf Hotelier. Verheiratet mit Galina Gurewitz, geborene Bubka, geboren am 13. November 1996 in Sankt Petersburg. Die Ehe wurde geschlossen am 20. Januar 2017 in Frankfurt am Main. Einlassungen zum Verschwinden meiner Ehefrau: Ich habe sie am Sonntag, den 6. Februar, das letzte Mal gesehen. Sie verließ die gemeinsame Wohnung, um zum Schwimmtraining ins Waldstadion zu fahren. Davon ist sie nicht zurückgekehrt. Ich habe mir keine Sorgen gemacht, weil es nicht das erste Mal war, dass sie für längere Zeit verreist. Kürzlich erst war sie für drei Wochen in Israel, ohne ihre Reise anzukündigen. Meine Frau hat alle Freiheiten und ist mir keine Rechenschaft schuldig. Deshalb habe ich mich auch nicht veranlasst gesehen, sie als vermisst zu melden. Es gibt für mich keinerlei Anhaltspunkte, die für ein Verbrechen oder Suizid sprechen würden. Ich bin überzeugt, dass meiner Frau nichts zugestoßen ist und sie bald zurückkommen wird.

»Kein Wort von der Erpressung«, sagt der Rabbi, als er in Jossi Singers sogenanntem »Büro« im hinteren Bereich des Buchladens sitzt und eine Kopie des Anhörungsprotokolls in Händen hält, das er gerade vorgelesen hat.

Jossi sitzt an seinem Computer, recherchiert im Internet und knurrt dabei: »Was hast du denn erwartet? Du musst doch inzwischen gelernt haben, mit was für einem, verzeih, Arschloch du es zu tun hast.«

»Ich bin ein unverbesserlicher Optimist und glaube letztlich an das Gute im Menschen.«

»Ja, Anne Frank!«

Ein paar Sekunden später wird Singer hellwach und überfliegt den Text auf dem Bildschirm. »Hier! Es gab ein Lager, oder nenne es Gulag, in der Nähe von Murmansk. Hier wurden seit Jahrzehnten Häftlinge untergebracht, die den Hafen eisfrei halten mussten. Das war eine Mörderarbeit. Im tiefsten Winter auf dem zugefrorenen Fluss Tuloma und in der Bucht das Eis wegzuhacken. Viele sind dabei ums Leben gekommen. Das war bei denen natürlicher Schwund!«

»Tuloma«, sagt der Rabbi, »so hieß auch der Ort, wo

das Krankenhaus war, in dem dieser Gurewitz 1996 angeblich starb.«

»Glaubst du die Geschichte?«, will der Buchhändler wissen.

»Warum sollte jemand das erfinden und mir eine gefälschte Todesmeldung zuschicken?«

»In Russland halte ich alles für möglich«, sagt Singer.

»Also, auch dass es stimmt«, meint Henry.

Jossi lächelt. »Auch das.«

»Vielleicht wollte Gurewitz offiziell sterben, weil er Probleme hatte.«

Jossi denkt nach und sagt: »Oder jemand gibt sich als Gurewitz aus!«

»Okay«, sagt der Rabbi, »nehmen wir einmal an, Gurewitz wäre gar nicht Gurewitz ...«

Jossi unterbricht: »Käme er damit durch? Ist das glaubwürdig?«

»Ja. Obwohl er irgendwie ziemlich unjüdisch ist, finde ich«, sagt der Rabbi.

»Hast du ihm in die Hose geschaut?«, sagt Jossi Singer.

»Nein«, meint Henry und lacht, »aber das ist keine schlechte Idee.«

Moses »Moische« Burger ist ein missmutiger Herr von Mitte achtzig, der seit zwei Jahren im Seniorenheim lebt, sich aber selten an irgendwelchen Aktivitäten beteiligt. Zu Beginn hat er noch im Café in der Lobby mit anderen »*a kertek*« gespielt, sich aber zu einem schlechten Verlierer entwickelt, sodass seine Freunde irgendwann nichts mehr mit ihm zu tun haben wollten. Er wird einfach böse alt. Bei dem ist »Topfen und Salz verloren«, meint Jossi Singer in seiner typischen Abwandlung von Sprichworten.

Den einzigen Kontakt zur Außenwelt hat Moische Burger über seine Tochter Rifka, der geschiedenen Frau Gurewitz. Selbst seine Enkelsöhne meiden den alten Mann, der dem Leben so gar nichts Lebenswertes abzugewinnen vermag. Kurz, alle in seiner näheren Umgebung halten ihn für einen *miesnik*! Er war deshalb einigermaßen verblüfft, als die Heimleiterin ihn anrief, um ihm vorzuschlagen, sich mit Rabbiner Silberbaum im Café auf einen späten Drink zu treffen. Nun also kommt Burger mithilfe eines Gehstocks durch die Halle und begrüßt den Rabbi freundlich.

»Es tut mir leid, aber die *Tagesschau* muss ich immer sehen, man soll ja wissen, was in der Welt passiert.«

»Das verstehe ich, Herr Burger, aber leider verdirbt man sich meistens den Abend damit.«

Burger nickt. »Da haben Sie recht.«

»Darf ich Sie zu einem Drink einladen?«, fragt Henry, und Burger sagt: »Gern. Einen kleinen Whisky würde ich *ja* nehmen.«

Der Rabbi winkt Tara Rahmanian zu sich.

Die Tochter der Supermarktbetreiber bessert abends noch ihr Taschengeld auf, indem sie das Café bis 22 Uhr hütet.

»Tara, bringst du uns einen Whisky und meinen Weißwein?«

»Gern«, ruft das junge Mädchen.

»Also, ich wollte Sie treffen, weil ich ein paar Fragen an Sie habe. Aber ich wollte Sie bitten, dass dieses Gespräch erst einmal unter uns bleibt.«

»Keine Sorge, *Rebbe*, ich bin ein diskreter Mensch.«

»Schön.« Der Rabbi wartet, bis Tara die Getränke abgestellt hat und gegangen ist.

»Es geht um Ihren Schwiegersohn, beziehungsweise Ex-Schwiegersohn, Semjon Gurewitz …«

Der alte Mann winkt ab. »Ein schrecklicher Mensch, *emmes*, wenn ich damals das gewusst hätte, was ich heute weiß, nie hätte ich ihm meine Rifka gegeben, nie!«

Der Rabbi ist nicht unzufrieden mit dieser Reaktion, lässt sich jedoch nichts anmerken.

»Das heißt, zu Anfang hatten Sie keinen schlechten Eindruck von ihm, oder?«

»Ehrlich gesagt, richtig sympathisch war er mir nie. Ein unkultivierter Russe. Und er ist ein Trinker. Welcher Jude trinkt? Unter uns, er ist ziemlich *gojisch*.«

»*Gojisch*?« Der Rabbi will mehr hören.

»Na ja, er hatte keine Ahnung von der jüdischen Religion, von den Bräuchen. Er war nie in einer Synagoge gewesen vorher.«

»Ach? Tatsächlich?« Henry ist sehr aufmerksam.

»Ja, alles, was er weiß, weiß er von mir und von meiner Tochter.«

»Kam Ihnen das nicht verdächtig vor?«

»Nein, wieso? Es gab Juden, die haben von ihren Eltern noch nicht einmal erfahren, dass sie überhaupt Juden sind. Ich weiß außerdem, dass viele russische Juden ihre Identität verleugnen mussten, weil der *risches* groß war und noch immer groß ist in Russland und im Osten überall. Ich komme selbst aus Polen. Ich kann Ihnen erzählen! Viele russische Juden haben ihr Judentum erst entdeckt und sich dazu bekannt, nachdem man sie hat einreisen lassen in den Westen. Aber das wissen Sie doch alles selbst.«

»Und deshalb hatten Sie keinen Verdacht, Semjon könnte kein Jude sein.«

»Ich sage Ihnen doch, er ist dahergekommen wie ein *goj*. Er war noch nicht einmal beschnitten. Seine Eltern waren viel zu ängstlich gewesen, hat er erzählt. Aber wir haben darauf bestanden, und dann hat er sich beschneiden lassen, hier in der Klinik in Frankfurt. Und ich habe ihm vieles beigebracht. Wir haben *schabbes* gefeiert, und ich habe ihn mitgenommen in die *schil*. Er sagt die Gebete auswendig und tut so, als ob er Hebräisch lesen kann. *Und a bissele jiddisch hot er sich ojsgelernt!*«

Burger lächelt bitter und spricht dann weiter:

»Aber eines muss man ihm lassen. Für *mizwot* ist er immer zu haben. Seitdem er Geld hat, spendet er viel.«

»Ja, das ist wahr«, sagt der Rabbi, »vielleicht will er damit sein Gewissen erleichtern.«

»Was interessiert Sie eigentlich an ihm?«

Der Rabbi zögert, dann sagt er: »Es gibt da einige Ungereimtheiten, die mir Sorge bereiten.«

»Hat das mit dieser miesen *chonte* zu tun, die er geheiratet hat? Diese Bubka? Die die Ehe meiner Tochter zerstört und meinen Enkeln den Vater genommen hat?«

»Wenn Sie das so sehen, kann ich nichts dran ändern. Aber es gehören bekanntermaßen immer zwei dazu, das wissen Sie.«

»Sicher. Ich war früher auch nicht aus Holz«, sagt Burger, »aber eine Ehe kaputt machen?«

»Sie war neunzehn! Er über fünfzig. Ich bitte Sie. Wer war da auf wen scharf?«

»Er ist reich. Das ist schon verlockend für eine kleine, arme russische Landpomeranze.« Der Mann wechselt die Tonart. »Egal. Sie ist also verschwunden, und das macht Ihnen Kopfzerbrechen. Erzählt mir meine Tochter.«

»So ist es, Herr Burger«, meint der Rabbi.

»Und wie, meinen Sie, könnte ich Ihnen helfen?«

»Sie haben mir bereits sehr geholfen«, sagt Henry und hebt sein Glas, »*lechaim*.«

Die beiden Männer trinken.

»Was heißt, du hast es vergessen?« Seine Mutter ist außer sich und schreit ins Telefon. »Ich habe dir nicht gesagt, dass ich mit Adele nach Kissingen fahre? Der Malkurs?«

»Doch, aber ich wusste nicht, dass das schon morgen ist.«

»Auch das habe ich dir gesagt. Wo hast du nur deinen Kopf? Aber ich kann mir auch ein Taxi nehmen, *spielt a roll!«*

Henry will seine Mutter beruhigen: »Mom, es ist gut. Natürlich fahre ich dich zum Bahnhof.«

Aber Cilly Silberbaum will sich nicht so schnell beruhigen. »Jeder bringt seine Mutter zum Bahnhof, aber mein Herr Sohn hat Besseres zu tun.«

»Habe ich nicht gerade gesagt, dass ich dich bringe?«

Die Mutter nimmt den Einwand nicht zur Kenntnis.

»Du musst dich ja um eine verschollene Millionärsgattin kümmern. In der Gemeinde wird inzwischen gemunkelt, dass da vielleicht mehr dahintersteckt.«

»Natürlich«, meint der Rabbi ironisch, »ich habe ein Verhältnis mit Galina Gurewitz. Lass das bloß nicht ihren Mann wissen!«

»Mach dich nur lustig. Sie hat doch mit jedem was gehabt!«

»Ist das dein Ernst?« Henry ist fassungslos.

»Dann hör dich mal um. Jeder weiß es, außer dem Rabbi!«

Henry schaut auf die Uhr.

»Okay, Mom, morgen um 9 bin ich bei dir!«

»Danke, Bubele, bist doch mein Schatz. Schlaf gut.«

»Finden Sie Andrej Wolkow!« Dies und nicht mehr steht in der Mail, die der Rabbi am nächsten Morgen erhält. Soeben hat er seine Mutter zum Bahnhof gebracht und will gerade zum Unterricht hetzen, als Frau Kimmel ihn aufhält und ihm die kryptische Botschaft überbringt. »Finden Sie Andrej Wolkow!«

Während er seine Unterlagen zusammensucht, ruft er Kommissar Berking an.

»Wolkow ist ein ziemlich geläufiger Name«, meint der Kommissar, »bei uns haben wir zwei davon in der Datei, aber keinen Andrej. Einer heißt Iwan, der andere Alexander, genannt ›Sascha, der Sanfte‹. Beides ziemliche Schwergewichte. Einer sitzt zurzeit in Dieburg ein. Aber ich bleibe dran.«

»Danke.« Henry beendet das Gespräch.

Am Abend hat der Rabbi wieder das Bedürfnis zu schwimmen und dabei seine Gedanken zu sortieren. Doch sein erster Weg im Seniorenheim führt ihn zum Laden von Jossi Singer, der gerade dichtmacht.

»Wolkows gibt es wie Sand am Meer«, meint der Buchhändler, »aber was interessant ist: Wolk heißt Wolf! Homo homini lupus est – der Mensch ist dem Menschen ein Wolf.«

Der Rabbi schmunzelt: »Ich glaube eher, dass der Mensch dem Menschen ein Mensch ist, das ist viel schlimmer!«

»Du hast recht. Im Original von Titus Plautus heißt es ja auch: Ein Wolf ist der Mensch dem Menschen, kein Mensch, solange er nicht weiß, welcher Art der andere ist. Thomas Hobbes hat es später verkürzt.«

»Siehst du. Wir haben dem Wolf die Ehre gerettet. Bis später, ciao.«

Der Rabbi treibt einsam im Schwimmbecken ausgestreckt auf dem Rücken und *klärt*: Woher stammen die Mails? Es gibt jemanden, der offenbar einiges über die Vergangenheit von Gurewitz weiß. Ein Erpresser, der ihn damit unter Druck setzt? Was hat Galinas Verschwinden damit zu tun? Ist es ein Zufall? Ist Galina Teil des Spiels? Hat Gurewitz sie verschwinden lassen, weil sie hinter ein Geheimnis gekommen ist? Wer ist Wolkow? Und ist Gurewitz wirklich Gurewitz? Was ist in diesem Lager geschehen? Und was weiß Tarassow? Der Rabbi ist ratlos. Zu viele Fragen und nicht eine vernünftige Antwort. Eine Hausdurchsuchung bei Gurewitz könnte sicher etwas Licht ins Dunkel bringen, aber die ist illusorisch. Es gibt keine Verdachtsmomente, die so einen Schritt rechtfertigen würden, hat ihm Berking unmissverständlich klargemacht. Zurück zu Galina. Sie hat sich eine halbe Million von Lazar geben lassen als Schweigegeld. Damit kann ein bescheidener Mensch lange glücklich sein, aber nicht Galina Bubka, die schöne Hedonistin und Olympiaschwimmerin. Es sei denn, es ist ein Investment in die Zukunft. Das Startkapital für einen viel größeren Coup! Und der Rabbi, so wird ihm plötzlich klar, wird lediglich benutzt! Er ist eine Figur in diesem Spiel, eine Figur, die mit kleinen Ködern gelockt wird, wie ein Jagdhund, der eine Spur aufnehmen soll. Ist die Beute einmal gestellt, wird der Hund unwichtig.

Als würden sich die Mutmaßungen des Rabbis auf dramatische Art und Weise verwirklichen, entdeckte er am nächsten Abend eine Gestalt, die vor seinem Haus steht und unverfroren nach seiner Wohnung im dritten Stock Ausschau hält. Als Henry sich nähert, erkennt er bereits von hinten, um wen es sich handelt. Es ist Gurewitz!

»Kann ich Ihnen helfen, Herr Gurewitz?«, fragt der Rabbi.

Der Russe scheint keineswegs überrascht.

»Ich bin gekommen, um Sie auf zwei Dinge aufmerksam zu machen«, sagt der Mann, »erstens haben Sie sich trotz meiner Warnung wieder in meine Angelegenheiten eingemischt, und zweitens wollte ich Ihnen zeigen, dass ich weiß, wo Sie wohnen. Und das wird unangenehm für Sie werden.«

»Ich hätte Ihnen meine Adresse gesagt, wenn Sie mich gefragt hätten«, sagt der Rabbi und macht auf entspannt. »Im Gegenteil, Sie sind gern eingeladen, mit mir nach oben zu kommen.«

»Kein Interesse, danke.«

»Außerdem«, fährt der Rabbi fort, »ist das Verschwinden Ihrer Frau nicht Ihre persönliche Angelegenheit.«

»Das wollten Sie mir ja beweisen, indem Sie die Polizei auf mich gehetzt haben! Aber glauben Sie mir, das bleibt nicht ohne Konsequenzen!«

»Wollen Sie mir drohen?«

Der Rabbi schaut seinem Gegenüber ernst in die Augen.

»Ja, das will ich«, sagt Gurewitz überraschend eindeutig. »Wenn Galina etwas zustoßen sollte, haben Sie es zu verantworten. Das muss Ihnen klar sein. Ich war auf einem guten Weg, die Sache unblutig zu lösen, diplomatisch, aber Sie mit Ihrem Ehrgeiz, mit Ihrer Arroganz haben dazwischengefunkt.«

Der Rabbi kommt näher an Gurewitz heran und sagt leise: »Ich habe Ihren perfiden Plan durchschaut: Sie können Ihre Frau easy loswerden und benutzen mich als Schuldigen. Aber das wird Ihnen nicht gelingen, denn ich habe bereits genug Material gegen Sie.«

Der Bluff gelingt. Denn Gurewitz' Augen werden zu schmalen Schlitzen.

»Seien Sie vorsichtig, Silberbaum, auch Rabbiner sind nicht unsterblich.«

Damit dreht er sich um und läuft mit selbstbewussten Schritten zu seinem Wagen. Der Rabbi schaut ihm nach, wie er einsteigt, den Motor röhrend startet und mit quietschenden Reifen davonfährt.

Der Rabbi holt sein Telefon hervor.

»Robert?«

11

Einige Tage später platzt die Bombe! Kommissar Berking hat die russische Mitteilung über Gurewitz' Ableben analysieren lassen. Dabei wurde festgestellt, dass die Unterschrift darauf von Juri Tarassow stammt! Und dass der in der fraglichen Zeit der Lagerkommandant in Kola bei Murmansk war! Jetzt, so sinniert der Rabbi, beginnen die kleinen Zahnrädchen plötzlich ineinanderzugreifen.

Der Kommissar sitzt in der Abendsonne vor seinem »Lieblingsrestaurant« und verzehrt seine Bockwurst. Dazu trinkt er einen Apfelwein. Neben ihm der Rabbi vor einer Flasche Mineralwasser.

»Und?«, fragt Berking, »was sagst du?«

»Gute Arbeit, Herr Hauptkommissar. Chateau, wie der Franzose so treffend zu sagen pflegt.«

Berking lacht über das Wortspiel.

»Nein, im Ernst«, meint Henry weiter, »das ist eine Superneuigkeit und bringt uns sicher voran. Jetzt wird die Verbindung klar: Gurewitz und Tarassow kennen sich aus dem Lager. Sie sind gemeinsam in irgendeine Sache verstrickt und haben sich gegenseitig in der Hand.

Mithilfe von Tarassow gelingt Gurewitz die Ausreise in den Westen.«

»Das kann so gewesen sein, muss aber nicht«, sagt der Kommissar, »was jedoch wesentlicher ist: Ist Gurewitz wirklich Gurewitz? Und wer ist Wolkow?«

»Und wer steckt hinter den Mails?«, bemerkt der Rabbi.

Berking denkt einen Moment nach, dann sagt er:

»Es gibt offenbar jemanden, der das Geheimnis kennt und daraus Kapital schlagen will. Eventuell ein Mithäftling von damals, der von Gurewitz und seiner Erfolgsgeschichte Wind bekommen hat. Er hat versucht, Gurewitz zu erpressen, was ihm nicht gelungen ist. So wie wir Gurewitz kennengelernt haben, lässt der sich nicht einschüchtern.«

»Genau! Deshalb entführt er Galina, in der Hoffnung, dass Gurewitz einknickt.«

»Aber der knickt nicht ein, im Gegenteil. Er riskiert lieber das Leben seiner jungen Frau. Was lernen wir daraus?«

Henry steht auf. »Ich sage es dir: Das Geheimnis zu wahren ist wichtiger als Galinas Leben!«

Der Kommissar bringt seinen Teller und sein Glas brav zurück an Karims Verkaufstresen, während er sagt: »Weißt du, was ich denke? Du solltest dir die Mutter noch mal vornehmen. Sie ist Galinas einzige Vertraute, und sie weiß sicher mehr, als sie dir bisher verraten hat.«

Es ist wieder ein Mittwochnachmittag. Henry hat Frau Kimmel zu dem wöchentlichen Loto der russischen Damen ins Erdgeschoss geschickt und Frau Bubka mitteilen lassen, dass der Rabbiner sie umgehend zu sprechen wünsche. Er wollte die Sache bewusst offiziell und vor Publikum machen. Daraufhin ist Frau Bubka der Sekretärin verunsichert in den dritten Stock gefolgt.

Der Rabbi hat seine Freundlichkeit abgelegt, er ist noch beschäftigt, während Galinas Mutter eintritt. Wortlos zeigt er auf den Stuhl vor seinem Schreibtisch.

Frau Bubka nimmt Platz, Henry macht sich noch ein paar Notizen und schaut die Frau dann ernst und unvermittelt an: »Schalom, Frau Bubka«, sagt er, »ich stelle fest, dass ich offensichtlich der Einzige bin, der sich ernsthaft Sorgen um Ihre Tochter macht.«

Die Frau ist überrascht. »Nein, mache ich mir auch große Sorgen! Das wissen Sie doch.«

»Das kann nicht sein. Sonst hätten Sie inzwischen die Polizei eingeschaltet, ganz egal wie Gurewitz das findet. Galina ist seit sieben Wochen verschwunden, Frau Bubka, seit sieben Wochen!«

Die Frau beginnt plötzlich zu weinen und kramt nach einem Taschentuch, aber der Rabbi bleibt unerbittlich. »Ich werde Ihnen sagen, warum Sie nichts unternehmen. Nicht, weil Sie Angst vor Gurewitz haben, sondern weil Sie wissen, wo Ihre Tochter sich aufhält! Und weil Sie wissen, dass es ihr gut geht! Ist es so, Frau Bubka? Habe ich recht?«

Die kleine Frau schüttelt heftig den Kopf und ruft: »Nein! Nein! Weiß ich nicht, wo sie ist, ich schwöre Euch zu!«

»Aber Sie wissen, dass sie nicht entführt wurde!«

Frau Bubka schweigt, während der Rabbi aufgestanden ist, um den Schreibtisch herumgeht und sich auf die Kante setzt.

»Ich werde Ihnen sagen, wie es war: Ihre Tochter liebt Sie. Sie hat sich ein paar Tage nach dem Verschwinden bei Ihnen gemeldet und hat gesagt: ›Mama, ich kann dir nicht sagen, wo ich bin, aber du sollst dir keine Sorgen machen.‹ Hat sie das so gesagt?«

Der Rabbi wartet auf eine Reaktion.

»Frau Bubka! Hat sie das so gesagt?«

Die Frau nickt kaum merklich. Der Rabbi geht zurück hinter den Schreibtisch. Wie ein Staatsanwalt nach dem Kreuzverhör.

»Ich wollte Euch nicht belügen, Herr Rabbiner, aber ist alles sehr schwer für mich.«

»Ist Ihre Tochter allein, oder ist noch jemand bei ihr?«

»Ihr müsst mir glauben, ich weiß es nicht, *emmes* nicht!«

»Und wo sie sich aufhalten könnte? Haben Sie keine Vermutung?«

Frau Bubka will das unangenehme Gespräch zu Ende bringen.

»Wenn ich wüsste etwas, ich würde es Euch sagen. Glaubt mir.« Sie erhebt sich.

»Setzen Sie sich wieder hin, Frau Bubka, wir sind

noch nicht durch.« Der Rabbi schaut die Frau lange schweigend an, die sich prompt wieder gesetzt hat, und dann sagt er: »Ich will eine ehrliche Antwort: Was war Ihr erster Gedanke, als Sie Semjon Gurewitz in Tel Aviv kennenlernten?«

Sie zögert. Dann sagt sie schließlich:

»Dass er nicht kein Jude ist, habe ich gedacht!«

Diese Antwort überrascht Henry keineswegs, im Gegenteil, er hat sie erwartet. Er fragt: »Warum haben Sie das gedacht?«

»Israel macht, dass alle Juden sollen sich frei fühlen. Sind sie ganz anders als in der Diaspora. Sind sie zu Hause. Sehen sie das als ihr Land. Und das zeigen sie. Aber Gurewitz war er verkrampft, so wie unter Feinden. Habe ich gespürt, dass er nichts spürt.«

»Und ab wann waren Ihre Zweifel vorbei?«

»Nie!«

»Haben Sie mit Ihrer Tochter über diese Bedenken gesprochen?«

»Nein, niemals. Es war mir wichtig, dass sie soll sein glücklich und zufrieden.«

»Und Galina? Hat sie nie eine Bemerkung gemacht über Gurewitz. Dass sie Zweifel hat oder so?«

Frau Bubka spricht fast zu sich selbst. »Gurewitz hat sie kontrolliert total. Er wollte nicht, dass wir sehen uns. Eigentlich er hat es verboten. Hat er geahnt, dass ich ihm nicht traue. Ist er ein Mensch mit einem tierischen Instinkt. Wie ein Wolf ist er. Entweder haben wir uns gesehen, wenn er war weg oder wenn Lina ist sie gejoggt.«

Sie kramt nach einem Taschentuch.

»Wo war das?«

»Gibt es das kleine Café am Park oben. Wo ist Uni.« Sie schnäuzt sich.

»Ja, das kenne ich«, sagt der Rabbi und schaut Frau Bubka ernst in die Augen, »gibt es noch irgendetwas, das Sie mir verschweigen, Frau Bubka?«

»Nein, Rabbi, wirklich nicht, ich schwör.«

Es ist lang her, dass Henry regelmäßig joggen gegangen ist. Seit er sein neues Rennrad besitzt, hält er das Laufen für verzichtbar. Dazu kommt, dass er es nie wirklich gemocht, sondern es eher als lästige Pflicht angesehen hat. Viele behaupten, rennen sei wie eine Droge. Aber da hat der Rabbi seine Zweifel. Wer zum Beispiel behauptet, gern in ein Fitnesscenter zu gehen, der lügt. Man muss stets einen inneren Schweinehund überwinden. Dass Henry heute früh sein Jogging-Outfit angezogen hat, ist auf einen Gedanken zurückzuführen, der ihm heute Nacht in den Sinn gekommen war und der ihn erst spät einschlafen ließ. Aus diesem Grund hat er im Büro Bescheid gesagt, dass es heute später wird, und aus dem Internet ein Foto von Galina Gurewitz ausgedruckt.

Das zeigt er, immer noch etwas atemlos, der jungen Frau, die im kleinen Café am Unipark bedient, und die Henry nach seinem Wunsch gefragt hat.

»Einen doppelten Espresso, bitte«, antwortet er und setzt sich. Dann: »Kurze Frage, kennen Sie diese Frau?«

»Ja«, sagt die Bedienung, »die war regelmäßig hier. Fast täglich, kann man sagen. Habe sie aber länger nicht gesehen. Und den Mann auch nicht.«

Der Rabbi schaut ihr nach, wie sie zum Tresen geht, um den Espresso zu machen. Als sie mit der Tasse wieder an den Tisch kommt, fragt Henry:

»Sie sprachen eben von einem Mann, der bei ihr war. Was war das für ein Mann?«

Jetzt wird die junge Frau misstrauisch.

»Warum wollen Sie das wissen? Wer sind Sie?«

»Keine Angst. Ich bin ein Freund von Galina. So heißt die Frau, nach der ich frage. Ich bin kein eifersüchtiger Ehemann, echt nicht!«

Der Rabbi nimmt einen Schluck von seinem Espresso.

»So sehen Sie auch nicht aus«, meint die Kellnerin verschmitzt.

»Also?«

»Die Frau kam fast jeden Morgen und trank ihren Latte macchiato. Manchmal traf sie sich auch mit einer älteren Dame. Sie sprachen Russisch miteinander. Könnte ihre Mutter gewesen sein.«

»Ja, das ist richtig. Und weiter?« Der Rabbi wird ungeduldig.

»Na ja, ab Dezember, Januar um diese Zeit herum, traf sie sich hier eben ziemlich oft mit diesem Mann.«

»Wie alt war der Mann etwa?«

»So um die dreißig, würde ich sagen. Er sah ganz gut aus, immer etwas übernächtigt und eher billig gekleidet. Adidas, aber mit zwei Streifen.« Sie lacht. »Sie sprachen auch Russisch miteinander. Er konnte kaum Deutsch.«

Henry ist sehr hellhörig. »Ist Ihnen noch etwas aufgefallen? Hatten Sie den Eindruck, dass zwischen den beiden etwas lief?«

»Nein, auf keinen Fall. Sie schienen sich zu mögen, sie waren vertraut miteinander. Aber sie haben sich nie berührt. Ab und zu hat die Frau ihm Geld rübergeschoben.«

»Sie sind eine ausgezeichnete Beobachterin, Frau ...?«

»Remmert, Patricia Remmert. Aber Sie können Trixi sagen.«

»Henry.« Der Rabbi lächelt ihr freundlich zu, legt fünf Euro auf den Tisch und erhebt sich.

»Ich studiere Psychologie«, sagt sie lächelnd.

»Trixi, noch eine letzte Frage: Würden Sie das alles auch vor der Polizei aussagen, wenn es dazu käme?«

»Na klar. Aber ist denn was mit dieser Frau?«

»Wir sind auf der Suche nach ihr.«

Trixi schaut den Rabbi an. »Sie sind Detektiv, stimmt's?«

»So was Ähnliches. Tschüss und vielen Dank.«

»Tschüss.«

Die junge Frau schaut ihm nach, wie er langsam zu seinem Rad geht und dabei sein Telefon aus der Jacke holt.

Es ist Dienstagnachmittag, und Esther Simon sitzt auf der Besuchercouch. Sie hat die Beine überschlagen und sieht hinreißend aus. Das hindert den Rabbi allerdings nicht daran, sachlich zu bleiben.

»Erzähl mir, was du über den Talmud gelernt hast«, sagt Henry und schaut sie neugierig an, »denn das gehört zu den Standardfragen der Konversion.«

»Gott hat den Juden die schriftliche Tora am Berg Sinai gegeben. Zusätzlich zu dem Text, den Moses aufgeschrieben hat, hat Gott ihm auch die Gebote erklärt. Diese Erklärungen nennt man mündliche Tora, weil sie von Generation zu Generation nur mündlich weitergegeben wurde. Nach der Zerstörung des 2. Tempels und den anschließenden Vertreibungen durch die Römer, haben die Rabbiner dann angefangen, das aufzuschreiben. So entstand zunächst die *Mischna*. Die Rabbiner der nächsten 400 Jahre, vor allem in Babylonien, weshalb dieser Teil dann auch nicht auf Hebräisch, sondern Aramäisch ist, haben das dann jeweils diskutiert, und daraus entstand die *Gemara*. *Mischna* und *Gemara* zusammen ergeben den Talmud, bekannt auch als ›babylonischer Talmud‹.«

»Das hast du schon sehr gut erklärt«, meint der Rabbi. »Aber was ist die *Gemara* genau?«, fragt er dann.

Esther denkt einen Augenblick nach, dann sagt sie: »Die *Gemara* besteht aus Fragen, Kommentaren und Analysen zur *Mischna*, wie sie über Jahrhunderte von den Gelehrten in philosophischen Diskursen erarbeitet wurden. Dazu kommen auch juristische Klarstellungen, soziale, medizinische, geschichtliche. Ja, und Fabeln und Gleichnisse.«

»Gut. Und wann wurde das Ganze abgeschlossen?«

»Eigentlich im sechsten Jahrhundert, aber noch im elften hat Rabbi Schlomo ben Jizchak, genannt Raschi, seine Kommentare hinzugefügt.«

»Sehr gut«, sagt der Rabbi, »und damit bekommst du einen Eindruck von der Dialektik des Judentums generell: Es lebt von der Diskussion, von der ständigen Auseinandersetzung, vom Einpassen der religiösen Tradition in den Alltag, der sich ja ständig verändert und modernisiert.«

»Ist das vielleicht der Grund, warum sich Juden so schnell assimilieren und in einer neuen Gesellschaft anpassen?«

»Gute Frage«, sagt der Rabbi, »auf jeden Fall haben sie selten mehr dabei als ihr Judentum. Ein leichtes Gepäck mit gewichtigem Inhalt.«

»Und weil sie diese Traditionen pflegen, gibt es Juden seit über 3500 Jahren«, glaubt Esther Simon.

»Nicht weil die Juden stets den Schabbat halten, gibt es sie, sondern weil der Schabbat die Juden hält«, erklärt der Rabbi.

»Das gefällt mir. Das werde ich sagen, wenn ich gefragt werde, warum ich Jüdin werden will.«

»Na ja, das ist jedenfalls besser, als wenn du die Wahrheit sagst.«

»Was meinst du damit?«

»Hallo? Du konvertierst, weil du einen israelischen Freund hast. Schon vergessen?«

»Nein. Natürlich nicht«, sagt sie verlegen.

»Wie heißt er eigentlich?«

Sie zögert einen Moment, dann sagt sie: »Eli! Er heißt Eli.«

Sie spürt, dass Henry eifersüchtig ist, und legt nach: »Er ist ein toller Mann. Groß und schön … und er ist Arzt.«

»Besser geht's nicht«, sagt der Rabbi bissig und schaut auf die Uhr.

»Gibt es eigentlich etwas Neues von Galina?«, fragt Esther plötzlich.

»Nein. Leider nicht. Aber ich glaube nicht mehr an diese Entführung. Ich glaube, sie hat das selbst inszeniert, um von Gurewitz wegzukommen.«

»Warum das? Sie hätte ihn doch einfach verlassen können.«

Der Rabbi schüttelt den Kopf. »Nein, einen Semjon Gurewitz verlässt man nicht so einfach. Diese Schmach hätte er nicht auf sich sitzen lassen. Er betrachtet alles als sein Eigentum. Auch Menschen.«

»Und wie sieht das in der Praxis aus?«, fragt der Kommissar, als er neben dem Rabbi im Auto sitzt und beide hinüber zum kleinen Café schauen, wo Trixi gerade dabei ist, die Stühle hochzustellen. Es ist kurz vor 19 Uhr.

»Folgendes: Sie hat einen jungen, armen Russen kennengelernt, der ihr dabei hilft, ihren Plan in die Tat umzusetzen. Sie hat etwas über Gurewitz herausgefunden, etwas aus seiner Vergangenheit und erpresst ihn damit. Sie lässt sich entführen, und der Russe schreibt Mails, in denen er Gurewitz androht, die Wahrheit über ihn zu veröffentlichen, was seinen Ruin bedeuten könnte.«

»Und warum zahlt er dann nicht? Er bekäme seine Frau zurück und hätte Ruhe. Und eine Million weniger oder so könnte er sicher verschmerzen.«

Der Rabbi sagt verschmitzt: »Er zahlt nicht, und Galina rechnet auch damit, dass er nicht zahlt! Das ist Teil ihrer Strategie. Sie will ihn aus der Reserve locken.«

»Da kannst du recht haben. Aber es erschließt sich mir nicht, warum sie das so kompliziert einfädelt«, meint Berking. »Sie bräuchte doch nur zu sagen: ›Mein lieber Gatte, ich verlasse dich, weil ich dies und jenes von dir weiß.‹ Und gut ist.«

»Ich traue Gurewitz alles zu, auch einen Mord!«

Nach einer kurzen Pause sagt der Rabbi: »Was ist mit diesem Wolkow?«

»Hast du eine Ahnung! Das ist wie bei uns Müller oder Meier. Es gibt Millionen Wolkows in Russland.«

»Aber nur wenige Andrej Wolkows, die im Lager Kola bei Murmansk gewesen sein könnten.«

»Ich bin dran. Außerdem vergisst du gern, dass ich das undercover machen muss. Noch ist die politische Brisanz nicht durchgesickert. Bisher ist nur eine junge Frau als vermisst gemeldet worden. Und ihr Mann hat uns erzählt, dass alles seine Ordnung habe. Es gibt keinerlei Beweise für eine Entführung, geschweige denn Erpressung. Der Einzige, der sich sorgt, ist ein offensichtlich unterbeschäftigter Rabbiner mit Wahnvorstellungen. Auch die falsche Identität eines Verdächtigen basiert lediglich auf einer Vermutung. So sieht es aus, mein Lieber.«

Der Kommissar steigt aus dem Wagen. Er überquert die kleine Straße und tritt neben Trixi Remmert, die gerade im Begriff ist, die Tür des Cafés abzuschließen. Berking hat seine Dienstmarke hervorgeholt.

»Berking, Kriminalpolizei. Frau Remmert?«

»Ja«, sagt die junge Frau unsicher.

»Kann ich Sie einen Moment sprechen?«

Das Fernsehstudio ist voll besetzt. Auf den unterschiedlichsten Sitzgelegenheiten sitzen in lockerer Anordnung die unterschiedlichsten Gäste. Oben auf einem Podest ein Biedermeiersofa. Darauf sitzen Andrea Kiewel und neben ihr der Rabbi. Dahinter in dezenter Leuchtschrift an der Wand der Titel der Sendung: *Kiewif!*

Nach der Anmoderation und der Vorstellung ihres Gastes kommt Andrea Kiewel auf das Thema zu sprechen: »Lieber Rabbiner Silberbaum, es geht heute um Antisemitismus.«

»Ich bin dagegen!«

Die ersten Lacher sind zu hören. Die Moderatorin spricht weiter: »Nur zur Einordnung, Rabbi, wie würden

Sie den Unterschied zwischen Rassismus und Antisemitismus beschreiben?«

»Nun, die Quelle ist sicher die gleiche, nämlich Menschenhass, aber es gibt eine gravierende Unterscheidung: Antisemitismus bedeutet, Menschen zu hassen für das, was sie sind. Nämlich Juden. Und Rassismus bedeutet, Menschen zu hassen für das, was sie nicht sind: weiß! Antisemitismus spiegelt daher ein Unterlegenheitsgefühl ob des angeblichen Einflusses des ›Weltjudentums‹, Rassismus zementiert ein Überlegenheitsgefühl gegenüber Menschen mit anderer Hautfarbe. Bei beiden Phänomenen geht es um Macht.«

Applaus ist zu hören, während der Rabbi weiterspricht: »Wir Juden werden seit Jahrtausenden gehasst und verfolgt und ermordet, und es wäre wünschenswert, wir bekämen mehr mediale Aufmerksamkeit und mehr Empathie der Gesellschaft.

Es ist mir unmöglich, an die vielen ermordeten Juden allein in den letzten zwanzig Jahren und allein bei uns in Europa zu erinnern, aber lassen Sie mich nur ein Beispiel nennen: Sarah Halimi aus Paris, 65 Jahre, eine Ärztin und Mutter von drei Kindern, die von einem westafrikanischen Islamisten zuerst misshandelt und anschließend aus dem Fenster ihrer Wohnung geworfen wurde. Da wurden ein paar wohlfeile Sprüche abgelassen und ein paar Blümchen abgelegt, und das war's. Ich will damit sagen, dass das Empörungspotenzial sich bei einem Mord an einer älteren Jüdin relativ schnell erschöpft.

Obwohl er genauso systemimmanent ist wie der Mord eines weißen Polizisten an einem schwarzen Bürger. Dazu kommt, dass der Mörder von Frau Halimi schwarz war. Wäre er ein weißer, blonder Neonazi gewesen, wäre der Grad der Empörung ein anderer.«

Wieder ist Beifall aus dem Publikum zu hören, und der Rabbi sagt: »Schön, dass es dafür Applaus gibt, aber noch schöner wäre es, beim nächsten Mord an Juden auf die Straße zu gehen und zu rufen: ›Jewish Lives Matter!‹«

Auch hier wieder Klatschen aus dem Publikum.

Andrea Kiewel sagt nach einer Pause: »Nun hat der Judenhass bei uns leider eine lange Tradition. Bereits im Mittelalter gab man den Juden die Schuld an der Pest oder an Missernten, erinnert sei an angebliche Ritualmorde und darauffolgende Pogrome. Bis schließlich hin zur industriellen Vernichtung der jüdischen Bevölkerung Europas durch die Deutschen. Ich sage bewusst ›durch die Deutschen‹ und nicht ›durch die Nazis‹. Denn die Nazis sind ja immer die anderen. Also, worauf führen Sie diesen archaischen Hass zurück?«

»Es gibt wie immer unterschiedliche Thesen. Eine große Rolle spielen Neid und Missgunst. Seit der Zerstörung des Tempels in Jerusalem durch die Römer, also seit dem Jahr 70 unserer Zeitrechnung, sind die Juden dazu verdammt, in der Diaspora zu leben. In den meisten Ländern war es ihnen verboten, Grundbesitz zu erwerben oder ein Handwerk auszuüben. So blieben Geisteswissenschaften, Medizin, Handel und Geldverleih.

Sobald aber jüdische Gemeinden prosperierten, konnte man sicher sein, dass bald ein Pogrom folgen würde. Der einfachste Weg, seine Schulden nicht zu begleichen, war, den Gläubiger zu verjagen oder ihn, besser noch, gleich umzubringen. Dieser Brauch hat sich über viele Jahrhunderte immer wieder mehr oder weniger regelmäßig fortgesetzt und ist nicht zuletzt durch einen Antisemiten wie Martin Luther befördert worden. Nichts ist einfacher, seine eigene Unzulänglichkeit zu kaschieren, indem man anderen das unterstellt, was man selbst gern täte. Es gibt kein Volk, das sich besser zum Sündenbock eignet als das jüdische. Allein deshalb, weil die Juden seit Jahrtausenden existieren. Und obwohl sie, für jeden sichtbar, inmitten der Gesellschaft leben, dichtet man ihnen die übelsten Verschwörungslegenden an, gibt ihnen die Schuld am Kommunismus und am Kapitalismus, an Nine Eleven und an der Finanzkrise und würde sie am liebsten wieder in die Gaskammern schicken, die es angeblich gar nicht gab, die genau wie die Konzentrationslager eine Erfindung der Juden waren, um das deutsche Volk nach dem Krieg manipulieren und ausbeuten zu können.

Wo aber die Tonnen von Haaren, Koffern, Prothesen oder Brillen herkommen sollen, die noch heute in Auschwitz zu besichtigen sind, bleibt unbeantwortet, ebenso die Frage, wo die Millionen ermordeter Menschen sein sollen, wenn sie angeblich noch leben und feixen, weil ihre Angehörigen um sie trauern und sie für tot halten! Sie sehen, wie absurd das alles ist. Es gibt

Menschen, die glauben, die Erde sei eine Scheibe. Das sei ihnen unbenommen. Wer aber den Juden die Schuld an allem Elend der Welt gibt, der wird meinen Zorn zu spüren bekommen.«

Am nächsten Morgen hat wohl die halbe Welt die Talkshow gesehen, und jeder im Gemeindezentrum spricht den Rabbi darauf an. Alle sind voll des Lobes, lediglich Doktor Friedländer, der große Vorsitzende, ist nicht angetan, als er Henry auf dem Flur begegnet.

»Sie hätten mehr über Israel sprechen sollen«, sagt er, »und über den politischen Antisemitismus. Diesen Vorwurf kann ich Ihnen nicht ersparen.«

»Ich kann nicht einerseits sagen, wir Juden hier in Deutschland möchten nicht für die Fehlleistungen der israelischen Regierung verantwortlich gemacht werden, und sie gleichzeitig verteidigen. Das ist ein Spagat, den ich nicht schaffe, wenn Sie verstehen, was ich meine.«

»Das Existenzrecht Israels darf nie infrage gestellt werden.«

»Das ist eine Selbstverständlichkeit, so wie das Existenzrecht Schwedens nicht infrage gestellt wird. Deshalb erübrigt sich die Diskussion, ob es Israel geben sollte oder nicht. Wie wollen Sie mit Menschen diskutieren, die nicht in der Lage sind, ihr Weltbild zu überdenken? Die ihre Haltung nie anzweifeln? Ich bin es leid. Das ist so, als würde ich über die positiven Aspekte des Nationalsozialismus debattieren müssen.«

Friedländer muss lächeln.

»Ach, Rabbi Silberbaum, Sie sind und bleiben unverbesserlich.« Mit diesen Worten dreht er sich um und geht.

Als sich Henry auf den Weg zu seinem Büro macht, klingelt sein Telefon. Es ist Kommissar Berking. Er hat Neuigkeiten. Der Rabbi verzieht sich in eine Ecke, um ungestört zuhören zu können.

»Also, es gab tatsächlich einen Andrej Wolkow im Lager Kola. Ein Schlägertyp, ein ehemaliger Boxer aus Moskau, der einen Polizisten totgeschlagen hat und zu zwanzig Jahren Lagerhaft verurteilt wurde.«

»Zwanzig Jahre? Nicht schlecht.«

»Er war Wiederholungstäter mit einem entsprechenden Strafregister. Ein unangenehmer Zeitgenosse, vermute ich. Wie dem auch sei: Das Lager Kola wurde im Jahr 1998 aufgelöst und alle Häftlinge freigesetzt. Dem BND liegt die Liste vor. Sie kam über Amnesty International, weil diverse Dissidenten einsaßen, die man in die Bundesrepublik holen wollte. Ein Andrej Wolkow ist nicht dabei. Auch nicht im Sterberegister. Er ist wie vom Erdboden verschwunden! Vielleicht abgehauen, aber man wollte es vertuschen.«

»Er kann vorher entlassen worden sein.«

»Stimmt. Aber üblicherweise gibt es dann einen Vermerk über eine Begnadigung. Die Entlassenen müssen ja beweisen können, dass sie nicht geflohen sind.«

»Robert, du kennst mich, ich würde das alles liebend

gern glauben, aber eine Liste aus Russland ist so wasserdicht wie ein Sieb.«

»Da bin ich total bei dir. Aber es ist ein kleiner Hinweis auf eine deiner berühmten Möglichkeiten.«

»Klar. Da stinkt was. Ich bin sicher, Tarassow weiß einiges darüber«, sagt der Rabbi.

»Aber warum sollte er plaudern?«, meint Berking.

»Dieser Wolkow«, sagt der Rabbi nachdenklich, »wenn der Boxer war, müsste es doch irgendwo ein Foto von ihm geben.«

Schon als sie den Bahnhof verlassen und zum Auto gehen, hat Henry den Strafzettel entdeckt, der unter der Windschutzscheibe klemmt. Bevor er ihn unauffällig entfernen kann, hat Cilly Silberbaum ihn ebenfalls wahrgenommen.

»Du hast einen Strafzettel!«, sagt sie lakonisch.

»Alles Antisemiten!«, bemerkt Henry launig.

Der Rabbi steckt den Zettel ein.

»Dir ist nicht zu helfen. Wie kann man nur so leichtfertig sein? Wie viel ist es?«

»Fünfundzwanzig. Das bist du mir wert. Gerade noch.«

Er verstaut ihren Koffer, während sich seine Mutter in den Wagen setzt.

»Berichte. Wie war's?«

»Wie soll es schon gewesen sein, so unter alten Leuten. Es geht immer nur um Krankheiten und undankbare Kinder. Und Enkel, die Genies sind!«

»War denn Galina Gurewitz mal ein Thema?«

»Du wirst lachen, ein paar Frauen haben über sie gesprochen. Man hatte sie wohl Anfang des Jahres gebeten, wieder eine Schwimmgruppe zu leiten, oder Wassergymnastik oder was weiß ich, aber sie wollte in dieser Zeit nach Israel und sich auf die Olympiade vorbereiten, hieß es, und deshalb hatte sie abgesagt. Gibt es denn was Neues?«

»Eigentlich nicht. Sie ist und bleibt verschwunden.«

»Was glaubst du? Ist sie in Lebensgefahr?«

»Möglicherweise. Aber nicht durch ihre Entführer.«

12

»So, Leute«, sagt der Rabbi, und die Klasse horcht auf, »das Pessach-Fest steht vor der Tür, und damit eure Eltern sich nicht fragen: ›Was ist das nur für ein merkwürdiger Rabbiner, der mit unseren Kindern nur über TV-Serien, Antisemitismus und Nahostpolitik labert‹, machen wir heute den Seder-Abend im Schnelldurchlauf. Ich stelle die Fragen, zeige auf eine oder einen, und dann kommt die Antwort wie aus der Pistole geschossen oder …«

»… Eure Ernte soll verdorren!« rufen die Kinder laut.

»Genau so ist es! Ilana! Warum feiern wir Pessach?«

»Es erinnert an den Auszug der Juden aus Ägypten.«

»Und was haben sie da gemacht? Tauchurlaub im Roten Meer? Eine Kreuzfahrt auf dem Nil?«

Die Kinder lachen.

Ilana spricht weiter: »Sie waren Sklaven, und um das Ende ihrer Sklaverei zu feiern, sitzen wir am Sederabend zusammen und lesen aus der *Haggada.*«

»Perfekt«, sagt der Rabbi. »Und welches Buch ist das und wie heißt das in der Tora?« Er zeigt zu Felix Heumacher.

»Das 2. Buch Moses. Exodus. Auf Latein ›der Auszug‹. Oder Exodos, wie es im Griechischen heißt. Schemot auf Hebräisch!«

»Sehr gut. Und auf Xhosa?«

Keiner meldet sich.

Der Rabbi macht zwei Klicklaute, und die Kinder lachen.

»Warum sitzen wir angelehnt am Sederabend?«

Der Finger zeigt auf Laura.

»Weil wir als Sklaven gebückt und an Ketten gesessen sind, und heute als freie Menschen sitzen wir angelehnt.«

»Was hat es mit den vier Bechern Wein auf sich, die wir trinken?«

Er zeigt in die Runde. Keine Reaktion.

»Eine Erklärung besagt, die Juden behielten ihre hebräischen Namen, zweitens, sie sprachen weiterhin ihre Sprache, drittens, sie beharrten auf ihrer Moral und viertens, sie hielten zusammen. Nun gibt es einen fünften Becher. Was ist mit dem? Hat man sich verzählt?«

Er zeigt zu einem Jungen. »Uri!«

»Dieser Becher steht bereit für den Propheten Elijahu, der zu Pessach erwartet wird.«

»Richtig. Und der vorerst nicht kommt. Aber das ist eine andere Geschichte. Was wissen wir über die Speisen am Sederabend?«

Er zeigt zu einem Mädchen.

»Miriam.«

»Wir essen *Mazzoth*, also ungesäuertes Brot, weil die Juden sich eilen mussten und nur Weißmehl mitgenommen haben in die Wüste und es dort auf heißen Steinen gebacken haben.«

»Sehr gut. Weiter. Benny.«

Ein Junge antwortet.

»Man taucht Petersilie in Salzwasser, das soll an die Tränen unserer Vorfahren erinnern. Darum essen wir auch bittere Kräuter.«

»Geht aber auch mit Radieschen oder Sellerie. Was ist mit dem Ei?«

»Das hart gekochte Ei symbolisiert das Leben.«

»Gut. Kommen wir zu den Fragen.«

»Das jüngste Kind darf die Frage stellen: *Ma ni'schtana haleila ha'se*? Was unterscheidet diese Nacht von allen anderen Nächten? Dann lesen wir aus der *Haggada* von den zehn Plagen und davon, wie die Juden durch das Rote Meer geschritten sind. Und danach sagen alle ›Nächstes Jahr in Jerusalem!‹ Dann ist die Feier zu Ende.«

»Genau. Und das ist die Stunde jetzt auch. Ich wünsche euch und euren Familien *chag sameach*, ein schönes Pessach!«

Die Kinder klopfen begeistert auf ihre Tische.

Kaum betritt der Rabbi das Seniorenheim, schon kommt ihm die kleine Hündin Betty schwanzwedelnd in der Eingangshalle entgegengerannt. Er nimmt sie auf den Arm und geht auf Esther Simon zu. Er begrüßt die Heimleiterin mit zwei Wangenküssen.

»Siehst du«, sagt sie, »du bist immer noch ihr Allerliebster!«

Der Rabbi lächelt.

In der Ecke ist eine lange Sedertafel gedeckt, an der schon fast alle dreißig Stühle besetzt sind. Esther platziert Henry zwischen Frau Rappaport und dem alten Rabbiner Landau, der ab den Fünfzigerjahren bis zum Rentenalter ein beliebter Religionslehrer in Frankfurt war und der kürzlich seinen neunundneunzigsten Geburtstag feiern konnte. Zu Beginn seiner Arbeit in der Gemeinde hat Henry den alten Herrn hin und wieder um Rat gefragt, aber in den letzten Monaten häufen sich bei Landau die mentalen Ausfälle bedenklich, und seine Einlassungen sind mit Vorsicht zu genießen. Trotzdem ist es nach wie vor ein großes Vergnügen für alle, wenn der alte Rabbiner durch den Sederabend führt und aus der *Haggada* liest. Dabei kommt es auch mal zu Wiederholungen oder Irrtümern, aber das sieht man ihm gern nach. Denn er würzt seine Verfehlungen oft mit selbstironischen und humoristischen Einschüben.

So beginnt Landau den Abend mit der Bemerkung: »Sollten Ihnen Merkwürdigkeiten in meinem Vortrag auffallen, so bitte ich Sie alle vorab um Vergebung. Mein Kopf arbeitet nicht mehr so, wie er soll. Aber für diesen Fall habe ich ja Herrn Rabbiner Silberbaum neben mir als Pannenhelfer!«

Nachdem das Lachen abebbt, beginnt der alte Rabbiner mit einem Segensspruch.

Gegen 22 Uhr ist die Sederfeier vorüber. Die Heimbewohner haben sich in ihre Zimmer zurückgezogen, während Esther Simon gemeinsam mit einigen Helfern den Tisch abbaut. In den gemütlichen Sesseln in der kleinen Cafeteria sitzen der Rabbi und sein Freund Jossi Singer. Sie reden über die verschwundene Galina Gurewitz, als Herr Burger an den Tisch kommt.

»Rabbi, kann ich Sie mal einen Moment sprechen?«

»Gern, Herr Burger.«

Henry erhebt sich, geht gemeinsam mit Burger ein paar Schritte in die menschenleere Halle. Währenddessen sagt der Mann: »Mir ist noch etwas eingefallen im Zusammenhang mit meinem Schwiegersohn, also Ex-Schwiegersohn. Ich weiß nicht, ob das wichtig ist, aber es gibt da eine Sache, die mich hat aufhorchen lassen. Es war am Tag der Hochzeit, wenn ich mich nicht irre. Auf jeden Fall waren wir im Schlosshotel in Kronberg, und ich war mit meiner Tochter in ihrer Suite, und sie hat sich zurechtgemacht, da höre ich Gurewitz im Nebenzimmer leise telefonieren. Auf Russisch. Ich verstehe Russisch und habe gehört, was er gesagt hat. Er hat wörtlich gesagt: Wenn das rauskommt, dann kann es nur von dir kommen, und dann bist du ein toter Mann!«

»Das hat er gesagt?«, fragt der Rabbi nach.

»Ja. Das waren genau seine Worte: Dann bist du ein toter Mann!«

Burger schaut den Rabbi an und fährt fort:

»Da war mir klar, dass es irgendein Geheimnis geben

muss um Gurewitz, und dass er zu allem bereit ist, das Geheimnis zu bewahren. Zu allem!«

»Weiß Ihre Tochter davon?«, will Henry wissen.

»Ich habe es ihr natürlich nicht an diesem Tag erzählt, aber ein paar Jahre später, als sie wieder einmal zu mir nach Hause kam und Angst vor ihm hatte und vor seiner Unberechenbarkeit und seiner Wut, da habe ich ihr davon berichtet.«

»Haben Sie eine Idee oder einen Verdacht, was dieses ominöse Geheimnis sein könnte?« Der Rabbi wittert eine Fährte.

»Nein, aber wenn Sie mich fragen, dann denke ich, wenn man einen Menschen töten würde, um dieses Geheimnis zu bewahren, dann geht es sicher nicht um einen Ladendiebstahl, oder?«

Der Rabbi schaut den alten Herrn ernst an und sagt leise: »Sie haben recht. Dann könnte es sich um einen Mord handeln!«

Schweigend stehen die Männer noch für ein paar Sekunden beieinander, als sich Esther Simon nähert. Herr Burger verabschiedet sich hektisch.

»Ja, dann geh ich mal, gute Nacht!«

»Gute Nacht, Herr Burger«, ruft ihm die Heimleiterin aufgekratzt hinterher, »schlafen Sie gut!«

»Danke, Sie auch!«, murmelt Burger und ist verschwunden.

Sie hakt sich beim Rabbi unter, und gemeinsam gehen sie zum Bistrotisch, an dem Jossi Singer nach wie vor sitzt.

»Na, wie hat euch unser Seder gefallen?«, will Esther von den Männern wissen.

»Sehr gut«, sagt Jossi, »vor allem war er kurz, das ist wichtig. Und die berühmten Fragen haben Sie großartig gestellt, Esther, Kompliment.«

»Ich hatte einen guten Lehrer«, sagt sie und lächelt zu Henry hinüber, der sich gerade gesetzt hat.

»Eigentlich«, sagt der dann, »hätte die Jüngste am Tisch die Fragen stellen müssen. Aber Betty hat mit dem Hebräischen so ihre Probleme. Noch!«

Spielerisch haut Esther dem Rabbi mit der Hand aufs Knie.

»Übrigens«, sagt sie plötzlich, »Frau Lubliner hat mir vorhin erzählt, dass sie vor ein paar Wochen Galina Gurewitz gefragt habe, warum sie nicht hier unten trainiere für die Olympiaquali, und da habe sie gelacht und gesagt, sie bräuchte eine 50-Meter-Bahn.«

»Sieh mal an«, meint der Rabbi.

In der folgenden Nacht träumt Henry, dass Rabbi Nachman am Fußende seines Bettes sitzt.

»Rabbi Nachman, was führt Euch hierher?«

»Du hast mich nach der Wahrheit gefragt, und ich habe dir gesagt, sie käme aus dem Fels wie eine starke Pflanze. Jetzt ist es so weit. Du kannst sie erfassen.«

»Wo ist sie?«

»Auf deinem Weg.«

»Aber es gibt so viele Wege.«

»Der längste ist oft der kürzeste«, sagt der weise Rabbiner und ist im selben Moment verschwunden!

Henry schreckt aus dem Schlaf hoch.

Der Rabbi sitzt in seiner Küche und trinkt seinen obligatorischen morgendlichen Espresso. Soeben bedankt er sich für die Auskunft und beendet ein Telefonat. Er tippt etwas auf seinem Laptop ein und wartet. Dann wählt er eine Nummer.

»*Good morning*«, meldet sich Henry, *»do you speak English? … That's good. Listen, here is the secretary of the Israeli Olympic Swimming Committee. We are looking for one of our athletes, Galina Bubka. Since we've learned that you have a fifty-meters-olympic-pool we are hoping to find her in your resort … Galina Bubka … anyway, thank you so much. Have a nice day.«*

Er beendet das Gespräch und wendet sich wieder seinem Laptop zu.

13

Es ist noch früh am Morgen. Der junge Mann läuft am Schwimmbecken entlang, eine Stoppuhr in der Hand. Er feuert die Schwimmerin mit russischen Befehlen an, die noch etwa zwanzig Meter bis zum Beckenrand zu kraulen hat. Dann schlägt die Frau ausgepumpt an und dreht sich atemlos auf den Rücken. Es ist Galina Gurewitz! Während sie sich aggressiv die Bademütze vom Haar zieht, schaut sie den Mann an. »Na, sag schon!«

»4:03,03. Nicht schlecht.«

»Nicht schlecht?«, sagt Galina erbost. »Das ist knapp über der Quali. Zwei Mädels in Israel haben schon bessere Zeiten.«

»Das war mal Weltrekord«, will der junge Mann sie beruhigen. Er setzt sich auf einen Startblock, während sie aus dem Wasser kommt. Sie greift sich ein Handtuch, das über einer Liege hängt. Sie schnippt mit dem Finger. Der Mann springt auf, reicht ihr einen übergroßen Bademantel mit Kapuze. Sie wickelt sich darin ein und legt sich auf die Liege. Ihr Gesicht ist von der Kapuze bedeckt. Der junge Mann steht etwas hilflos herum. Er ist etwa dreißig Jahre alt und hat ein kantiges, aber durchaus sympathisches Gesicht. Das Haar kurz geschoren, eine klassische Nase und sinnliche Lippen. Er trägt ein weißes Polohemd und rote Adidas-Bermudas. Dazu weiße Tennissocken und Converse-Sneakers.

»Ich kümmere mich mal um das Frühstück«, sagt er fast verlegen. Er steht verunsichert vor ihr.

»Okay, ich komme gleich«, ist sie unter der Kapuze zu vernehmen.

»Willst du auf dem Balkon frühstücken?«, fragt er noch.

»Meinetwegen«, sagt sie.

»Und es war doch eine gute Zeit«, sagt er noch einmal im Abgehen.

»Du hast doch keine Ahnung!«, ruft sie ihm hinterher.

Es tauchen die ersten Kurgäste auf, die sich auf den Liegen verteilen oder direkt ins Wasser gehen.

Vom Balkon des Kurhotels in Bad Gögging hat man einen guten Blick über den großen Pool, hinüber zu den Sportanlagen und zum dahinterliegenden Parkplatz, auf dem in dieser Sekunde ein roter Smart zum Stehen kommt.

Galina sitzt am Frühstückstisch und isst ihr Müsli. Sie ist immer noch verärgert und ganz in sich gekehrt. Ihr gegenüber sitzt der junge Mann, der sich Rührei und Bratwürstchen auf den Teller geladen hat. Beide bemerken den Rabbi nicht, der aus dem Smart gestiegen ist und nun in Richtung Empfang geht. Schon längst hat er das Paar auf dem Balkon entdeckt. Der Rabbi verschwindet im Gewimmel der Hotellobby und steigt in den Fahrstuhl.

Im zweiten Stock steigt er aus, orientiert sich für einen kurzen Moment, dann geht er zielstrebig zu einer Zimmertür und klopft.

»Die wollen das Zimmer machen«, sagt Galina, »schick sie weg.«

Der junge Mann steht auf, geht zur Tür und sagt laut: »Später kommen, bitte!«

»Eine Nachricht für Sie«, hört man durch die geschlossene Tür. Der junge Mann ist alarmiert. Er läuft zu einer Tasche und holt ein Stilett hervor.

Wortlos winkt er Galina zu sich. Verängstigt nähert sich die junge Frau der Tür, während sich der junge Mann mit der Waffe neben der geschlossenen Tür postiert. Das Messer springt auf.

»Was wollen Sie?«, ruft sie mit bebender Stimme.

»Ich habe eine Nachricht für Galina Gurewitz!«, hört man den Rabbi durch die Tür sagen. Dann fügt er gut gelaunt hinzu: »Ich komme in friedlicher Absicht!«

»Wer sind Sie?«, fragt Galina.

»Rabbiner Silberbaum«, sagt der Rabbi.

»Rabbi Silberbaum?« Galina ist perplex. »Sind Sie allein?«

»Nein«, sagt er, »in meinem Smart wartet das Wasserballett aus dem Heim auf mein Kommando!«

Sie muss erleichtert lachen, gibt ihrem Partner den Wink, das Messer sinken zu lassen, und öffnet die Tür.

»Schalom!«

Der Rabbi tippt sich an seine Basecap und tritt ein. Er bemerkt, wie der junge Mann ein Klappmesser verstaut.

Galina gibt dem Rabbi die Hand und stellt ihm den jungen Mann vor.

»Das ist Danilo. Aus Petersburg.« Dann erklärt sie dem Russen: »Das ist Rabbiner Silberbaum. Wir kennen uns vom Schwimmen. Einen Kaffee?«

»Gern«, sagt Henry. Ich bin seit 6 Uhr unterwegs. Bad Gögging ist nicht gerade um die Ecke.«

»Wie haben Sie mich gefunden?«

»Das war nicht allzu kompliziert. Es gibt nicht sehr viele 50-Meter-Bahnen, und in einen Olympiastützpunkt würden Sie nicht gehen. Also blieben noch Sporthotels. Und oft ist der weiteste Weg der kürzeste.«

»Sehr pfiffig, Rabbi.«

Sie lächelt ihn umwerfend an.

»Lassen Sie uns auf den Balkon gehen. Die Morgensonne genießen.« Galina scheint fast erleichtert, den Rabbi zu sehen. Alle drei setzen sich an den Tisch. Der Rabbi bekommt seinen Kaffee.

»Essen Sie ruhig weiter«, sagt er.

»Möchten Sie auch etwas essen?«, fragt Danilo.

»Danke nein«, sagt der Rabbi, und Galina schüttelt genervt den Kopf.

»Danilo ist zwar Jude, aber er hat keine Ahnung. Sorry.«

»Ach so, wegen koscher«, sagt der junge Mann.

»Und Schwein!« Der Rabbi zeigt auf die Würstchen.

»Klar. Tut mir leid.«

»Schon okay.«

Der Rabbi lehnt sich zurück. Er faltet die Hände, legt die Fingerspitzen an seine Lippen und sagt: »Ich würde gern was hören, Galina.«

»Ich habe es nicht mehr ausgehalten bei meinem Mann. Er ist ein Monster, glauben Sie es mir.«

»Und was war mit Lazar?«

Sie wird rot. »Was wissen Sie? Was hat er gesagt?«

»Dass Sie sich Ihren Abschied aus Frankfurt gut verdient haben.«

Sie springt auf. Geht an das Balkongeländer und schaut in die Ferne, während sie leise sagt: »Ich musste das tun. Ich habe kein Geld und bin immer auf meinen Mann angewiesen.«

»Sie wollen aber noch mehr. Deshalb haben Sie eine Entführung vorgetäuscht, stimmt doch, oder?«

»Ja«, sagt sie nach einer Pause, »und wollen Sie wissen warum?«

Sie dreht sich abrupt um und zeigt auf den jungen Mann.

»Das ist Danilo Gurewitz!«

Der Rabbi ist einigermaßen verblüfft. »Sind Sie ... hat er irgendwas ... wie soll ich das verstehen?«

Galina macht eine Geste mit der Hand und sagt etwas auf Russisch.

Langsam und stockend beginnt Danilo seine Geschichte zu erzählen ...

Danilo ist dreißig, ein russischer Hacker, der in einer Trollfabrik in Petersburg arbeitet. Er hat heimlich im Netz und in Regierungscomputern recherchiert und herausgefunden, dass sein Vater nicht in der Lagerhaft gestorben ist, wie offiziell verlautbart, sondern inzwischen als wohlhabender Mann mit einer jungen Frau in Frankfurt am Main lebt. Er hat mehrfach versucht, mit ihm Kontakt aufzunehmen, gebeten sich zu erklären. Zuerst hat Semjon Gurewitz nicht reagiert, schließlich hat er einsilbig aus Frankfurt geantwortet, dass es sich hier um eine Verwechslung handle, und darum gebeten, ihn nicht weiter zu belästigen, sonst hätte das unangenehme Konsequenzen.

Danilo kommt das dubios vor, er bittet bei den russischen Behörden um Aufklärung und – als er totale Blockade spürt – um ein Ausreisevisum, das ihm aber merkwürdigerweise verwehrt wird. Und doch schafft er es mit einigen Tricks und falschen Papieren bis nach Frankfurt, um seinen Vater zu einem Gespräch zu zwingen.

Tagelang beobachtet er das Haus, und was ist das für ein Schock, als er feststellt, dass dieser Gurewitz nicht sein Vater ist, jedoch zweifellos ein Mann, der die Identität seines toten Vaters angenommen hat!

Durch seine Informatikkenntnisse und seine Fähigkeiten als Hacker hat er herausgefunden, dass der Mann, der sich als Gurewitz ausgibt, in Wirklichkeit Andrej Wolkow heißt und wegen Mordes in einem Lager bei Murmansk einsaß. Im selben Lager, in dem Danilos Vater seit 1995 wegen eines angeblichen Devisenvergehens für drei Jahre einsitzen sollte, aber unter ungeklärten Umständen 1996 gestorben war.

Auf dem Totenschein wurde es als Pneumonie deklariert. Danilo war damals vier Jahre alt.

Seine Mutter war nach dem Tod ihres Mannes nur noch betrunken und hat sich ein halbes Jahr später erhängt. Danilo wurde bei der Mutter seines Vaters groß. Was er über seinen Vater weiß, hat ihm die Großmutter erzählt. Semjon Gurewitz hat seinen jüdischen Glauben heimlich gelebt, war Herrenschneider und ein Mathematikgenie, außerdem ein begnadeter Schachspieler. Nach dem Untergang der Sowjetunion eröffnete er in Petersburg auf dem Newski-Prospekt eine Herren-Maßschneiderei, die in wenigen Jahren so erfolgreich wurde, dass eifersüchtige Konkurrenten ihn mittels eines sogenannten »Kompromats« anschwärzten, um den Laden zu übernehmen. Eine in Russland durchaus übliche Methode, rasch erfolgreich zu werden. Schnell konnte man ihm ein Verfahren wegen Devisenvergehens anhängen. Auch das ist bis heute gängige Praxis.

Mithilfe von Juri Tarassow, der seinerzeit der Lagerkommandant war, konnte Andrej Wolkow die Identität von Semjon Gurewitz annehmen, sich als Jude ausgeben und nach der Auflösung des Lagers als Kontingentflüchtling nach Deutschland auswandern.

»Das lässt sich Tarassow bis heute mit einer Beteiligung an Wolkows Geschäften bezahlen«, sagt Galina.

Eine Wahnsinnsgeschichte! Der Rabbi ist erschüttert. Danilo bricht in Tränen aus. Henry legt seine Hand auf die Danilos. Jetzt erzählt Galina weiter:

»Ich habe Danilo beobachtet, wie er das Haus observiert hat. Er hat mich verfolgt. Mit dem E-Roller oder in der U-Bahn. Dann habe ich mich eines Tages umgedreht und vor ihn gestellt und gesagt: ›Für wie blöd hältst du mich? Meinst du, ich merke nicht, dass du mich verfolgst?‹«

Der Rabbi lächelt. Galina spricht weiter:

»Er hat mir seine Situation erklärt und die ganze Geschichte erzählt, und ich war entsetzt über das, was ich erfahren habe: Gurewitz ist nicht Gurewitz, er ist kein Jude, er heißt Wolkow, ist ein Mörder, der möglicherweise auch Danilos Vater auf dem Gewissen hat. Wir wollten die Verbrecher nicht davonkommen lassen und haben einen Plan geschmiedet. Danilo soll mich angeblich entführen und Lösegeld fordern. Ansonsten würde die wahre Identität von Wolkow an die Öffentlichkeit kommen. Aber Wolkow hat nicht reagiert. Ich bin ihm gleichgültig. Er ist nicht nur böse, sondern sehr böse!«

Der Rabbi ist nachdenklich geworden.

»Sie sagten eben, die Verbrecher sollen nicht davonkommen. Wen meinen Sie noch?«

»Tarassow. Er war der Lagerkommandant und ist mit Wolkow – wie sagt man – unter der Decke.«

Danilo sagt daraufhin: »Ich bin nicht schlecht in Computer. Ich habe meine Nachrichten an Wolkow so verfasst, dass er annehmen muss, Tarassow steckt hinter der Entführung von Lina.«

»Er ist an den Geschäften von Wolkow beteiligt, sagen Sie?« Der Rabbi ist etwas verunsichert.

»Genau«, sagt Galina, »und jetzt denkt Wolkow, ich bin entführt worden, weil Tarassow mehr Geld haben will.«

»Aber er kann Tarassow einfach anrufen und fragen, ob das stimmt?«

Der Rabbi versteht das Ganze nicht. Galina lächelt hintergründig.

»Wolkow wird ihm nicht glauben. Keiner glaubt dem anderen. Das ist das Prinzip, das wir ausnützen.«

»Gut zu wissen«, sagt der Rabbi nachdenklich.

»Bist du wahnsinnig geworden? Warum sprichst du dich nicht mit mir ab?«

Kommissar Berking ist außer sich und läuft in Henrys Wohnzimmer hin und her wie ein Tiger im Käfig.

»Ist dir klar, auf was du dich da einlässt? Woher weißt du, dass man dich nicht beobachtet hat, da unten in Bad Göggling?«

»Gögging«, sagt der Rabbi leise.

»Hast du den Mord im Berliner Tiergarten vergessen? Oder Nawalny. Diese Leute schrecken vor nichts zurück. Ich kenne einige Mörder, glaube es mir. Der erste Mord fällt noch schwer, aber dann geht es wie am Schnürchen. Zuerst ein Polizist, dann Gurewitz, dann Galina, Danilo oder ein Rabbi. Es geht Schlag auf Schlag. Und Leute wie Tarassow genießen diplomatische Immunität. So sieht es aus, Mister Bond!«

»Willst du diese Verbrecher einfach so davonkommen lassen? Das kannst du doch nicht wollen!« Jetzt ist auch der Rabbi aufgesprungen.

»Henry, du bist ein Träumer«, sagt Berking, »mit was soll ich da anrücken? Mit einem Haftbefehl gegen Tarassow? Ein Diplomat! Schon vergessen? Der ist am nächsten Tag in Russland. Und Gurewitz? Der hinterlegt eine Kaution von einer Million und ist auch in null Komma nix fort. Es ist lobenswert, dass die beiden jungen Leute sich reinhängen für Recht und Gerechtigkeit, aber in diesem Fall ist da nichts zu machen. Let's face it, Baby!«

»Aber Gurewitz ist nicht Gurewitz. Damit darf er nicht durchkommen. Er hat seine Identität geklaut. So kann man ihn doch festnageln.«

Der Kommissar versucht ruhig zu bleiben.

»Henry, das behaupten du und Galina und dieser Russe. Aber du weißt doch selbst, was man heute alles fälschen kann. Und als ein Troll sowieso. Woher weißt du, dass das alles nicht erfunden ist? Gab es nicht in letzter Zeit falsche Oligarchennichten oder falsche Ärzte?«

»Ja, aber das ist alles rausgekommen! Ich glaube Danilo«, sagt der Rabbi trotzig.

»Vielleicht hat er recht, aus seiner Sicht, nur die Beweise, die man ihm unterjubelt, sind gefälscht. Du hast doch selbst vor ein paar Tagen gesagt, den russischen Beweisen ist nicht zu trauen.«

»Ich werde Gurewitz mit den neuen Fakten konfrontieren«, sagt Henry entschlossen.

»Nein«, meint Berking, »das wirst du nicht! Wenn er gut gelaunt ist, dann zeigt er dir seine Papiere, von der Geburtsurkunde bis zu seiner Entlassung aus dem Gulag. Denn die wird er haben und zwar wasserdicht. Und nun kommt der kleine Rabbi daher und sagt: ›Holla, dieser Stempel sieht mir aber nicht echt aus!‹ Und sollte er schlecht gelaunt sein, was ich nicht hoffe für dich, dann ruft er seinen Freund Tarassow an und sagt: ›Wenn du weiter mitverdienen willst, dann halte mir in Zukunft diesen aufdringlichen Rabbiner vom Leib!‹ Und siehe da, zwei Wochen später können wir in der Zeitung lesen: ›Radfahrer von Lkw überrollt. Rabbi Silberbaum bei Autounfall getötet! Vom Fahrer fehlt jede Spur. Sachdienliche Hinweise …‹ und so weiter.«

Der Rabbi lächelt.

»Das war ein guter Vortrag.«

»Ich hoffe es. Für dich!«

Der Rabbi ist seit ein paar Tagen sichtlich angespannt. Sowohl seine Schüler als auch Frau Kimmel bemerken es. Sie steht mit Esther zusammen in der Teeküche. Die Heimleiterin ist zum Religionsunterricht erschienen und wartet auf Henry, der sich verspätet hat.

»Ich weiß nicht, was los ist«, sagt die Sekretärin, »so kenne ich ihn gar nicht. Gestern hat er mich plötzlich angeschnauzt, nur weil ich ihn auf einen Brief aufmerksam gemacht habe, der noch rausmusste. Eine Minute später hat er sich entschuldigt, aber ich war ganz schön geplättet, ehrlich. So kenne ich ihn gar nicht.«

»Vielleicht ist es was Privates«, bemerkt Esther nicht ohne Hintergedanken, »Krach mit seiner amerikanischen Freundin oder so.«

»Gut möglich«, sagt Frau Kimmel und gießt heißes Wasser in zwei Teetassen. »Diese Verbindung ist eh zum Scheitern verurteilt.«

Esther wird hellhörig. »Wie kommen Sie darauf?«

»Sie wird nie nach Frankfurt ziehen, das hat sie mir selbst gesagt, als sie letztes Jahr hier war. Und er geht nicht nach New York. Und für was soll man dann eine Fernbeziehung führen?«

Die Frauen nehmen ihre Teetassen und gehen in Frau Kimmels Büro. »Sie wissen ja selbst, wie das ist«, sagt die Sekretärin.

»Ich?«, fragt Esther.

»Na ja, mit Ihrem Lover in Israel! Dem Arzt. Das hat der Rabbi gepetzt. Wahrscheinlich, um keine Gerüchte aufkommen zu lassen.«

»Klar, das ist richtig«, sagt Esther schnell, »aber ich weiß auch nicht, ob das auf Dauer hält.«

Sie sind im Vorzimmer angekommen, und Frau Kimmel empfiehlt:

»Suchen Sie sich einen netten Mann in Frankfurt. Der kann weniger Dummheiten machen. Den haben Sie unter Kontrolle.«

Die Frauen lachen.

»Und wie war das bei Ihnen?«, fragt Esther dann.

Frau Kimmel wird plötzlich ernst. »Ich habe geglaubt, ich hätte ihn unter Kontrolle, aber …«

Das Telefon klingelt. Frau Kimmel meldet sich, hört einen Moment zu, dann sagt sie: »Gern, sage ich ihm.« Sie legt auf. In diesem Moment kommt der Rabbi ins Vorzimmer, nickt kurz und sagt zu Esther: »Es tut mir leid, aber ich muss unsere Stunde für heute canceln. Frag mich bitte nicht warum, aber im Augenblick geht es hier drunter und drüber. Stimmt doch, Frau Kimmel, oder nicht?«

Die kleine Frau ist etwas irritiert. »Es ist nicht mehr zu tun als üblich«, sagt sie hilflos.

»Ja«, sagt Henry, »aber üblicherweise ist viel zu viel zu tun!«

Damit verschwindet er in seinem Zimmer.

Nach einer Sekunde taucht er wieder auf, steht in der Tür und sagt zu Esther:

»Gut, dass du da bist. Komm rein!«

Die Frauen sehen sich vielsagend an.

Esther geht in Henrys Büro. Er schließt hinter ihr die Tür.

»Verzeih«, sagt der Rabbi kleinlaut, »aber wenn ich dir sage, was los ist, wirst du mich verstehen.«

Esther steht ihm erwartungsvoll gegenüber.

»Ich brauche deine Hilfe. Ich möchte, dass du jemanden unterbringst bei dir, also versteckst, für ein paar

Tage, natürlich nicht bei dir, das ist zu gefährlich, sondern bei *dir*, verstehst du?«

»Nein«, sagt sie ratlos, »aber sprich nur weiter.«

»Es geht um Galina.«

»Du hast sie gefunden!«

»So ähnlich. Sie ist hier, aber bei ihrer Mutter kann sie nicht bleiben.«

»Ich kann sie im Heim verstecken«, schlägt sie vor.

»Ja, das habe ich auch gemeint, darum wollte ich dich bitten«, sagt Henry erleichtert.

»Vielleicht bei Frau Rappaport?«

»Gute Idee. Aber man wird sich wundern, dass Frau Rappaport doppelt so viel isst wie sonst.«

»Lass das meine Sorge sein. Ich kümmere mich.«

Er nimmt sie plötzlich in die Arme. Als sie ihn küssen will, entzieht er sich geschickt: »Vielen Dank. Du bist meine Rettung.«

Henry schiebt sein Rad aus dem Aufzug, lehnt es neben seiner Wohnungstür an die Wand und schließt es ab. Vor einem Jahr noch haben sich die Nachbarn auf der Etage über diesen Umstand erregt, aber seitdem der Fahrradkeller aufgebrochen worden war und auch sie von Dieben heimgesucht wurden, ist das Verständnis für diese Vorsichtsmaßnahme gewachsen. Inzwischen parken hier drei Räder. Der Hausflur ist breit genug, sodass sogar einer dieser modernen SUV-Kinderwagen keine Probleme verursacht. Henry klingelt dreimal an seiner eigenen Wohnungstür, dann steckt er den Schlüssel ins Schloss und öffnet die Tür.

Der Flur seiner Wohnung und das Wohnzimmer sind dunkel. Der Rabbi macht kein Licht, sondern geht direkt in sein Schlafzimmer, wo eine Gestalt vor zwei Laptops sitzt. Die einzige Beleuchtung im Raum kommt von den beiden Bildschirmen. Der Rabbi tritt hinter den Mann und sieht ihm über die Schulter.

»Und«, fragt er, »was Neues?«

Danilo dreht sich um. »Leider nichts. Ich habe ein Foto von Wolkow als Boxer entdeckt, aber mit so einem Sparringshelm, da ist er nicht zu erkennen. Hier …«

Er zeigt dem Rabbi ein Foto auf dem Monitor und sagt:

»Es ist, als gäbe es Wolkow nicht mehr. Als sei seine Identität ausgelöscht worden.«

»Ja«, sagt Henry, »was sie machen, machen sie hundertprozentig.«

»Wir kriegen sie«, sagt der junge Russe im Brustton der Überzeugung.

»Bitte mach nichts Unüberlegtes.« Der Rabbi ist mit Recht besorgt. Die Spontanität von Danilo ist gefährlich. »Bitte sag mir immer, was du vorhast. Mir liegt etwas an meinem Leben.«

Danilo erhebt sich. »Ich werde sie aufeinanderhetzen. Jeder soll glauben, der eine will den anderen fertigmachen!«

»Und wie sieht das aus?«

»Gurewitz wird sauer werden, denn Tarassow fordert immer mehr von ihm. Er ist nicht mehr mit ›Almosen‹ zufrieden. Er will mehr. Er wird gierig. Und Tarassow wird denken, Gurewitz will den Deal aufkündigen und ihn reinlegen.«

Henry nickt anerkennend. »Nicht schlecht.«

Er geht. »Ich mache uns eine Kleinigkeit.«

Der Rabbi will das Zimmer verlassen.

»Nicht für mich«, sagt Danilo, »ich habe mir eine Pizza bestellt vorhin.«

Henry wird ärgerlich. »Danilo! Spinnst du? Das ist extrem leichtsinnig. Du bringst uns beide in große Gefahr!«

»Ich habe sie ja für Silberbaum bestellt!«

»Das ist noch leichtsinniger. Ein Rabbi bestellt sich keine Pizza, es sei denn, sie ist koscher.«

»Der Rabbi könnte ja einen Gast haben.«

»Ja. Einen dummen, ahnungslosen Russen!«

Beide lachen.

Henry verlässt das Zimmer. Danilo gefällt ihm.

14

Das unauffällige Bürogebäude gleicht angesichts der Außenanlagen einem Hochsicherheitstrakt. Eine dunkelblaue Maserati-Limousine steht vor dem automatischen Stahltor des russischen Konsulats. Man hört ein Hupen. Langsam gleitet das Tor auf. Kaum ist der Spalt groß genug, fährt der Wagen schnell auf den Hof und bremst scharf in einer Parkbucht ab. Semjon Gurewitz steigt aus, betätigt die automatische Verriegelung. Er wirkt wütend und läuft rasch und zielstrebig zum Hauptgebäude. Man scheint ihn hier zu kennen, denn er eilt an den Sicherheitsbeamten vorbei und stürmt förmlich in den ersten Stock. Hier lässt er sich von zwei Konsulatsmitarbeitern im Vorzimmer nicht aufhalten, durchquert das Büro und öffnet die Tür zu Tarassows Büro.

»Was willst du damit erreichen? Willst du mich ruinieren?«, hört man ihn wütend auf Russisch rufen, bevor er die Tür hinter sich zuschlägt. Die Mitarbeiter im Vorzimmer des Kulturattachés sehen einander entsprechend an.

Kaum ist Gurewitz vor Tarassows Schreibtisch angelangt, mäßigt er seinen Ton.

»Kannst du den Knopf drücken?«

Tarassow nickt und drückt einen Knopf neben seinem Telefon. Ein unangenehmer elektrischer Brummton ist deutlich zu vernehmen.

»So, jetzt können wir reden.«

»Er ist es. Er hat Galina entführt, wenn sie nicht sogar freiwillig mitgegangen ist.«

»Aber du kannst es nicht beweisen.«

Gurewitz setzt sich in einen Sessel. Tarassow kommt mit einer Flasche eiskaltem Wodka und zwei Gläsern.

»Hör mal. Er erkundigt sich bei mir, ob ich sein Vater bin! Ich sage ihm, es ist ein Irrtum. Er lässt nicht locker. Er kommt hierher, beobachtet mein Haus. Sieht, dass ich nicht sein Vater bin, und trifft Galina. So ungefähr ist es abgelaufen.«

»Wir wüssten Bescheid, wenn er hier in Frankfurt wäre.«

»Er ist cleverer, als wir denken. Vergiss nicht, er ist ein Internetspezialist. Deshalb kann er uns aufeinanderhetzen, glaubt er.«

Sie prosten sich kurz zu, kippen dann den Wodka hinunter.

Gurewitz schaut seinen Freund mit zusammengekniffenen Augen an und sagt leise: »Es muss etwas passieren.«

Tarassow nickt und bestätigt: »Wenn er hier ist, muss er verschwinden. Du solltest ihm sagen, du willst zahlen. Aber er muss persönlich zur Übergabe erscheinen. Wie ein Mann. Ihr trefft euch. Den Rest erledigen wir.«

»Und was ist mit Galina?«

»Egal. Wenn ihr was passiert, ist es ja nicht deine Schuld. Und wenn sie Teil des Spiels ist, wird sie die Füße stillhalten, sonst …«

Er bekreuzigt sich und grinst zynisch. Dann sagt er:

»Wenn man sich zu weit aus dem Fenster lehnt, verliert man leicht das Gleichgewicht. Ist einem Kollegen in Berlin passiert.«

Henry läuft rasch über die Fliesen und stürzt sich kopfüber vom Rande des Beckens ins Wasser. Nachdem er aufgetaucht ist, schwimmt er mit kräftigen Armbewegungen zum Rand und macht eine gekonnte Saltowende. Gerade als er wieder an die Wasseroberfläche kommt, geht das Licht in der Halle aus. Lediglich die Deckenbeleuchtung ist noch zu erkennen. Der Rabbi hört, wie jemand ins Wasser gesprungen ist und mit raschen Schwimmstößen auf ihn zukommt. Schemenhaft erkennt er das Gesicht von Galina.

»Hallo«, sagt sie, »wie geht es Danilo?«

»Danilo, Danilo«, bemerkt der Rabbi ironisch. »Wie es mir geht, fragt keiner. Ich beteilige mich hier an einer gefährlichen Konspiration, die mich nicht nur meinen Job, sondern sogar mein Leben kosten kann, und die einzige Sorge, die Sie haben, ist Danilo! Und was ist, bitte schön, mit Frau Rappaport? Okay, sie ist hundertfünf, aber sie sollte vielleicht noch in Ruhe hundertsechs werden!«

Beide halten sich am Rand des Beckens fest.

»Tut mir leid. Danke übrigens.«

»Lina, es geht nicht um Dank. Wir stecken fest, und ich weiß nicht, wie wir aus dieser Sache ohne einen Kratzer rauskommen wollen.«

Sie lächelt. »Er wird zahlen. Glauben Sie mir. Sein Vermögen ist ihm wichtiger als alles andere. Weil er nicht will, dass man ihn ans Messer liefert, wird er auf die Forderung eingehen.«

Der Rabbi ist unsicher.

»Sorry«, sagt er dann, »aber das klingt alles ein bisschen naiv. Zwei Kinder spielen Gangster. Er wird nicht glauben, dass es damit erledigt ist. Sie haben ihn nach wie vor in der Hand. Sie wissen doch selbst am besten, mit wem Sie es zu tun haben. Außerdem gibt es da noch den russischen Geheimdienst und so.«

»Danilo weiß, was er tut. Er hat einen Plan.«

»Ja, indem er glaubt, Tarassow und Gurewitz aufeinanderhetzen zu können! Lächerlich. Die haben sich in der Zwischenzeit abgesprochen. Davon bin ich überzeugt. Und jetzt ist Danilo der Gejagte. Er will es nicht wahrhaben, aber er müsste doch wissen, wie das läuft. Bitte reden Sie ihm diesen irrwitzigen Plan aus.«

»Was schlagen Sie vor?«, will Galina wissen.

»Er soll zur Polizei gehen, sagen, was er weiß, seine Beweise vorlegen und fertig. Verzichten Sie auf Lösegeld und all diesen Unsinn. Seien Sie froh, wenn Sie beide heil aus dieser Sache rauskommen. Das ist mein Rat. Und passen Sie auf, dass Sie hier keiner sieht!«

Der Rabbi schwingt sich aus dem Becken und ist eine Sekunde später verschwunden.

»Danilo?« Der Rabbi betritt vorsichtig seine Wohnung. Er macht Licht. Niemand ist zu sehen. Nicht im Wohnzimmer, nicht im Arbeitszimmer. Im Schlafzimmer des Rabbis liegt der junge Russe auf dem Bett und schläft! Daneben ein Buch: *Judaism for Dummies.* Henry lächelt kurz, rüttelt dann den jungen Mann wach.

»Danilo, wach auf, wir müssen reden.«

Fünf Minuten später sitzt Danilo verschlafen am Tisch, während der Rabbi ein paar Eier in die Pfanne haut.

»So geht es nicht weiter. Ich sage es dir zum letzten Mal: Das war saublöd zu glauben, du seist schlauer als Wolkow und Tarassow. Die drehen dich durch den Wolf und uns alle gleich mit. Lina, ihre Mutter, Frau Rappaport und mich. Deshalb wird ab jetzt gemacht, was ich sage!«

Er stellt lieblos einen Teller mit Spiegeleiern vor Danilo auf den Tisch. Er wirft eine Scheibe Brot dazu, dann folgt klirrend eine Gabel. Der Rabbi setzt sich dem jungen Russen gegenüber, der sofort mit dem Essen beginnt.

»Was schlagen Sie vor?«, fragt er Henry.

»Ich schlage nichts vor, es ist ein Befehl, verstehst du? Eine Order!«

Danilo nickt kauend.

»Wir treffen uns alle morgen um drei in meinem Büro. Du, Lina, ein Kriminalkommissar und ich. Du wirst ihm haarklein die ganze Geschichte erzählen. Von deinem Vater, vom Gulag, von Wolkow und Tarassow. Du übergibst ihm die Dokumente. Dann stellen sie euch unter Polizeischutz und werden Gurewitz, pardon Wolkow, festnehmen. Bei Tarassow wird es schwierig, wegen seines Diplomatenstatus. Aber Wolkow ist erledigt.«

»Und was ist mit dem Geld?«, fragt Danilo.

»Willst du Gerechtigkeit für deinen Vater oder dich noch an seinem Tod bereichern?«

Das sitzt. Danilo unterbricht das Essen und schaut den Rabbi an.

»Okay«, sagt er dann leise, »Sie haben recht. Wir sollten es so machen. Einverstanden, es ist besser. Morgen um drei in Ihrem Büro.«

»Danke«, sagt der Rabbi erleichtert, »das ist vernünftig.«

Es ist erst 14 Uhr, aber Henry ist sichtbar nervös. Er möchte nicht mehr gestört werden, hat er vor ein paar Minuten seiner Sekretärin Frau Kimmel unmissverständlich mitgeteilt und die Tür zu seinem Büro geschlossen. Er stellt die Sessel so, dass sie um seinen Schreibtisch gruppiert sind. Kommissar Berking soll hinter dem Schreibtisch sitzen, der Rabbi davor, zwischen Galina und Danilo. Henry hat die Absicht, das Gespräch aufzuzeichnen und deshalb sein klobiges Diktiergerät reaktiviert, das

Mikrofon aufgestellt und ausprobiert, ob es noch geht. Frau Kimmel wurde angewiesen, ausreichend Kaffee zu kochen und zwei Thermoskannen zu besorgen.

Heute in aller Frühe hat der Rabbi lange mit Berking telefoniert und ihn gebeten, ab 15 Uhr zur Verfügung zu stehen. Der Kommissar hat eigens dafür seinen Dienstplan geändert und sich selbst für die Nachtschicht eingeteilt. Gleichzeitig hat er vorauseilend ab morgen Personenschutz für Galina und Danilo beantragt. Falls die Staatsanwaltschaft mitspielt und die Dringlichkeit erkennt, könnte Gurewitz alias Wolkow morgen festgenommen werden.

Der Rabbi nimmt sich eine Handvoll Erdnüsse aus einer Schale und setzt sich. Er schaut auf die Uhr. Es ist 14:15 Uhr.

Es ist 14:15 Uhr, als Semjon Gurewitz mit einem Rollkoffer und einem alufarbenen Business-Koffer aus dem Haus kommt. Er zieht die Tür hinter sich zu und wirft einen Blick zurück. Für einen unvoreingenommenen Beobachter könnte es wie ein Abschied aussehen.

Er geht zum Garagentor, das langsam hochfährt. Er geht ein paar Schritte ins Dunkel. Er fühlt sich offensichtlich beobachtet und schaut sich um. Dann beugt er sich hinunter und wirft einen Blick unter seinen Maserati Quattroporte. Er ist offensichtlich auf alles gefasst. Er öffnet den Kofferraum, legt den Rollkoffer hinein. Den Alukoffer wirft er auf den Rücksitz. Er steigt ein, wartet einen Moment, atmet tief durch und startet den Wagen. Mit einem satten Dröhnen rollt der Wagen ins Tageslicht. Er wartet, bis sich das Garagentor schließt. Danach fährt der Wagen auf die Straße, wo er im Stadtverkehr verschwindet. Es ist 14:20.

Galina hat ihren Rucksack gepackt und stellt ihn neben die Tür. Sie geht zurück zum Fernsehsessel, in dem Frau Rappaport eingenickt ist. Vorsichtig rüttelt Galina an ihrem Arm. Die alte Dame erwacht und lächelt. Sie sagt auf Russisch:

»Pass gut auf dich auf, meine Kleine.«

»Bleiben Sie gesund, Frau Rappaport, und noch mal vielen Dank, dass ich bei Ihnen sein durfte. Und grüßen Sie Frau Simon von mir.«

»Das mache ich.« Die alte Dame tätschelt liebevoll Galinas Wange.

»Doswidanja«, flüstert Galina. Sie hat Tränen in den Augen, als sie zur Tür geht.

Sie nimmt ihren Rucksack, öffnet vorsichtig die Tür und späht hinaus. Dann verlässt sie das Apartment der alten Dame. Rasch huscht sie über den Flur, öffnet die Tür zum Notausgang und läuft anschließend die Feuertreppe hinunter, wo sie erneut eine Metalltür öffnen muss. Als sie die Tür öffnet, wartet davor bereits ein Taxi. Galina steigt hinten ein, der Wagen setzt sich in Bewegung.

Es ist 14:25 Uhr.

Es ist 14:26 Uhr, als Danilo mit einem Rucksack das Haus verlässt. Er schaut sich um, dann sieht er nervös auf sein Mobiltelefon, orientiert sich kurz und geht schnell um die nächste Straßenecke.

Hier läuft er etwa 200 Meter, bevor er das Sharing-Auto entdeckt. Es ist ein japanischer Kleinwagen. Er öffnet ihn mit einem Code und wirft seinen Rucksack auf den Beifahrersitz. Dann setzt er sich in den Wagen und betätigt das Navi. Danach startet er den Motor. Langsam fährt er durch die schmale Straße. Kurz vor einer Kreuzung bremst er abrupt ab, schaut sich um, dann noch einmal in den Rückspiegel. Er biegt flott rechts ab und gibt Gas.

Es ist 14:30 Uhr.

Juri Tarassow steht mit Hut und Mantel in seinem Büro und schaut auf seine Armbanduhr. Es ist 14:30 Uhr. Er geht zwei Schritte zum Fenster und schiebt die Gardine zur Seite. Auf dem Hof sieht er seinen Chauffeur neben der Mercedes-Limousine stehen und sich mit dem Pförtner unterhalten. Tarassow dreht sich rasch um, geht zu seinem Schreibtisch und entnimmt eine Pistole und ein Magazin. Gekonnt lässt er das Magazin mit den Patronen im Griff einrasten und steckt die Waffe in die rechte Außentasche seines Mantels. Er schließt die Schublade, greift nach einem Rollkoffer, der neben dem Schreibtisch steht, und verlässt eilig das Büro.

Im Vorzimmer lässt er sich nur kurz von einem übereifrigen Mitarbeiter aufhalten. Er gibt knapp ein paar Befehle, und schon ist er im Flur.

Sekunden später kommt er rasch aus dem Konsulatsgebäude gelaufen, in der linken Hand seinen kleinen Rollkoffer. Er grüßt kurz zu einem der Wachmänner. Er geht zur dunklen Mercedes-Limousine, wo ihm der Chauffeur den hinteren linken Schlag aufhält. Der massige Mann wirft sich förmlich auf die Rückbank, den Koffer hat er neben sich gelegt. Der Fahrer ist eingestiegen, das hermetische elektrische Tor rollt schwerfällig zur Seite, der Wagen setzt sich in Bewegung und verlässt das Gelände.

Es ist 14:35 Uhr.

Hauptkommissar Robert Berking ist in Eile. Er hat sein Büro verlassen und hetzt den Flur entlang. Fast hat er den Aufzug erreicht, da kreuzt Staatsanwalt Teichert, genannt »das blonde Unheil«, seinen Weg. Wie ein Gespenst steht er plötzlich vor ihm.

»Auf ein Wort, Collega«, spricht er ihn an, launig wie immer in verstaubtem Deutsch.

»Hab keine Zeit«, knurrt Berking zurück, »muss arbeiten.«

»Holla«, sagt Teichert, »meinen Sie, ich bin zum Vergnügen hier?«

»Okay«, sagt der Kommissar und bleibt stehen. »Eine Minute. Worum geht es?«

Der Staatsanwalt lächelt süffisant. »Das wollte ich Sie

gerade fragen. Warum ist mein Büro auf Stand-by? Brauchen Sie einen DB oder gibt es einen Zugriff, von dem ich wissen sollte?«

»Heute ist alles drin. Deshalb muss ich los.« Der Kommissar wendet sich zum Aufzug und drückt den Abwärtsknopf.

»Sei's drum, wenn Sie daraus so ein großes Geheimnis machen, bitte schön. Bleibe bis Punkt 20 Uhr im Kontor, weil Sie es sind. Aber keine Sekunde länger. Mein Jüngster hat heute Geburtstag. Adieu, Herr Berking.«

Damit verschwindet Teichert so, wie er aufgetaucht ist. Er löst sich in Luft auf.

Eine Minute später befindet sich der Kommissar auf dem Hof des Polizeipräsidiums und debattiert mit dem Fahrer eines Einsatzfahrzeugs, das ihm die Ausfahrt versperrt. Er hat seinen altersschwachen BMW verlassen und fordert den Kollegen nun unmissverständlich auf zu verschwinden. Es ist 14:40 Uhr.

Der Maserati rast über die Autobahn Richtung Flughafen Rhein-Main. Es ist 14:45 Uhr.

Frau Kimmel hat die beiden Thermoskannen ins Büro des Rabbis gebracht, dazu ein paar Tassen, ein Kännchen Milch und eine Zuckerdose. Der Rabbi komplimentiert sie nach draußen. Er schaut auf die Uhr.

Auch Galina schaut auf die Uhr ihres Telefons. Es ist 14:50 Uhr. Sie beißt sich nervös auf die Unterlippe. Dann beugt sie sich vor, um mit dem Taxifahrer zu sprechen. Der zeigt auf ein Autobahnschild, unter dem sie gerade hindurchfahren, und auf das Hinweiszeichen des Flughafens.

Es ist 14:58 Uhr, als Danilo mit dem Mietwagen durch die Schranke fährt und danach in das dritte Untergeschoss der Tiefgarage des Abflugterminals.

Um 14:59 Uhr erscheint Kommissar Berking im Büro des Rabbis. Die beiden Männer begrüßen sich. Der Kommissar nimmt sich einen Kaffee und setzt sich auf den Platz des Rabbis. Er fühlt sich offensichtlich etwas unsicher, will protestieren, aber akzeptiert schließlich die neue Sitzordnung.

Tarassow hat die Limousine verlassen und nimmt seinen Rollkoffer. Er nickt kurz dem Fahrer zu, der unmittelbar danach wegfährt. Der Russe geht zum Eingang der Tiefgarage, von dort zu den Aufzügen. Während er telefoniert, besteigt er den Lift und drückt auf U3. Es ist 15:00 Uhr.

Um dieselbe Zeit steht der Maserati in der Tiefgarage des Flughafens. Semjon Gurewitz sitzt hinter dem Steuer und starrt durch die Windschutzscheibe. Er beobachtet, wie ein japanischer Kleinwagen angefahren kommt und hält. Gurewitz betätigt zweimal die Lichthupe. Er sieht, wie ein Mann aus dem Wagen steigt. Es ist Danilo. Er trägt eine Basecap und eine FFP2-Maske. Gurewitz zieht ebenfalls eine Maske über, nimmt eine Pistole aus dem Handschuhfach und steckt sie ein. Dann steigt auch er aus, nimmt den Alukoffer und geht auf Danilo zu, der unweit der Einfahrt steht, bereit, sofort loszufahren. Dies alles beobachtet Tarassow genau aus einer dunklen Ecke am anderen Ende der Tiefgarage. Danilo und Gurewitz kommen langsam aufeinander zu. Jetzt stehen sie sich gegenüber und diskutieren miteinander, beschimpfen sich offensichtlich. Irgendwann übergibt Gurewitz dem Mann wütend den Alukoffer und wendet sich zum Gehen. Als Danilo ein paar Schritte entfernt ist, spürt er plötzlich einen Pistolenlauf in seinem Rücken. Gurewitz steht eine Sekunde später dicht hinter ihm und flüstert ihm etwas ins Ohr. In diesem Augenblick dreht sich Danilo blitzschnell um und schlägt mit dem Alukoffer zu. Er trifft Gurewitz am Kopf. Der taumelt. Danilo hat sein Messer gezückt und sticht es Gurewitz in die Seite. Er zieht es heraus und rennt mit dem Koffer davon. Gurewitz bricht zusammen und bleibt leblos auf dem Boden liegen. Tarassow kommt angelaufen, gibt zwei Schüsse ab, die jedoch Danilo verfehlen und in eine Betonsäule einschlagen. Danilo läuft um sein Leben. Er rennt die Einfahrt hoch, als ihm mit Sirene und Blaulicht ein Notarztwagen entgegenkommt und er sich in letzter Sekunde an die Betonwand drücken kann.

Es ist 15:30 Uhr. Der Kommissar erhebt sich. »Ich gehe«, sagt er, »das wird heute nichts mehr.«

Auch der Rabbi ist zögerlich. Er schaut auf sein Telefon. Keine Nachricht, nichts. »Vielleicht ist etwas passiert«, meint er unsicher.

»Es ist ganz bestimmt etwas passiert, mein Lieber«, sagt Berking, »die haben uns verarscht. Während wir hier saßen, haben die ungestört ein Ding durchgezogen. So sieht's aus!«

»Oder Gurewitz hat sie erwischt und ihnen gezeigt, was passiert, wenn man sich mit den bösen Jungs anlegt.«

Der Kommissar geht zur Tür. »Wollen wir hoffen, dass du nicht recht hast.«

»Ich melde mich, wenn ich was weiß«, sagt Henry sichtlich niedergeschlagen.

»Mach das, ich habe eh Nachtdienst. Ciao.«

Und damit ist Berking verschwunden.

Der Rabbi lässt sich in seinen Sessel fallen. Kann es tatsächlich sein, dass Galina und Danilo ihn gelinkt haben?

Der Rabbi hat genug, sein Tag ist gelaufen. Er verabschiedet sich wortkarg von Frau Kimmel, schnappt seinen Rucksack und verlässt das Büro. Als er seinen Chef auf der Treppe entdeckt, verdrückt er sich rasch in den nächsten Flur. Er hat gegenwärtig kein Interesse an einer Begegnung der unangenehmen Art. Selbst die Wachleute am Empfang sind verwundert, dass der Rabbi heute so kurz angebunden ist. Auf dem Parkplatz angekommen, wirft er seinen Rucksack ins Auto, setzt sich rein und fährt mit quietschenden Reifen davon.

Unweit seiner Wohnung hat Henry einen Parkplatz gefunden. Er hat seinen Wagen verlassen, hält seinen Rucksack in der Hand und geht auf die Haustür zu. Gerade als er den Schlüssel ins Schloss stecken will, wird von innen die Tür aufgerissen, und Danilo steht mit großen Augen dem Rabbi gegenüber.

»Danilo, was ist los?«, kann der Rabbi nur noch sagen, da wird er schon von dem jungen Russen grob zur Seite gedrückt, der an ihm vorbei ins Freie rennt. Henry lässt seinen Rucksack fallen und rennt sofort hinterher.

»Bleib stehen!«, ruft er und nimmt Fahrt auf. Auf dem gegenüberliegenden Bürgersteig angekommen, rennt Danilo rechts runter und sieht sich immer wieder nach dem Rabbi um, der näher und näher kommt. An der Straßenecke muss Danilo einer Frau mit Kinderwagen ausweichen, und in diesem Augenblick hat Henry ihn erreicht und greift nach seiner Jacke. Danilo gerät aus dem Gleichgewicht und droht zu stürzen, aber kann sich im letzten Moment auf den Beinen halten. Jetzt stehen sich der Rabbi und Danilo schwer atmend gegenüber. Henry hält den jungen Russen an den Armen fest, schüttelt ihn und schreit ihn an:

»Bist du verrückt! Was soll das? Was hast du getan? Wo ist Galina?«

Danilo schaut zu Boden und sagt außer Atem: »I am sorry.«

Langsam lockert der Rabbi seinen Griff. Das war ein Fehler, denn in diesem Moment stößt ihn Danilo mit aller Wucht weg, sodass Henry rückwärts taumelt und gegen einen Gartenzaun fällt, an dem er sich gerade noch festhalten kann, um nicht zu stürzen. Im nächsten Augenblick läuft Danilo davon, rennt um die Ecke und ist Sekunden später verschwunden.

15

Es ist kurz vor 17 Uhr, als der Rabbi schwer atmend, frustriert und enttäuscht nach Hause kommt. Er betritt seine Wohnung. Als er das Flurlicht anmacht, findet er auf dem Boden ein Blatt Papier. Darauf liegt der Zweitschlüssel, daneben steht geschrieben: *I am sorry! D.*

Auf dem Bett im Schlafzimmer liegt ein Alukoffer. Der Rabbi vermutet, er sei leer, aber als er ihn öffnet, findet er obenauf gute Kopien von 100-Euro-Scheinen, darunter nur Papierschnipsel im Euro-Format. Dem Rabbi wird klar: Danilo wollte Lösegeld und wurde von Gurewitz aka Wolkow reingelegt! Er greift zum Telefon. »Robert?«

Eine Stunde später sitzen sich der Rabbi und der Kommissar in dessen Büro gegenüber. Im Hintergrund tippt ein Beamter auf einem PC.

»Ich denke, du hast recht«, sagt Berking und steht auf. »Es gab eine Geldübergabe, und anschließend musste Danilo einsehen, dass man ihn geleimt hatte. Wobei ich zugeben muss, dass sich mein Mitleid in Grenzen hält. Lieber hätte ich Gurewitz hinter Gittern gesehen.«

»Das kann ja alles noch passieren«, meint der Rabbi, »wir wissen ja nicht, wie die Sache abgelaufen ist. Fest steht, dass Danilo die Übergabe überlebt, den Koffer hiergelassen hat und auf und davon ist. Aber was ist mit Gurewitz, beziehungsweise Wolkow?«

»Ich habe alles Notwendige veranlasst. Ich werde von allen Dienststellen in der Stadt über Anomalien informiert.«

»Anomalien?« Der Rabbi ist verwundert über diesen Begriff.

»Na ja, wo haben unregelmäßige Ereignisse stattgefunden, die nicht der Norm entsprechen? Schießereien oder Verfolgungsjagden, Körperverletzungen von Unbeteiligten et cetera.« Und nach einer kurzen Pause fragt er: »Was gibt es von der Frau? Von Galina.«

Er setzt sich wieder hin, hört dem Rabbi aufmerksam zu.

»Die Simon sagt, Galina hat das Apartment von Frau Rappaport gegen drei verlassen und ist mit einem Taxi weggefahren.«

»Okay. Wir müssen rauskriegen, welches Taxi und wohin. Ich kümmere mich. Alex!«

Der Beamte kommt angelaufen, während Berking eine Notiz schreibt.

»Hier. Check das und lass dich nicht abwimmeln«, sagt der Kommissar und drückt seinem Kollegen den Zettel in die Hand. Der läuft nach draußen.

Währenddessen klingelt das Telefon. Berking nimmt

ab und knurrt: »Was gibt's?«, dann hört er zu. Nach einer Weile legt er auf und schaut Henry an.

»Wir haben eine Anomalie! Am Flughafen. Ein Notarztwagen ist kurz nach drei mit Lalü in der Parkebene U3 verschwunden und zwei Minuten später wieder mit Lalü rausgefahren.«

»Und was ist die Anomalie?«

»Er hat beim Rausfahren die Schranke durchbrochen!«

»Wahnsinn!« Der Rabbi ist geschockt.

»Die KTU ist vor Ort. Es gibt Blutspuren und Einschüsse.«

»O Mann! Wie geht es jetzt weiter?«

»Wir müssen die Überwachungsvideos sichten.«

Wieder klingelt das Telefon. Wieder nimmt Berking rasch den Hörer und schweigt lange. Dann sagt er leise: »Danke, Alex.«

»Sie ist mit dem Taxi zum Flughafen gefahren! Sie haben vor einer Woche zwei Tickets gebucht nach Nikosia. Aber sie sind nicht geflogen, wie wir wissen.«

Ein kleines, ungemütliches, abgedunkeltes Büro. Der Rabbi und der Kommissar sitzen vor einem Tisch, auf dem ein TV-Monitor steht. Darauf ist ein schwarz-weißes Video zu sehen.

»So ist es abgelaufen«, sagt Berking.

»Bitte noch mal in Super Slow Motion.« Henry rückt näher an den Monitor, während Berking eine Taste des Recorders betätigt.

Schemenhaft ist nun Bild für Bild eine Auseinandersetzung zwischen zwei Männern mit Corona-Masken zu sehen.

»Vermutlich geht Danilo weg, in dem Glauben, Wolkow hat nachgegeben«, sagt der Rabbi.

Die Männer starren wie gebannt auf den Monitor.

»So. Jetzt kommt's. Hier schlägt er mit dem Koffer zu«, sagt der Kommissar. »Das hat Wolkow voll erwischt. Er taumelt.«

»Und hier boxt er ihn in die Seite«, murmelt der Rabbi.

»Boxt? Bist du blind. Er hat ein Messer!«

»Ich sehe keins.«

»Aber er hat eins. So sieht es aus, wenn jemand zusticht! Hier bricht Wolkow zusammen.«

Der Rabbi ist erschüttert. »Du meinst, er hat … das kann ich nicht glauben.« Aber dann wird er nachdenklich. »Na ja, wenn ich zurückdenke, bei unserer ersten Begegnung, damals in Bad Gögging, da stand er hinter der Tür mit einem Stilett. Unglaublich! Dieser Idiot!«

Der Kommissar drückt eine Taste und lehnt sich zurück. Er kommentiert: »Und so geht es weiter: Danilo haut ab, der Notarztwagen kommt, zwei Männer steigen aus, während ein dritter Mann ins Bild kommt, hier. Mit einer Pistole. Kann das dein Tarassow sein?« Er stoppt das Video.

Henry ist unsicher. »Von der Figur her könnte er es sein.«

»Wie dem auch sei. Sie haben sich die Sache anders vorgestellt. Sie haben damit gerechnet, dass Wolkow Danilo überwältigt und sie ihn in den NAW werfen und mit ihm abhauen. Aber der Junge hatte ein Messer. Dumme Sache, das. Dann hat einer auf Danilo geschossen, aber vermutlich ist ihm nichts passiert. Sie haben den verletzten Wolkow hinten reingepackt, einer ist dazugestiegen, die beiden anderen vorne rein. Dann sind sie losgerast und haben die Schranke durchbrochen. Bingo!«

»Danilo hat sich mit Galina am vereinbarten Ort getroffen, aber es war zu gefährlich, loszufliegen. Also sind sie zurück in die Stadt. Danilo hat den Koffer bei mir gelassen und ist fort.«

»Warum ist er noch mal zu dir? Er hätte den Koffer in den Main werfen können.«

Der Rabbi steht auf und geht hin und her.

»Vielleicht hatte Danilo was vergessen. Oder er wollte sich schlicht entschuldigen.«

»Das kann man auch per SMS. Vielleicht war er verletzt?«

»Dann hätte ich Spuren in der Wohnung gefunden.«

»Stimmt.« Nun erhebt sich auch der Kommissar. »Okay, es ist entschieden. Jetzt muss der Fall offiziell werden. Sobald die KTU am Tatort ist, gibt es kein Zurück. Wir müssen nach Danilo fahnden lassen.«

Der Rabbi nickt. »Klar.«

»Schlimmstenfalls wegen Mordes!«, fügt der Kommissar an.

Der Rabbi geht zum Fenster und zieht die Jalousie hoch.

Als der Rabbi das Vorzimmer betritt, ist Frau Kimmel erleichtert. Sie legt sofort los: »Friedländer will Sie unbedingt sprechen. Frau Bubka muss mit Ihnen reden. Benny Lazar möchte wissen, wann die Hochzeitsprobe beginnt. Herr Aronsohn hat sich beschwert, weil Sie so kurzfristig …«

Inzwischen ist der Rabbi in seinem Büro verschwunden und hat die Tür hinter sich geschlossen!

Es ist alles zu viel! Henry sitzt hinter seinem Schreibtisch und hat den Kopf aufgestützt, den er zwischen den Schläfen hält. Entsetzlich, denkt er, was in den letzten Stunden ans Tageslicht kam. Das muss man erst einmal verarbeiten. Dabei ahnt der Rabbi nicht, was alles noch kommt.

Er greift zum Telefon, schaut auf einen Zettel und wählt eine Nummer.

»Guten Tag, Silberbaum hier. Könnte ich bitte mal Herrn Tarassow sprechen?«

Der Smart kommt flott vor dem Polizeipräsidium zum Stehen. Henry hupt kurz, und schon läuft Berking zum Wagen, öffnet die Tür und haut sich auf den Beifahrersitz.

»Also, berichte«, sagt er sichtlich angespannt.

»Sie sagte: ›Ich bedaure, aber Herr Tarassow arbeitet

nicht mehr in Frankfurt. Er wurde in ein anderes Land versetzt.‹ ›So schnell‹, sage ich, ›er war doch gestern noch hier.‹ ›Sie müssen sich irren, Herr Tarassow ist seit einem Monat nicht mehr da. Auf Wiedersehen.‹« Der Rabbi schlägt mit der Faust auf das Lenkrad: »Punch!«

»Tja«, sagt der Kommissar, »das nennt man diplomatische Immunität. Die haben uns total vernascht. Sie sind mit dem NAW nach Luxemburg zum Flughafen. Da wurde der Wagen gefunden. Er war gestohlen.«

»Gibt es von da Flüge nach Dubai?«, will der Rabbi wissen.

»Nein, aber es stand ein Learjet bereit.«

»Sauber. Natürlich, hätte ich mir denken können. Was machen wir?«

Berking sagt: »Wir werden versuchen, ihn da zu treffen, wo es ihm am meisten wehtut: beim Geld. Ich habe Staatsanwalt Teichert gebeten, alle seine Konten sperren zu lassen. Immer vorausgesetzt, er glaubt mir die Geschichte mit der falschen Identität und dem Mord am echten Gurewitz. Er ›beugt sich noch heute Abend über die Akte‹«, meint der Kommissar ironisch. »Morgen früh weiß ich mehr.«

Henry ist hundemüde. Er will nur noch schlafen. Als er aus seinem Auto steigt, schaut er nach oben zu seiner Wohnung und erstarrt. Im Wohnzimmer brennt Licht! Die Russen! Sie sind gekommen, um ihm zu beweisen, wie ungesund es sein kann, sich einzumischen. Oder sie wissen, dass Danilo hier war, und suchen nach Spuren oder Unterlagen oder einem Laptop. Der Rabbi atmet tief durch, steigt aus und betritt das Haus.

Er vermeidet den Aufzug, geht im Dunklen leise die Treppe hoch. Jetzt steht er vor seiner Wohnungstür, horcht. Dann steckt er den Schlüssel vorsichtig ins Schloss und öffnet leise die Tür. Er schleicht durch den dunklen Flur, steht vor der Wohnzimmertür und horcht, dann reißt er die Tür auf …

Im Sessel sitzt seine Mutter und schaut ihn entsetzt an.

»Bubele! Hast du mich erschreckt.«

Henry atmet erleichtert aus und haut sich in den nächsten Sessel. Die Anspannung löst sich, aber der Rabbi atmet schwer. »Mom! Was machst du hier?«

»Was ich hier mache? Das fragst du? Ewa hat mir gesagt, dass irgendetwas hier nicht stimmt. Du hast ihr verboten zu kommen und zu putzen. Warum? Was soll sie nicht sehen?«

»Nichts soll sie nicht sehen, aber ich hatte Besuch für ein paar Tage und …«

»Eine Frau?«

»Einen Mann. Einen jungen Mann, wenn du's genau wissen willst.«

»Bubele! Du bist doch nicht etwa schwul?«

»Wäre das so schlimm?«

Sie springt hoch und baut sich vor ihm auf. »Ich will die Wahrheit wissen, was ist los? Ich bin deine Mutter, und ich habe ein Recht dazu. Und falls du schwul sein solltest, dann ist es auch nicht so tragisch, weil …«

Henry ist inzwischen auch aufgestanden und nimmt seine kleine Mama in den Arm. »Alles okay, Mom. Ich hatte Besuch von einem jungen Russen, der illegal hier war und in kein Hotel konnte deshalb. Aber er ist wieder fort, und alles ist gut. Okay?«

Sie lächelt, dann wird sie ernst. »Hat das mit dieser Galina Bubka zu tun, mit diesem Luder?«

»Indirekt, aber sie ist kein Luder, sie ist ein Opfer. Sie ist immer benutzt worden. Zuerst von ihrer Mutter, die nur wollte, dass sie eine Weltklasseschwimmerin wird, dann von Russland, dann von Israel, dann von Gurewitz.«

»Mir kommen die Tränen. Ist es nicht besser, reich und glücklich zu sein als arm und krank?«

»Sie ist nicht glücklich, glaub mir. Und ich bin es auch nicht.«

»Du? Warum du nicht?«

»Weil ich Hunger habe. Komm!«

Und schon verschwinden beide in der Küche.

Der Rabbi steht vor seiner Klasse und erklärt gerade die Geheimnisse, die sich hinter den Buchstaben verbergen.

»Und nun zu den erstaunlichen Dingen der hebräischen Sprache: Der Buchstabe *Alef*, der erste Buchstabe des hebräischen Alphabets, entspricht einer Zahl. Welcher?«

Ein Mädchen meldet sich: »Eins.«

»Richtig, Alina. Logisch. Was ist noch interessant am *Alef?*«

Felix Heumacher schnippt wie wild mit dem Finger. Der Rabbi erlöst ihn: »Felix?«

»Der Buchstabe ist lautlos. Er kann abhängig von seiner Position zum Vokal werden.«

»Sehr gut«, sagt der Rabbi, »und dieser Buchstabe birgt noch so manches Geheimnis. Der Buchstabe *Alef* besteht aus einer Zusammensetzung der Buchstaben *Jud*, gleich 10, noch mal *Jud* und *Waw* gleich 6, ergibt 26.«

Er malt währenddessen ein *Alef* an die Tafel, um dieses Phänomen plastisch zu machen. Dann spricht er weiter.

»Die Zahl 26 wiederum ist die Zahl des Namen Gottes. All diese Dinge machen die Zahl und Buchstaben *Alef* zu einem Symbol für Spiritualität. Das Entfernen des Buchstaben *Alef* zum Beispiel verwandelt Wörter vom Positiven in das Negative. So bedeutet ›Adam‹ Mensch. Entfernt man das *Alef,* erhält man das Wort *›Dam‹* – Blut. Denn der Mensch ist ohne die Seele nur noch das Blut, das Körperliche. Deshalb finden wir …«

Jäh wird die Tür zum Klassenzimmer aufgerissen, und Dr. Friedländer steht in der Tür.

»Herr Silberbaum! Kommen Sie bitte mal mit mir nach draußen?«

Während die beiden Männer über die Glasbrücke gehen, ist Friedländer mitten in seiner Ansprache: »Ich habe immer wieder ein Auge zugedrückt, das wissen Sie ganz genau. Und obwohl ich mit der Zeit den Eindruck gewinnen musste, dass Sie Ihre Arbeit hier vernachlässigen, habe ich mich zurückgehalten. Deshalb werden Sie diese unangenehme Angelegenheit jetzt irgendwie vernünftig zu Ende bringen. Ist das klar?«

Daraufhin sagt der Rabbi zu seinem Chef: »Okay, aber ich möchte keine Beschwerden mehr hören, dass ich meine Arbeit in der Gemeinde ignoriere.«

»Hören Sie auf mit diesen Spitzfindigkeiten.« Friedländer bleibt stehen. »Wenn Frau Gurewitz auf Ihre Anwesenheit besteht, dann habe ich keine andere Wahl. Schließlich haben Sie ja diese unangenehme Geschichte erst losgetreten. Sehen Sie wenigstens zu, dass das in Ordnung kommt und dass nichts an der Gemeinde hängen bleibt.« Er geht weiter und redet quasi zu sich selbst: »Zuerst der Mord an Frau Axelrath und jetzt diese Sache! Was waren das früher für friedliche Zeiten. Wenn ich noch daran denke, wie ich hier angefangen habe …«

Er bemerkt nicht, dass der Rabbi bereits abgebogen ist.

16

Neben dem Bentley und dem Porsche stehen heute vier weitere Autos vor der Villa von Frau Gurewitz. Der Rabbi quetscht sich mit seinem Smart neben den klapprigen BMW des Kommissars, steigt aus und nimmt mit langen Schritten die Stufen zum Haus. Das Dienstmädchen hat die Tür geöffnet. Der Rabbi grüßt freundlich und tritt ein.

Im Salon erwartet ihn eine illustre Gesellschaft. Frau Gurewitz sitzt in einem Sessel, auf der breiten Lehne neben ihr Sohn Arie. Sie hält förmlich Hof, denn ihr gegenüber sitzen Berking, Staatsanwalt Teichert und ein grau melierter Mann, der wie ein Anwalt aussieht. Und auch einer ist.

»Danke, dass Sie gekommen sind«, sagt Frau Gurewitz mit leiser Stimme. »Sie kennen ja die meisten hier. Und das ist Dr. von Eschen-Hoven, unser Anwalt.«

Der Graumelierte nickt ernst.

Der Rabbi zieht ungefragt einen Stuhl in die Runde und nimmt Platz. Frau Gurewitz spricht Henry danach direkt an. Ihr verbindlicher Ton hat sich in eine eiskalte Stimme verwandelt.

»Ich habe Sie hergebeten, weil ich von Ihnen wissen will, wie Sie darauf kommen, dass mein Mann nicht mein Mann ist, und warum Sie solche Ungeheuerlichkeiten in die Welt setzen.«

Bevor der Rabbi antworten kann, lässt sich der Anwalt mit schnarrendem Kasernenton vernehmen: »Ganz abgesehen von den verheerenden privaten und wirtschaftlichen Folgen, die diese Unterstellungen für meine Mandantin zeitigen könnten. Da kommt einiges auf Sie, Ihre Gemeinde und auch auf die Polizeibehörde zu. Da kennen wir kein Pardon!«

Wieder will sich der Rabbi zu Wort melden, aber man hört Staatsanwalt Teichert mit seinem herrlich selbstgefälligen Ton:

»Mit Verlaub, Herr Kollege, es ist schon erstaunlich, wie Sie und Ihre Mandantin die Realität verleugnen. Wir liefern Ihnen hier unumstößliche Fakten sowie wasserdichte Beweise, und selbst die ignorieren Sie. Finden Sie sich endlich mit dem Unvermeidlichen ab, werte Frau Gurewitz, Ihr Mann ist ein Schwerverbrecher! Das und nichts anderes, punktum.«

Rifka Gurewitz wird bleich. »Arie«, sagt sie leise.

Ihr Sohn Arie springt auf und wird laut: »Sehen Sie nicht, was Sie hier mit meiner Mutter machen? Es gibt keinerlei Beweise für diese ungeheuerlichen Anschuldigungen außer irgendwelchen dubiosen Kopien von Kopien und Aussagen, die irgendein russischer Hacker Rabbi Silberbaum gegenüber gemacht haben soll!«

Der Rabbi hat genug. Er meldet sich nun lautstark zu Wort.

»Bitte! Darf ich vielleicht auch einmal was sagen? Man hat mich doch hergerufen, um dazu beizutragen, den Sachverhalt zu klären, oder?«

Alle sehen den Rabbi an.

»Ich gehe davon aus«, sagt er, »dass Kommissar Berking Ihnen bereits die Einzelheiten geschildert hat, soweit das zum jetzigen Zeitpunkt möglich ist, aber eines ist sicher, werte Frau Gurewitz: Ihr Ex-Mann ist nicht Semjon Gurewitz! Der echte Semjon Gurewitz ist nachweislich 1996 in einem russischen Strafgefangenenlager gestorben. Wie, das wird noch zu klären sein. Es sieht so aus, als habe ein Mitgefangener, ein gewisser Andrej Wolkow, später die Identität des Toten annehmen können und das mithilfe des Lagerkommandanten, der kein Geringerer war als Juri Tarassow.«

Frau Gurewitz ist sichtlich schockiert. Sie greift Hilfe suchend nach der Hand ihres Sohnes.

»Gibt es dafür stichhaltige Beweise?«, will der Anwalt wissen.

»Es gibt Dokumente aus der ehemaligen Sowjetunion, deren Wahrheitsgehalt noch nachgeprüft werden muss«, sagt Staatsanwalt Teichert, »aber wir sind darüber im Austausch mit unseren russischen Kollegen.«

»Was aber eindeutig ist«, meldet sich der Kommissar, »ist die Tatsache, dass der echte Semjon Gurewitz einen Sohn von dreißig Jahren hat, der nach Frankfurt kam, nachdem er erfahren musste, dass sein Vater angeblich wohl nicht verstorben war, sondern hier ein neues Leben begonnen hatte. Zu seiner Überraschung stellte er fest, dass dieser Mann zwar den Namen seines Vaters trägt, aber ein ganz anderer ist.«

Der Rabbi gibt Berking ein Zeichen und erhebt sich. Dann sagt er: »Frau Gurewitz, Sie wollten etwas von mir hören. Ich bin auf die Sache gestoßen, weil Galina Gurewitz verschwand und ich erfahren habe, dass Ihr Ex-Mann erpresst wurde. Und zwar, wie es sich herausstellte, von Danilo Gurewitz, dem Sohn des echten Gurewitz aus Russland. Er konnte beweisen, dass Ihr Ex-Mann nicht nur so hieß, also eine zufällige Namensgleichheit bestand, was durchaus möglich gewesen wäre. Gurewitz ist ein verbreiteter jüdischer Nachname. Aber Ihr Mann ist angeblich auch am selben Tag in derselben Stadt geboren worden. Von derselben Mutter und hat denselben Vater!« Der Rabbi lässt den letzten Satz wirken.

Er schaut Frau Gurewitz direkt ins Gesicht, als er weiterspricht.

»Damit konfrontiert, reagierte er eben auch wie ein ertappter Betrüger und wollte Danilo in eine Falle locken, um ihn vermutlich zum Schweigen zu bringen und außer Landes zu schaffen.«

Er setzt sich und schaut Frau Gurewitz weiterhin ernst an.

»Aber wie ich das so sehe, gibt es keine eindeutigen Beweise für Ihre nebulöse Geschichte«, sagt der Anwalt.

Da meldet sich der Staatsanwalt zu Wort:

»Werter Kollege, warum ergreift ein Mann wie Semjon Gurewitz plötzlich die Flucht, wenn alles nur ein Irrtum ist? Und mehr noch, warum löst er seine Konten auf, warum verlegt er seinen Firmensitz vor sechs Monaten nach Dubai? Und warum ist Juri Tarassow an diesen Firmen beteiligt?«

Frau Gurewitz springt auf: »Soll das heißen, dass auch diese Villa hier …«

»Leider, leider, gnädige Frau, auch diese Villa gehört der Firma …«, er schaut in eine Handakte, »… Supra in Dubai. Und Sie können sich vorstellen, was das bedeutet. Nicht nur für Sie.«

Sie bricht in Tränen aus, und Arie mischt sich wieder ein und zeigt auf seine verzweifelte Mutter:

»Rabbiner Silberbaum! Ist es das, was Sie wollten? Unglück über unsere Familie bringen, weil Sie wieder mal Detektiv spielen mussten?«

Henry wird langsam sauer: »Arie, werden Sie nicht unverschämt! Suchen Sie sich ein anderes Objekt für Ihre juristischen Fingerübungen. Tatsache ist, dass Ihr Vater ein Fälscher, Betrüger und vermutlich sogar ein Mörder ist!«

»Was sagen Sie da?« Arie wird bleich.

»Er hat einen Polizisten zu Tode geprügelt und saß deshalb in diesem Lager. Und die Polizei wird klären, ob er nicht auch am Tod des echten Gurewitz beteiligt war. Wer also hat das Unglück über Ihre Familie gebracht? Andrej Wolkow oder Henry Silberbaum?«

»Verzeihen Sie«, sagt Rifka Gurewitz leise, »Arie hat es nicht böse gemeint. Er möchte mich ja nur beschützen. Sie haben recht. Wenn das alles wahr ist, was Sie sagen, dann ist es für uns alle besser, wenn diese Lügen ans Tageslicht kommen. Irgendwann wäre es so oder so passiert. Und dass mein Mann kein Jude ist, das habe ich von Anfang an gespürt.«

»Mama!« Arie schaut seine Mutter entgeistert an. Sie bricht in Tränen aus. Die Besucher erheben sich.

Henry geht zu Frau Gurewitz und legt ihr die Hand auf die Schulter.

»Bleiben Sie stark, Rifka, ich helfe Ihnen, wo ich nur kann.«

Sie lächelt ihn kurz an, trotz der Tränen.

»Danke, Rabbi.«

Auf dem Kiesweg vor dem Haus stehen nun der Kommissar, Staatsanwalt Teichert und Henry zusammen und besprechen die nächsten möglichen Schritte.

»Tja, das war ein Schuss in den Ofen mit der Kontensperrung«, meint Berking. »In weiser Voraussicht wird eine neue Firma in Dubai angemeldet und alles leer geräumt. Wir sind total in den Arsch gekniffen.«

Teichert schaut ihn an: »Werter Kollege Berking, es geht auch weniger unflätig. Fakt ist, Gurewitz, pardon, Wolkow hat alle Brücken hinter sich verbrannt und ist für immer auf und davon. Auch wenn wir ein Auslieferungsverfahren anstrengen würden …«

Berking unterbricht: »… zeigen die Russen uns den Stinkefinger! Was haben wir ihm auch vorzuwerfen? Urkundenfälschung? Geschenkt! Die Verbrechen sind in Russland geschehen.«

»Klingt ja alles nicht sonderlich hoffnungsfroh, was Sie hier sagen. Was können wir tun?«, fragt Henry.

Teichert schaut den Rabbi an: »Wir müssen Ihren Danilo finden, denn er hat einige Straftaten begangen: Urkundenfälschung, Menschenraub, Erpressung, auf jeden Fall Mordversuch!«

»Wenn, dann im Affekt!« Der Rabbi ist perplex. »Danilo Gurewitz ist das Opfer, schon vergessen?«

Der Kommissar schaltet sich ein: »Nein, das siehst du falsch. Er ist illegal und mit falschen Papieren eingereist, also ein Visumvergehen, er hat Galina entführt, jedenfalls offiziell, also Menschenraub, er hat ihren Mann erpresst und beinah getötet. So sieht es aus, mein lieber Rabbi.«

Teichert sieht den Rabbi freundlich an. »Ich hätte es nicht besser sagen können. Also, es ist im Interesse Ihres Bekannten Danilo Gurewitz, dass Galina und er zurückkommen und er mit uns kooperiert. Und auch in Ihrem Interesse.«

»Wieso in meinem Interesse? Das verstehe ich nicht.«

»Nun denn, Sie haben sich auch strafbar gemacht, weil Sie von der Erpressung wussten und den Täter geschützt haben. Paragraf 258 StGB.«

Der Rabbi lächelt den Staatsanwalt an: »Mir war nicht

bekannt, dass Danilo von der Polizei gesucht wurde. Außerdem hätte ich mir selbst geschadet durch die Meldung. Und somit ist das Gesetz auf meiner Seite.«

»Quod erat demonstrandum«, antwortet Teichert daraufhin naseweis.

»Schluss mit der Haarspalterei«, hört man Berking genervt den Diskurs unterbrechen. Und zu Teichert gewandt: »Ich halte Sie auf dem Laufenden, wenn es neue Erkenntnisse gibt, Herr Teichert.«

»Ich bitte darum«, sagt der Staatsanwalt und geht zu seinem Wagen. Dann dreht er sich um, greift sich an den Hut und sagt süffisant: »Meine Herren!«

In diesem Moment klingelt das Telefon des Kommissars. Der Rabbi ist bereits auf dem Weg zu seinem Wagen, als Berking ihn mit einer Geste bittet zu bleiben.

»Ja? Aha. Sind Sie sicher?« – hört Henry den Kommissar sagen und schließlich: »Okay, danke, ich übernehme das.«

Während er sein Telefon wegsteckt, sagt er zum Rabbi: »Das war die KTU. Das Blut auf dem Boden des Parkhauses ist das Blut von Gurewitz! Also von Wolkow.«

»Woher wissen die das?«

»Dieselbe DNA wie in seinem Auto!«

»Scheiße!«

»Aber Herr Rabbiner!«

Kurz bevor der Rabbi das Gemeindezentrum betritt, erhält er eine SMS von Frau Kimmel. Friedländer müsse ihn dringend sprechen. Er säße mit Frau Bubka im Restaurant.

Als er sich zwei Minuten später im fast leeren Restaurant umschaut, entdeckt er seinen Chef und Frau Bubka an einem diskreten Ecktisch.

»Gut, dass Sie kommen«, ruft Dr. Friedländer schon von Weitem, »wir müssen Frau Bubka helfen.«

Henry nähert sich, grüßt kurz und setzt sich zu den beiden. Frau Bubka ist in Tränen aufgelöst.

»Die Polizei hat mich angerufen. Herr Rabbiner, warum ist alles so gekommen? Sagt es mir.«

»Weil ihr zwei mir nicht vertraut habt. Ihre Tochter nicht und Sie auch nicht. Und das ist das Ergebnis.« Der Rabbi hat keine Lust, Frau Bubka zu schonen.

Friedländer will den aggressiven Ton rausnehmen.

»Also aus meiner Sicht ist Frau Bubka sicher nicht schuld!«

Der Rabbi kontert: »Das sehe ich ganz anders. Wenn Frau Bubka uns gleich die Wahrheit gesagt hätte, wäre alles vielleicht ganz anders gekommen.«

Friedländer widerspricht: »Sie wissen selbst, dass sie große Angst hatte vor ihrem Schwiegersohn.«

»Es geht um Galina. Die musste sich entscheiden. Will sie möglichst viel Geld aus der Sache ziehen oder Gurewitz ans Messer liefern. Sie hat sich für das Geld entschieden.«

Frau Bubka weint und sagt gleichzeitig: »Sie tun ihr unrecht, Rabbi. Meine Lina ist ein anständiger Mensch, ist sie. Dieser Danilo, dieser *ganef,* hat sie da *areingezogen.*«

Friedländer nickt. »Genau. So sehe ich das auch.«

»Unsinn!« Der Rabbi ist echt sauer. »Sie hat diesen armen, naiven Kerl völlig in der Hand. Ich bin sicher, die Erpressung war ihre Idee.«

Frau Bubka schüttelt nur den Kopf, während sie weint.

Friedländer zieht den Rabbi am Arm und flüstert: »Hören Sie endlich auf, diese arme Frau fertigzumachen. Sie liebt ihre Tochter und will nur das Beste für sie. Davon bin ich überzeugt.«

Die Russin nickt heftig mit dem Kopf und sagt unter Tränen: »Genau so ist es, Herr Doktor Friedländer. Ich will doch nur, dass mein Kind soll glücklich sein und dass sie soll in Ruhe leben.«

»Ein bisschen Geld kann dabei nicht schaden«, meint der Rabbi bissig. Doch nach einem Blick auf Friedländer sieht er Frau Bubka schließlich freundlicher an und sagt gelassen: »Das wollen wir alle. Und deshalb ist es wichtig, dass Sie uns sagen, wo sich Galina zurzeit aufhält. Ich bin bereit, sie zu treffen und zu versuchen, ihr zu helfen, einigermaßen glimpflich aus der Sache herauszukommen.«

»Sehr gut«, sagt Friedländer, »wir werden das von der Gemeinde aus unterstützen. Der Rabbiner hat freie Hand.«

Henry zieht erstaunt die Mundwinkel runter. So handzahm hat er seinen Chef noch nie erlebt.

»Also, liebe Frau Bubka, wo befindet sich Ihre Tochter?«, säuselt Friedländer.

Frau Bubka sieht zuerst den Rabbi hilflos an.

Dann zu Friedländer gewandt: »Sehr nett, danke, aber weiß ich nicht, wo sie ist, wirklich nicht.«

»Mein Angebot steht, Frau Bubka, ich muss los.«

Damit erhebt sich der Rabbi und signalisiert seinem Boss, dass er sich nachher bei ihm melden wird.

»Sie lügt«, sagt der Rabbi eine halbe Stunde später, als er in Friedländers Büro steht. Sein Chef sitzt hinter seinem Schreibtisch und wippt penetrant mit seinem opulenten Bürostuhl hin und her.

»Wieso sind Sie da so sicher?«, fragt er dann.

»Normalerweise sagt sie hinter so einem Satz ›ich schwör‹, aber diesmal nicht.«

»Das klingt einleuchtend. Sie sind doch kein so unbegabter Kriminalist.«

Henry sind die Freundlichkeit und das Verständnis seines Chefs suspekt. Besonders als er fragt: »Was wollen Sie tun?«

Der Rabbi denkt einen Moment nach, dann sagt er: »Am besten wäre es, Frau Bubka im Auge zu behalten. Irgendwann führt sie uns zu ihrer Tochter, da bin ich sicher.«

»Das geht zu weit, lieber Silberbaum. Wir können es uns nicht leisten, dass Sie Tag und Nacht vor Frau Bubkas Haustür in Ihrem Auto warten, bis sie mal erscheint.«

Der Rabbi lächelt verschmitzt.

»Sie sind auch kein schlechter Kriminalist. Sie bringen mich auf eine Idee …«

17

Es ist schon dunkel, als der Rabbi seine Wohnung betritt. Er wirft seinen Hausschlüssel auf die kleine Kommode im Flur und geht weiter ins Wohnzimmer. Dabei blättert er durch die Briefumschläge, die er aus dem Briefkasten geholt hat. Als er das Licht anmacht, stutzt er. Auf dem zugeklappten Deckel des Flügels liegt ein Stilett. Danilos Messer! Henry berührt es nicht, sondern nimmt sein Telefon und wählt eine Nummer.

»Ewa?«, meldet er sich, und die polnische Putzfrau antwortet: »Ja, guten Abend, Herr Silberbaum. Sie rufen sicher an wegen dem Brieföffner, gell?«

»Ja, genau«, sagt Henry erleichtert, »ich habe ihn schon vermisst. Wo haben Sie ihn gefunden?«

»Unter Ihrem Bett. Ganz hinten an der Wand.«

»Danke, Ewa. Schönen Abend noch.«

Eine Stunde später sitzen der Rabbi und der Kommissar nebeneinander auf der Couch, während ein Kriminalbeamter von der KTU mit Latexhandschuhen am Flügel steht und sich das Messer vorgenommen hat.

»Und, Jan? Schon was entdeckt?«, fragt Berking den Kollegen.

»Prints ohne Ende«, sagt der nachdenklich.

»Die sind bestimmt von meiner Putzfrau, Ewa Koslowski«, erklärt Henry. »Danilo Gurewitz hat sicher alle seine Fingerabdrücke abgewischt.«

»Gibt es etwas, wo seine noch drauf sein könnten?«, will der Kommissar wissen. »Denk mal nach.«

»Klar!«, ruft der Rabbi und läuft nach draußen.

Nach etwa einer halben Minute ist Henry wieder zurück im Wohnzimmer. Mit spitzen Fingern hält er ein Buch hoch.

»*Judaism for Dummies*, jüdisch für Anfänger. Das hat er gelesen. Sind sicher auch meine drauf.«

»Kein Problem«, meint Berking. Henry legt das Buch auf den Flügel. »Danke«, sagt der Beamte und steckt es mit dem Messer in einen großen Plastikbeutel.

»Und such mir nach Blut«, meint der Kommissar, als der KTU-Mann Jan seinen metallenen Arbeitskoffer packt.

Henry ist überrascht. »Blut? Hast du nicht gesehen, wie blitzsauber das Ding war?«

Dabei sagt der KTU-Kollege: »Keine Sorge, wenn da je Blut dran war, dann finden wir auch Spuren. So sauber kann man kein Messer machen. Und schon gar kein Stilett mit seinen Ecken und Kanten.«

»Wow!«, sagt Henry voller Anerkennung. »Das ist ja der Hammer.«

Und der Kommissar fügt an: »Warum meinst du, sind

wir so erfolgreich bei der Mordaufklärung? Wegen solchen Typen wie Jan!«

Die Religionsstunde ist fast vorüber, als sich die kleine Dorit Danziger plötzlich meldet.

»Ja, Dorit, was liegt an?«

»Vor Kurzem war ich mit einer Freundin in der U-Bahn, und da wurde sie angemacht wegen ihrer Kette und dem *magen David*, den sie getragen hat.«

»Von wem wurde sie angemacht und was wurde gesagt?« Henry setzt sich dabei auf die Kante seines Arbeitstisches.

»Es waren zwei Jungs, so dreizehn, vierzehn. Und einer hat gesagt: ›Muss wohl jeder sehen, dass du 'ne Judenschlampe bist!‹«

Sofort geht ein aggressives Raunen durch die Klasse. Einer ruft: »Krass! In die Fresse! Sofort!«

Ein anderer: »Gleich die Polizei holen!«

»Sind doch auch Nazis!«

»*Scheket!*«, hört man den Rabbi, und alle sind mit einem Schlag still.

»Kids«, sagt er leise, »grundsätzlich müssen wir darüber reden, ob es sinnvoll ist, sein Judentum zur Schau zu stellen.«

»Wollen Sie etwa sagen, dass wir kneifen sollen?«, hört man Felix Heumacher empört rufen.

Und ein Mädchen sagt: »Noga Erez singt ja auch davon, dass wir uns nicht verstecken sollen.«

»Okay, lasst uns das mal einordnen: Erstens, Felix, habe ich nicht gesagt, dass ihr kneifen sollt. Im Gegenteil. Im Talmud gibt es sogar ein Gebot, sich nicht kleinzumachen und sein Judentum selbstbewusst zu zeigen. ›Es steht dir nicht zu, dein Judentum zu verleugnen!‹ Aber was nun Noga Erez betrifft: Ich bin auch ein Fan von ihr, aber sie lebt in Israel, sie war bei der Armee, sie ist privilegiert, und da ist es wohlfeil, gefährdeten Juden in der Diaspora Ratschläge zu erteilen.«

»Was raten Sie?«, fragt Dorit.

»Sie tragen doch auch die Kippa«, meint ein anderer.

»Stimmt, Danny, das ist meine Berufskleidung!«

Alle lachen.

»Nein, im Ernst, es muss jedem überlassen bleiben, sich als Jude zu outen oder nicht. Sein Judentum zeigen sollte man nur, wenn man keine Angst vor eventuellen Auseinandersetzungen hat. Denn wenn man es tut, dann muss man leider heute auf unangenehme Begegnungen gefasst sein. Und deshalb muss man gut darauf vorbereitet sein.«

»Eine Kalaschnikow dabeihaben!«, ruft einer dazwischen.

»Ja, Arie, und zwar eine verbale Kalaschnikow. Dein Gegenüber muss einfach baff sein über deine Argumentation. Das können wir in der nächsten Stunde mal üben.«

Die Kinder klopfen auf die Pulte.

Als Henry ins Vorzimmer kommt, teilt ihm Frau Kimmel mit, dass Kommissar Berking angerufen habe und um Rückruf bittet.

Der Rabbi verschwindet in seinem Büro und ruft seinen Freund an. Zwei Minuten später steht er wieder im Vorzimmer.

»Ich bin mal für eine Stunde weg«, sagt er.

Henry und Robert Berking schlendern unauffällig durch die belebte Große Bockenheimer Straße, auch »Fressgass« genannt, wegen der zahlreichen Restaurants, die sich hier befinden. Ursprünglich aber war ein täglicher Markt der Namensgeber. Der Rabbi schiebt sein Rad, der Kommissar geht neben ihm her.

»Also, was machen wir?«, fragt er, »das Blut am Messer ist eindeutig von Gurewitz.«

»Wolkow«, murmelt der Rabbi.

»Egal.« Berking bleibt stehen. »Dein Freund Danilo hat auf ihn eingestochen und ist getürmt. Wir wissen bis jetzt nicht, ob Wolkow die Reise überlebt hat.«

»Ich bin sicher, dass er das überlebt hat«, sagt Henry, »warum sollten sie eine Leiche nach Dubai fliegen?«

»Erstens kann er später in Dubai seinen Verletzungen erlegen sein, und falls er schon tot war, ist es besser, der Mann mit den zwei Identitäten verschwindet für immer in der arabischen Wüste.«

Die Männer gehen weiter. Der Rabbi sagt: »Was machen wir mit Danilo?«

Der Kommissar sagt: »Ich lasse ihn zur Fahndung ausschreiben. Es kam nachweislich zu einem Messerangriff. Deshalb hätte ich ihn gern hier, um mehr über diese Geschichte herauszubekommen. Ob es zu einer Anklage kommt, kann ich nicht sagen. Teichert ist eh schon ziemlich genervt von dem Fall und besteht auf Fakten.«

Diesmal bleibt der Rabbi stehen. »Gib mir 24 Stunden!«

Berking ist zögerlich. »Was hast du vor?«

»Ich locke Frau Bubka aus der Reserve. Ich erfinde etwas, womit sie sich in Bewegung setzen muss. Vielleicht führt sie mich zu Galina?«

Der Kommissar ist verblüfft. »Das sagst du als Rabbiner? Du willst mit einer Lüge arbeiten? Ist das keine Sünde?«

Henry lächelt spitzbübisch: »Bestimmte Lügen sind zulässig. *Emmes schel chessed*, so steht es im Talmud. Es gibt eine Wahrheit der Gnade oder eine gnädige Wahrheit. Eine fromme Lüge sozusagen.«

»Ihr Juden legt eure Gesetze aus, wie ihr es wollt. Sensationell!« Der Kommissar grinst frech. »Also, was schlägst du vor?«

»Ich rufe Frau Bubka an und warne sie. Ich werde ihr sagen, es gibt bald …«

»… eine Hausdurchsuchung? Bei mir? Um Gottes willen!« Frau Bubka ist völlig aufgelöst. »Warum?«

»Warum wohl?«, sagt der Rabbi am Telefon. »Man sucht nach Ihrer Tochter, und man sucht Spuren von Danilo.«

»Was für Spuren?«

»Vielleicht von einem Mord!«

»Oj wej, Mord! Wieso Mord?«

»Was weiß ich? Gurewitz ist verschwunden, das wissen Sie.«

»Aber was hat meine kleine Lina zu tun damit?«

»Frau Bubka«, sagt der Rabbi kryptisch, »nicht am Telefon. Nur so viel: Man wird Ihre Wohnung auf den Kopf stellen, Ihr Handy checken, Bankauszüge, Mails, was weiß ich? Ich habe es ja nur zufällig gehört und wollte Sie warnen. Am besten Sie verschwinden morgen früh erst einmal für ein paar Tage.«

»Das habe ich sowieso wollen machen. Wegen Anrufen.«

»Was für Anrufe?«

»Jeden Tag ruft einer an und fragt: ›Wo ist Galina?‹ Oder: ›Sagen Sie Galina, wir finden sie!‹ Und legt er dann wieder auf.«

Der Rabbi ist hellwach.

»Interessant. Haben Sie eine Ahnung, wer der Mann ist? Gurewitz vielleicht?«

»Nein. Kenne ich die Stimme nicht. Aber habe ich Angst.«

»Gut. Morgen früh sind Sie weg, verstanden?«

»Ja, Rabbi, habt vielen Dank.«

Nachdem Henry Frau Kimmel eine SMS geschickt und sich bei ihr für heute abgemeldet hat, konzentriert er sich wieder auf Frau Bubka. Es ist kurz nach sechs Uhr früh, und er hat einen guten Parkplatz gefunden, von dem er ihre Haustür perfekt im Blick hat. Er ist davon überzeugt, dass sie schon bald das Haus verlassen wird. Er sitzt aufrecht hinter seinem Lenkrad und starrt gebannt durch die Windschutzscheibe. Ein wenig plagt ihn schon das schlechte Gewissen, dass er eine ältere Dame mit einer erfundenen Geschichte so sehr unter Druck gesetzt hat, aber schließlich dient diese »weiße Lüge« dem Zweck, der Wahrheit zum Sieg zu verhelfen und diesen mysteriösen Fall irgendwie zu einem Ende zu bringen. Dass man, wie in klassischen Geschichten, die Bösen zur Rechenschaft ziehen wird, ist allerdings ziemlich ausgeschlossen. Wenn Semjon Gurewitz, alias Wolkow, überlebt hat, dann ist er in Russland vor Strafverfolgung sicher. Mit seinem Vermögen, das er offenbar rechtzeitig nach Dubai transferiert hat, könnte er sich einen gemütlichen Lebensabend machen. Der Rabbi ist aber davon überzeugt, dass sich seine russischen Freunde das Asyl in der alten Heimat teuer bezahlen lassen. Die ruchlose Gier wird bestraft werden, davon ist der Rabbi überzeugt, und das ist gut so. Wolkow hat die Menschen, die ihm vertrauten, selbst seine eigenen Kinder, schamlos belogen und betrogen und verbrannte Erde hinterlassen. Arie, David und ihre Mutter Rifka sind das Opfer eines empathielosen Fälschers, fürs Leben gezeichnet und der

Häme der Mitmenschen ausgeliefert. Ganz abgesehen vom finanziellen Absturz und dem gesellschaftlichen Niedergang.

Gerade noch ist Henry in seine Gedanken versunken, als ein Taxi vor dem Wohnhaus von Frau Bubka hält. Schon ist der Rabbi hellwach.

Nach nicht einmal dreißig Sekunden erscheint Frau Bubka mit einem kleinen Rollkoffer. Der Taxifahrer ist ausgestiegen und legt den Koffer in den Kofferraum, während Frau Bubka sich auf die Rückbank setzt.

Der Rabbi startet den Motor und wartet, bis das Taxi langsam losfährt. An der Straßenkreuzung steht die Ampel auf Rot, deshalb lässt sich Henry Zeit und will nicht so dicht auffahren. In diesem Moment quetscht sich ein japanischer Kleinwagen an ihm vorbei und kommt hinter dem Taxi zum Stehen. Der Rabbi ist in dritter Position hinter dem Taxi, aber kann ihm gut folgen. Als die Ampel auf Grün schaltet, fahren die beiden Autos vor ihm los und biegen rechts ab.

Nach fünf Minuten ist Henry klar, dass Frau Bubka zum Hauptbahnhof möchte, und nach zehn Minuten ist ihm noch klarer, dass der Fahrer des japanischen Kleinwagens ebenfalls in diese Richtung will. Wenn das kein Zufall ist.

Es ist 6:35 Uhr, als Henry auf der Südseite des Hauptbahnhofs am Ende einer Verkehrsinsel einen passenden Parkplatz findet. Die Strafzettel wird er seinem Chef einreichen. Der Rabbi, aktuell Geheimagent mit Hut, Trenchcoat und hochgestelltem Kragen, rennt in den Bahnhof, etwa fünfzig Meter hinter Frau Bubka her, die sich plötzlich umdreht. Schnell dreht Henry sich seinerseits zu der großen Anzeigentafel um, an welcher die abfahrenden Züge der nächsten Stunde aufgeführt sind.

Köln wird es nicht sein, denkt er, und Lübeck auch nicht. Berlin vielleicht, nein, Zürich ist es! 6:48 Uhr. Darauf würde Henry wetten. Gleis 8. Und genau dorthin strebt Frau Bubka mit ihrem Rollkoffer.

Während Henry nun beobachtet, wie sich Frau Bubka auf dem Bahnsteig nach dem Bereich der 2. Klasse orientiert, erwirbt er rasch per Smartphone ein Ticket nach Zürich. Das ist auf jeden Fall das sicherste, auch wenn Frau Bubka bereits in Offenburg oder sonst wo aussteigen sollte. Der Rabbi steht nun in der Deckung eines Fahrplananzeigers, als sein Telefon klingelt.

»Wo bist du?«

»Bahnhof. Es geht Richtung Zürich.«

»Sie sind mit Diplomatenpässen ausgereist. Es gibt Luxemburger Zeugen, die gesehen haben, dass einer der Piloten und ein weiterer Mann einen dritten Mann gestützt haben, als sie zur Maschine sind.«

»Dann hat Wolkow überlebt.«

»Ja, jedenfalls bis zum Abflug.«

»Bis später. Der Zug kommt.«

Der ICE fährt ein. Die Türen öffnen sich, und viele Fahrgäste steigen aus. Frau Bubka wartet vor Wagen 9, bis sie einsteigen kann. Der Rabbi geht vor zum nächsten Eingang von Wagen 9 und besteigt den Zug. Es ist ein Abteilwagen. Von Weitem sieht er, wie Frau Bubka das dritte Abteil betritt. Als er weitergeht, entdeckt er plötzlich einen Mann, der offensichtlich Frau Bubka gefolgt ist.

Er blickt kurz in ihr Abteil und geht dann weiter, dem Rabbi entgegen, um sich im nächsten Abteil einen Platz zu suchen. Henry hat den Mann nur eine Sekunde gesehen und ihn sofort wiedererkannt! Jetzt ist er mit dem Rabbi fast auf gleicher Höhe. Der Rabbi zieht seinen Hut noch tiefer ins Gesicht, schaut zum Fenster, und der Mann quetscht sich an ihm vorbei und öffnet die Tür zu einem Abteil, in dem er verschwindet. Der Rabbi geht rasch weiter und stellt sich nun in den Eingangsbereich des Wagens. Wieder greift er zum Telefon.

»Robert?«

»Ja. Was ist? Hast du sie verloren?«

»Viel besser. Ich habe noch jemanden entdeckt. Ein Kerl, der auch hinter ihr her ist. Und den ich kenne!«

»Aha? Wer ist es?«

»Er heißt Mittak, mit K, ein Pakistani. Er arbeitet im Hostel von Gurewitz in der Moselstraße. Er ist wohl so eine Art Mädchen für alles.«

»Sehr gut. Ich bin erleichtert.«

»Weshalb?«

»Dass Wolkow lebt! Er hat ihn hundertpro auf die Bubka angesetzt, kapiert?«

»Klasse! Sehr gut schlussgefolgert, Herr Hauptkommissar. *I keep you in the loop.*«

Der Zug setzt sich in Bewegung.

Henry setzt sich auf den ersten Platz im ersten Abteil. So kann er immer wieder mal einen Blick auf den Gang werfen. Er lächelt zu einer Dame, die am Fenster sitzt. Dann greift er sich das *DB-Mobil*-Magazin. Es wird seine Lektüre für die nächsten Stunden werden.

Mannheim, Karlsruhe. Bei jedem Halt kontrolliert Henry, ob alles in Ordnung ist, ob seine »Vögel« noch auf der Stange sitzen. Zuletzt ist er unauffällig am Abteil von Frau Bubka vorbeigegangen. Sie sitzt am Fenster und schaut in die vorbeiziehende Landschaft. Am nächsten Abteil sieht er die Schulter von Herrn Mittak und ist beruhigt. Kurz vor Offenburg telefoniert er wieder mit Berking.

»Ich muss ihn loswerden. Er darf nicht bis in die Schweiz kommen. Sonst weiß Wolkow zu viel.«

»Wo sitzt er?«

»Wagen 9, viertes Abteil, Sitz Nummer 24.«

»Okay, ich übernehme das. Ich sag den Kollegen in Lörrach Bescheid. Die holen ihn aus dem Zug.«

»Mit welcher Begründung?«

»Mir fällt schon was ein. Aufenthaltsgenehmigung abgelaufen, keine Einreisepapiere für die Schweiz, unerlaubter Waffenbesitz.«

»Du meinst, er hat eine Waffe bei sich?«

»Da bin ich ganz sicher.«

»Mann, bist du ein Fuchs!«

Als sich der Zug nach einem unvorhergesehenen längeren Aufenthalt in Lörrach, für den sich die Bahn gebührend entschuldigt, langsam wieder in Bewegung setzt, steht Henry an der Tür und schaut zum Bahnsteig, wo sich ein aufgeregter Herr Mittak, umringt von drei Polizeibeamten, gestikulierend durchsetzen will. Mit dem Finger auf den losfahrenden Zug zeigend, scheint er schließlich zu resignieren und geht los. Die Beamten folgen ihm.

Der Rabbi geht in sein Abteil zurück. Jetzt kann er sich in aller Ruhe auf Frau Bubka konzentrieren.

18

Das Hotel Schweizerhof befindet sich direkt dem Zürcher Hauptbahnhof gegenüber, und dahin strebt Frau Bubka mit ihrem Rollkoffer. Es ist 11 Uhr. Der Rabbi hält gebührend Abstand. Zweimal hat er sich abrupt umgedreht und die Lage gecheckt, um zu sehen, ob ihn jemand verfolgt. Einmal hat er sich dazu sogar den Schuh zugebunden, der keine Schnürsenkel hat.

Nach drei Minuten ist Frau Bubka im Eingang des Hotels verschwunden. Unauffällig betritt der Rabbi hinter ihr die Lobby. Vom Eingang aus beobachtet er Frau Bubka. Sie geht durch die Halle zum Aufzug.

Der Rabbi ist rasch herangelaufen und kann sehen, dass der Aufzug auf 2 hält. Er hat bereits den Knopf am Aufzug daneben gedrückt, dessen Tür sich öffnet. Henry geht in den Lift, drückt den Knopf zur zweiten Etage und schließt die Tür.

Als er aus dem Aufzug tritt, sieht er gerade noch Frau Bubka, die am Ende des Flurs um die Ecke biegt. Henry rennt los. Er lugt um die Ecke. Frau Bubka ist hinter einer Tür verschwunden, neben der ein leerer Frühstückswagen steht.

Der Rabbi geht los. Ein Zimmerkellner mit einem Tablett kommt ihm entgegen. Der Mann grüßt höflich, der Rabbi nickt zurück. Als der Mann um die Ecke verschwunden ist, steht der Rabbi vor Zimmer 211.

Er atmet tief durch, dann klopft er.

»Ja?«, vernimmt er Galinas Stimme durch die verschlossene Tür.

»Zimmerservice. Darf ich das Geschirr holen?«

»Wir sind noch nicht fertig … aber warten Sie, wir möchten noch ein Frühstück.«

Die Tür wird geöffnet.

»Bringen Sie uns …«

Galina starrt den Rabbi an, der sich sofort ins Zimmer schiebt und die Tür hinter sich schließt.

»Grüezi«, sagt er dabei freundlich. Er schaut in drei geschockte Gesichter! Galina, Danilo und Frau Bubka glauben sich einem Phantom gegenüber.

»Rabbi Silberbaum?«, ruft Galina, »was machen Sie denn hier?«

»Na, was glauben Sie? Ich wollte Danilo finden, bevor es die Polizei tut. Sie sucht nämlich schon nach ihm!«

Frau Bubka sitzt auf einer kleinen Louis-seize-Couch und ist fassungslos.

Danilo hat sich erhoben und steht dem Rabbi gegenüber.

»Polizei? Was haben wir mit der Polizei zu tun? Danilo hat mich nicht entführt«, sagt Galina angespannt und setzt sich aufs Bett.

»Es geht nicht allein um Entführung und Erpressung, es geht auch um versuchten Mord!«

»Dieser Verbrecher!« Frau Bubka greift sich ans Herz. »Lina!«

»Unsinn«, sagt Danilo. »Glaubt ihm kein Wort. Das ist nur ein Trick.«

Der Rabbi wird laut: »Willst du sagen, ich bin ein Lügner? Du hast nicht auf Wolkow eingestochen? Es gibt ein Video davon!«

Galina schaut ihren Freund entsetzt an und beschimpft ihn dann laut auf Russisch. Danilo wirkt betroffen und reagiert wie ein ertapptes Kind. Anschließend wendet sich Galina wieder an den Rabbi: »Sie müssen mir glauben, ich habe nichts davon gewusst.«

»Ich habe Wolkow garantiert nur leicht verletzt. Die sind ja gleich gekommen mit einem Sanitätswagen. Der war eigentlich für mich. Für meine Leiche!«, sagt Danilo aufgeregt.

Der Rabbi nickt. »Ja, das denke ich auch. Aber selbst wenn Wolkow nur leicht verletzt war, hätten ihn die Russen anschließend jederzeit umbringen, sein Vermögen einkassieren und dir einen Mord in die Schuhe schieben können.«

Galina ist außer sich: »Dieser Idiot! Er hat mir versprochen, keine Gewalt anzuwenden.«

Frau Bubka meldet sich zu Wort: »Ihr müsst klären das. Ihr müsst gehen zur Polizei und alles sagen.«

Henry nickt. »Ja, Ihre Mutter hat recht. Das ist die

einzige Chance. Zumal auch Wolkow hinter euch her ist.«

»Das ist wahr«, ruft die Mutter, »habe ich immer Anrufe bekommen, anonym.«

»Ich habe Beweise, dass er jemanden auf euch angesetzt hat. Ich habe ihn zufällig erkannt und konnte ihn kurz vor der Grenze entfernen lassen.«

Galina beginnt laut zu schluchzen. Es ist das erste Mal, dass sie vor den Augen des Rabbis die Fassung verliert.

»Ist egal. Morgen sind wir in Israel«, sagt Danilo.

Er geht zu Galina, will ihr die Hand auf die Schulter legen, aber sie schlägt sie ruppig weg und flucht dabei heftig auf Russisch.

Nach einem Moment totaler Stille sagt der Rabbi:

»Nein! Ihr werdet nicht nach Israel fliegen. Ihr werdet mit mir nach Frankfurt fahren. Um 12:59 Uhr geht unser Zug. Ich bin gekommen, damit ihr heute noch bei der Staatsanwaltschaft eure Aussage zu Protokoll gebt. Das ist eure einzige Chance.«

»Das ist eine Falle«, sagt Danilo. Er wirkt waidwund und unberechenbar. »Die werden mich verhaften und ins Gefängnis werfen.«

»Wenn du nicht mit mir kommst, werden sie dich schon hier verhaften. Dafür werde ich sorgen, verlass dich drauf! Und dann fährst du mit einem Polizeiwagen nach Frankfurt.«

Galina nickt und schaut Danilo an. Der schweigt motzig.

Sie schreit ihn an: »Danilo!«

»Morgen. Wir kommen morgen nach Frankfurt«, sagt er dann und schaut den Rabbi direkt an.

Henry lächelt. »Wieso denkst du auch nur eine Sekunde, dass ich dir das glaube? Du hast mich zweimal reingelegt.« Der Rabbi schaut auf die Uhr. »Noch eine knappe Stunde. Ihr müsst packen.«

Jetzt stehen sich der Rabbi und Danilo gegenüber. Danilo blickt Henry verächtlich an und sagt dann: »Sie bestimmen nicht, was wir tun!«

»O doch«, sagt Henry, und seine innere Wut ist ihm anzumerken.

»Nein«, zischt Danilo und geht bedrohlich nah auf den Rabbi zu. »Wir kommen nicht mit!«

Der Rabbi lächelt gefährlich und sagt dann leise:

»I am so sorry.«

Eine Sekunde später hat Danilo die Faust des Rabbis mitten im Gesicht. Der junge Russe fällt stocksteif nach hinten und bleibt benommen auf dem Teppich liegen.

Es ist 19 Uhr. An der Bürotür des Staatsanwalts hängt ein Schild: »Bitte nicht stören«. Seit eineinhalb Stunden sitzen Galina Bubka und Danilo Gurewitz bereits Kommissar Berking und Staatsanwalt Teichert gegenüber. In einer Ecke sitzt der Rabbi und hört mit. Die beiden beantworten brav alle Fragen. Zu Beginn der Anhörung werden beide davon in Kenntnis gesetzt, dass diese Aussagen freiwillig gemacht und aufgezeichnet werden.

Galina schildert zuerst stockend und offensichtlich beschämt ihre Ehe mit Semjon Gurewitz und die damit verbundenen Schwierigkeiten. Sie gibt zu, dass es in erster Linie das Geld war, das sie gereizt habe und die Aussicht auf eine Karriere als Sportlerin, gesponsert durch ihren Ehemann. Insgeheim hatte sie sich erhofft, dass Gurewitz bald das Interesse an ihr verlieren und sie bei einer Scheidung finanziell abgefunden würde.

Irgendwann machte ihr Gurewitz klar, dass er gute Anwälte hätte und sie keinen Cent erwarten sollte, zumal sie sich ihrer ehelichen Pflichten mehr und mehr entzog. In diesem Moment trat Danilo Gurewitz in ihr Leben …

Jetzt antwortet Danilo auf Russisch, übersetzt von Galina. Der junge Russe berichtet, wie er von seinem angeblich verstorbenen Vater erfuhr, der in Frankfurt leben sollte, und wie er erstaunt feststellen musste, dass ein gewisser Andrej Wolkow die Identität seines Vaters gestohlen hatte. Gemeinsam planten Galina und Danilo daraufhin eine gefakte Erpressung mit dem bekannten Ergebnis.

Bei der angeblichen Geldübergabe wurde Danilo klar, dass er zum Schweigen gebracht werden sollte, und zog in reiner Notwehr sein Messer. Er hatte nie die Absicht, Wolkow zu töten, denn sonst hätte er auch problemlos das Herz treffen können. Er wollte nur fliehen, was ihm auch gelang. Alle Beteiligten sind der Überzeugung, dass Wolkow nur leicht verletzt war und illegal nach Dubai ausgeflogen wurde. Mithilfe seines alten Freundes und

Geschäftspartners Juri Tarassow, der seine diplomatische Immunität für diese Flucht nutzte.

Schließlich sagt der Staatsanwalt am Ende der Anhörung: »Wir haben Ihre Einlassungen zur Kenntnis genommen. Frau Gurewitz, wir möchten Sie bitten, sich weiterhin hier in Frankfurt zur Verfügung zu halten. Falls Sie das nicht tun, sehen wir uns genötigt, Sie in Haft zu nehmen. Wegen Erpressung.«

»Ich?« Galina ist fassungslos. »Wen soll ich erpresst haben?«

»Herrn Viktor Lazar«, sagt der Staatsanwalt lakonisch.

»Er will sein Geld sicher nicht zurück«, meint Galina bissig.

»Das mag sein, aber das soll er uns selbst sagen.«

Teichert fährt fort: »Sie, Danilo Gurewitz, haben sich wegen schwerer Körperverletzung und Erpressung zu verantworten und sind hiermit verhaftet!«

Danilo springt auf. Er giftet den Rabbi an, der ruhig in der Ecke sitzt.

»Sie haben mich reingelegt.«

Im Büro von Doktor Friedländer ist es kurz vor 22 Uhr.

»So, nun kennen Sie die ganze Geschichte.« Der Rabbi lehnt sich zurück und sieht seinen Chef freundlich an.

»Wahnsinn«, sagt Friedländer, »einerseits bewundere ich Sie, dass Sie zur Lösung beigetragen haben, aber auf der anderen Seite haben Sie dafür gesorgt, dass wir einen großen Sponsor verlieren.«

»Seien Sie froh, es war schmutziges Geld.«

»Wie dem auch sei, mein lieber Silberbaum, ab jetzt möchte ich Sie bitten, wieder zu Ihren eigentlichen Aufgaben zurückzukehren. Wir brauchen Sie hier in unserer Gemeinde. Und zwar Ihren ganzen Einsatz.«

»Sie haben sicher recht, aber ich habe mir ja diese Fälle nicht ausgesucht. Ich bin da hineingezogen worden.«

Friedländer zieht mit seinem Finger einen Augenwinkel herunter. »Rabbi! Sie wollen mir doch nicht weismachen, dass jemand Sie gezwungen hat, sich einzumischen?«

Der Rabbi lächelt.

»Ich war erst um zwei im Bett und habe danach kaum ein Auge zugemacht. Am liebsten würde ich mich wieder hinlegen.«

Der Rabbi sitzt hinter seinem Schreibtisch und schaut Frau Kimmel an, die ihm gegenübersitzt.

»Nix da«, sagt die kleine Frau resolut, »wir haben viel nachzuholen!«

Henry atmet tief durch und sagt dann: »Okay, Sie Nervensäge, schießen Sie los.«

Frau Kimmel schaut auf ihren Block, den sie in der Hand hält, und blättert kurz darin. Dann: »Sie müssen das *Chanukka*-Musical vorbereiten. Wenn wir keine Rechte erwerben, müssen Sie was erfinden. Es ist nicht mehr lange hin.«

»Gut. Rufen Sie Jossi Singer an. Er soll mal nach rechtefreien Geschichten forschen. Weiter.«

»Die Hochzeit Lazar versus Sternlieb«, meint die Sekretärin ironisch. »Wann wollen Sie proben?«

»Machen Sie was aus«, sagt der Rabbi knapp.

»Zwei dringende Besuche im Seniorenheim: Einmal Herr Burger, einmal Frau Steyer.«

»Okay, ich spreche mit Frau Simon. Ich gehe heute Abend eh schwimmen. Weiter.«

»Bar-Mizwa-Unterricht Felix Heumacher. Sein Vater besteht darauf, dass Sie das übernehmen.«

Der Rabbi gähnt. »Ansonsten droht er mit einer Verfassungsklage!« Dann resignativ: »Gut, meinetwegen, wann wird der Knabe dreizehn?«

»Am 15. Januar.«

»Wir fangen nächste Woche an. Machen Sie einen Termin.«

Ein langer, anstrengender Tag liegt hinter ihm, als der Rabbi mit einem Kopfsprung in den Pool des Seniorenheims eintaucht. Endlich kann er sich ein wenig entspannen. Nach ein paar Zügen legt er sich auf den Rücken und lässt sich treiben. Gerade als er beginnen will zu *klären*, spürt er im Dämmerlicht des Hallenbads eine Bewegung, und Sekunden danach ist jemand ins Wasser geglitten. Henry dreht sich um, und schon sieht er Esther Simon auf ihn zuschwimmen.

»Hallo«, sagt sie, »und? Fall gelöst?«

»Ja, so kann man es sagen.«

»Was ist jetzt mit Galina?«

»Sie wird wohl nach Israel gehen, wenn das Verfahren abgeschlossen ist. Die Ehe mit Gurewitz wird annulliert, wie mir vorhin Rechtsanwalt Reichenberger erklärt hat.«

»Und was ist mit Rifka Gurewitz und ihren Söhnen?«, fragt die Heimleiterin interessiert.

»Da ist es ebenso. Die Ehe ist ungültig. Die Söhne sind unehelich.«

»Schrecklich. Müssen sie auch ihre Nachnamen ändern?«

»Nein. So heißen sie in ihrer Geburtsurkunde, und so kann es bleiben. Es sei denn, sie möchten Wolkow heißen.« Der Rabbi lächelt und schwimmt zum Rand des Beckens, wo er sich festhält. Esther folgt ihm. Sie sind sich nah. Ihre Ellbogen berühren sich. Dann schwingt sich der Rabbi aus dem Becken. Er geht zu seinem Handtuch, während ihm Esther hinterherruft: »Geh bitte noch zu Burger. Er ist ziemlich sauer auf dich.«

»Lust habe ich keine.«

»Bitte. Ich habe es ihm versprochen.«

»Alles klar. Bis später.«

Leise klopft der Rabbi an die Tür von Herrn Burgers Apartment.

»Herein«, tönt es von innen. Henry tritt ein. Herr Burger sitzt in seinem Sessel und schaltet den Fernseher aus.

»Gut, dass Sie kommen, Herr Rabbiner. Ich wollte Ihnen sagen, dass ich sehr enttäuscht bin von Ihnen.«

»Das hörte ich schon«, sagt der Rabbi, »darf ich fragen warum?«

Burger zeigt kurz auf einen Sessel, und Henry setzt sich.

»Das werde ich Ihnen sagen: Sie haben das Leben meiner Tochter und meiner Enkel zerstört!«

»Ich sehe das etwas anders. Wenn jemand deren Leben ›zerstört‹ hat, wie Sie es nennen, dann war das Ihr werter Schwiegersohn Semjon Gurewitz, inzwischen auch bekannt unter seinem eigentlichen Namen Andrej Wolkow.«

Burger ist aufgestanden und zündet sich eine Zigarette an. Dabei sagt er: »Aber durch Sie ist alles ans Licht gekommen. Weil Sie überall herumschnüffeln müssen.«

Wütend stößt er den Rauch aus.

»Sie wissen, dass das so nicht stimmt, es wäre sowieso herausgekommen, weil der Sohn des echten Gurewitz keine Ruhe gegeben hätte. Auch wenn Galina nicht verschwunden wäre. Ihr Schwiegersohn hat hoch gepokert und verloren. So ist das, Herr Burger.«

»Egal. Meine Tochter landet im Elend, und das hätte verhindert werden können.« Burger drückt ärgerlich seine Zigarette auf einer Untertasse aus und bringt sie ins Bad. Während der Rabbi zwischendurch die Klospülung hört, ruft er laut hinterher:

»Ich habe Ihre Vorwürfe erwartet, und deshalb habe

ich heute mit meinem Freund Rechtsanwalt Reichenberger telefoniert. Die Ehe Ihrer Tochter mit Wolkow ist ungültig. Und da die Ehe eine Zugewinngemeinschaft war, gilt das ›ex tunc‹, wie die Juristen es nennen. Alles wird in den ursprünglichen Zustand vor Eheschließung zurückversetzt.«

Burger ist inzwischen wieder im Zimmer. Er fragt: »Soll das heißen, das Mietshaus in Offenbach, das sie mit in die Ehe gebracht hat, bleibt in ihrem Besitz?«

»Genauso ist es.«

Herr Burger strahlt: »Rabbi, das sind ja gute Nachrichten. Verzeihen Sie, wenn ich eben nicht so nett war zu Ihnen.«

Henry steht auf. »Ist schon okay, Herr Burger. Schlafen Sie gut.«

19

Camilla Sternlieb ist eine hübsche junge Frau von zwanzig, mit kurzem brünettem Haar, einigen Sommersprossen, einem sinnlichen Mund und einer kecken Stupsnase. Selbstbewusst hat sie ihre Slipper ausgezogen und sitzt nun mit angezogenen Beinen und Ringelsöckchen auf der Besuchercouch. Neben ihr, etwas verlegen, steif und aufrecht Benny Lazar. Auf dem Tisch eine Wasserkaraffe und drei Gläser. Camilla und Benny gegenüber sitzt der Rabbi in einem Sessel und macht sich auf seinem iPad Notizen.

»Wie eine Hochzeit abläuft, das wisst ihr sicher, trotzdem fasse ich mal kurz zusammen. Sie wird unter einem Baldachin, einer *chuppa,* vollzogen. Das kann auch ein von vier Männern gehaltenes Tuch sein, das das Familiendach symbolisiert. Darunter stehe ich und erwarte euch. Zuerst bitte ich Sie, Benny als den zukünftigen Ehemann, dann eure Familien und zuletzt die Braut Camilla zu mir zu kommen. Es gibt bei orthodoxen Zeremonien den Brauch, dass der Brautvater seine Tochter noch siebenmal um den Bräutigam herumführt. Wollt ihr das?«

Bevor Benny etwas sagen kann, kommt ihm Camilla zuvor: »Nein, auf keinen Fall. Erstens ist mein Daddy nicht gut zu Fuß, und zweitens finde ich das unter feministischen Gesichtspunkten unterirdisch!«

Benny nickt nur.

»Gut«, sagt der Rabbi, »wäre das auch geklärt. Dann gibt es einen *kiddusch,* und jeder trinkt einen Schluck Wein aus einem Glas. Das symbolisiert die Gemeinsamkeit.

Dann stecken Sie Ihrer Braut den Ring an den rechten Finger und sagen auf Hebräisch: *Mit diesem Ring bist du mir angeheiligt nach dem Gesetz von Moses und Israel.«*

»Gibt es keinen Ehevertrag?«, fragt Benny.

»Doch«, antwortet der Rabbi, »den machen wir vorher. Ich verlese die *ketuba*, den jüdischen Ehevertrag. Sie dient symbolisch den Eheleuten als feierliche Erklärung ihrer Liebe zueinander und ihrer gegenseitigen Versprechen und Verpflichtungen.«

Camilla und Benny lächeln sich an.

»Dann unterschreiben die Trauzeugen. Habt ihr die schon?«

»Arie Gurewitz«, sagt Benny, »und bei ihr ist es …«

Camilla unterbricht: »Für mich unterschreibt meine Freundin Leila Sulimani. Sie ist Muslima. Ist das ein Problem?«

Der Rabbi lächelt. »Nein, warum?«

Er schreibt die Namen auf, während er weiterspricht: »Dann geht die Zeremonie zu Ende, und Benny zertritt mit dem rechten Fuß ein Glas.«

»Was ist der Sinn dieser Zeremonie?«, fragt Camilla.

»Angeblich soll sie an die Zerstörung des Tempels erinnern. Kurz gesagt, die Scherben sollen uns ermahnen, dass es nicht nur Freude gibt im Leben, aber dass es immer weitergeht. Deshalb rufen alle Gäste danach *masel tow.*«

Camilla und Benny sehen sich an.

»Ach ja, ich brauche an diesem Tag noch die Heiratsurkunden eurer Eltern und eure Heiratsurkunde«, fällt dem Rabbi noch ein.

»Geht klar«, sagt Benny und greift nach Camillas Hand.

Henry schaut Zoe an, wie sie in New York an ihrem Schreibtisch sitzt, eine große Teetasse in beiden Händen.

»Ja, das war's, und nun ist alle Welt sauer auf mich, weil ich angeblich die Sache ins Rollen gebracht habe. Dabei wäre der ganze Schwindel auch ohne mich ans Tageslicht gekommen.«

»Ganz sicher«, sagt Zoe, »und es wäre schlimmer ausgegangen. Darling, die Menschen sind undankbar. Und deshalb solltest du deine Detektivarbeit aufgeben und nur noch ein guter Rabbiner sein. Da hast du genug zu tun.«

Der Rabbi lächelt ihr zu. »Du hast ja recht, aber was kann ich dafür, wenn ich immer wieder in solche Fälle reinstolpere?«

»Come on, pal! Du bist mein kleiner Polizeihund. Seit ich dich kenne, gehst du dahin, wo es stinkt.«

Henry muss lachen.

Zoe bleibt ernst: »Henry, please, versprich mir, dass du aufhörst damit!«

»Darling, das kann ich nicht. Ich suche mir ja nicht die Verbrechen. Die Verbrechen kommen zu mir.«

»Okay«, sagt Zoe leise, »sleep well. Und träume was Süßes.«

»Von dir!«

Der Monitor wird dunkel.

Der Rabbi sitzt neben dem Kommissar an einem Plastiktisch auf Plastikstühlen im Café am Park, und beide blinzeln in die Abendsonne.

»Das war's dann wohl«, sagt der Rabbi, »Wolkow ist in Dubai, und Galina bereitet sich in Israel auf die Olympiade vor. Und kann die halbe Mio behalten, die sie Lazar abgeknöpft hat. Eine Anzeige würde nur unnötig Staub aufwirbeln.«

»So ist es. Und Danilo ist mit einem Jahr gut bedient.«

»Rifka Gurewitz und ihr Sohn Arie reden nicht mehr mit mir, weil sie vermutlich aus der Luxusvilla ausziehen müssen, von der sie bisher glaubten, dass es ihre sei ...«

Trixi, die nette Bedienung, kommt mit einem Bier und einem Wasser mit Strohhalm.

»Ach«, sagt sie zu Berking, »was ist eigentlich aus dem Fall mit den drei Russen geworden?«

Der Kommissar trinkt einen Schluck Bier und wischt sich danach den Mund ab.

»Fragen Sie mich lieber was anderes.«

»Es hat sich alles aufgeklärt«, sagt der Rabbi, um das Gespräch abzukürzen.

»Verstehe«, sagt die junge Frau daraufhin, »Sie möchten momentan nicht darüber reden.«

»Mehr noch«, meint der Kommissar lakonisch, »ich möchte nie mehr über diesen Fall reden!«

Ein halbes Jahr ist vergangen.

Seit den frühen Morgenstunden an diesem Sonntag ist eine Hundertschaft von fleißigen Menschen dabei, den großen Saal am Pier zu reinigen und zu dekorieren. Mehrere Lieferwagen sind am Hintereingang eingetroffen. Sie kommen von Kosher Kitchen und bringen die Häppchen und Getränke für die ungefähr 300 Gäste, die zur Zeremonie erwartet werden.

Der Synagogendiener Ignaz Kornmehl ist inzwischen eingetroffen und baut gemeinsam mit dem Hausmeister der Gemeinde, Herrn Herlitz, auf einer Empore die *chuppa* auf. Mithilfe von vier hölzernen Ständern wird der »Himmel«, der Hochzeitsbaldachin, bestehend aus einem großen weiß-blauen Tuch mit goldfarbenen Stickereien biblischer Motive, umrandet von hebräischen Buchstaben, befestigt.

Als Henry kommt und zu den Garderoben geht, um sich umzuziehen, bemerkt er aus dem Augenwinkel die Eltern der Braut, das Ehepaar Sternlieb, das gemeinsam mit Camilla den Saal betritt. Frau Sternlieb will sich bei ihrem Mann unterhaken, aber er wimmelt sie ruppig ab. Da liegt wohl Ärger in der Luft, denkt der Rabbi und geht los.

»Schalom, Arie«, sagt der Rabbi freundlich, als ihm Arie Gurewitz entgegenkommt, »Sie sind Trauzeuge, höre ich.«

»Ja«, sagt der junge Mann kurz angebunden.

Unvermittelt fragt Henry:

»Haben Sie inzwischen mal was von Ihrem Vater gehört?«

Arie sieht den Rabbi nicht an, als er sagt:

»Ich war in Dubai!«

»Ach? Haben Sie ihn gesehen?«

Arie nickt. »Ja. Wir haben uns getroffen.«

»Und?« Henry ist gespannt, was jetzt kommt.

»Zuerst hat er gesagt, dass wir seine Söhne sind, mein Bruder und ich, und dass sich daran nichts ändern wird. Und dass er weiterhin dafür sorgen wird, dass wir keine Kohlsuppe und verschimmeltes Brot essen müssen, so wie er früher. Das gelte auch für unsere Mutter, und dass sie weiter in der Villa wohnen kann.«

Der Rabbi sagt: »Immerhin.«

Die Klezmer-Band spielt auf etwas schräge Weise den Hochzeitsmarsch von Mendelssohn-Bartholdy, als durch ein Spalier von Gästen die kleine Frau Lazar ihren langen Sohn Benny auf die *chuppa* zuführt, unter der Henry, jetzt ganz in Weiß gekleidet, auf das Brautpaar wartet. Benny ist unter dem Baldachin angekommen und stellt sich neben dem Rabbi auf. Er ist sichtlich nervös, seine Wangen glühen.

Jetzt führt Abi Sternlieb seine Tochter zur *chuppa*. Frau Stella Sternlieb, eine exaltierte, grell geschminkte, rothaarige Frau, winkt ihrer Tochter aufgekratzt zu und ist das Kontrastprogramm zu ihrem farblosen Gatten.

Die Musik bricht ab. Der Rabbi beginnt mit der Zeremonie. Währenddessen stehen Frau Lazar und Frau Sternlieb nebeneinander und weinen, wie bei einer Trauerfeier.

Nach einem Gebet lüftet Camilla ihren Schleier. Gemeinsam mit ihrem zukünftigen Ehemann teilt sie ein Glas Wein. Anschließend steckt er ihr einen Ring an den Finger, und danach zertritt er ein Glas, das vorab in eine weiße Stoffserviette eingewickelt wurde. Anschließend rufen alle Anwesenden *»masel tow«*, viel Glück, und die Musik setzt mit dem gleichnamigen Liedchen ein.

Auf dem Unterdeck der *J. W. von Goethe* ist eine lange Tafel gedeckt, an der etwa fünfzig Personen ein opulentes Dinner beendet haben. Danach hat man die Stühle Richtung Bug ausgerichtet und lauscht dem Rabbi, der an einem Piano sitzt und einige Stücke zum Besten gibt. Sein heutiges Repertoire reicht von Chopin über Gershwin bis hin zu seinem Lieblingsstück »Hanukkah in Santa Monica« von Tom Lehrer, das er voller Inbrunst zum besten gibt und das mit der Strophe endet: *»Mid the California flora, I'll be lighting my menorah. Every California maidl find me playing with my dreidel, in Santa Monica, I'm spending Hanukkah by the sea!«*

Tosender Applaus! Fast alle haben sich erhoben. Einige junge Leute, unter ihnen das Brautpaar, pfeifen und johlen vor Freude. Der Rabbi hat den Pianodeckel zugeklappt und sich erhoben. Er legt seine rechte Hand auf seine Brust und verbeugt sich.

Einige Tage später. Gemeinsam mit Esther Simon hat der Rabbi vereinbart, den Grabstein für Herrn Weisz zu bestellen. Er hatte keine Angehörigen. Im jüdischen Glauben ist es üblich, dass der Grabstein frühestens ein Jahr nach der Beerdigung gesetzt wird. Deshalb hat sich Henry aufgemacht, mit dem Friedhofsverwalter Chaim Mayer über den Tag und den Ablauf der Zeremonie zu beraten, ebenso über die Bestellung und Anlieferung des Steins. Da die Gemeinde die Rechnung übernehmen wird, benötigt der Rabbi einen Kostenvoranschlag.

Gerade als Henry nach dem Gespräch das Friedhofsbüro verlässt, kommt Herr Sternlieb mit einer Schubkarre auf den Rabbi zu.

Er stellt die Schubkarre ab und fragt den Rabbi: »Tag, Herr Rabbiner, hätten Sie einen Moment? Ich habe da ein Problem.«

Henry geht auf ihn zu.

»Wie kann ich helfen?«

Sternlieb zeigt zu einer Bank etwa fünf Meter von den beiden entfernt.

Nachdem beide nebeneinandersitzen, beginnt Abi Sternlieb leise zu reden: »Es ist auf den Tag acht Wochen her, dass ich zu einer Routineuntersuchung bei einem Urologen war, nachdem ich Schmerzen im Leistenbereich hatte. Er hat die üblichen Tests gemacht, Urin, Sperma, PSA und so und bat mich eine Woche später zum Gespräch über die Ergebnisse. Dabei sagte er mir, dass ich unfruchtbar sei, und zwar nicht seit heute, sondern schon immer! Rabbi! Schon immer! Wissen Sie, was das bedeutet? Meine Tochter ist nicht meine Tochter!« Er schreit es heraus, während er sich verlegen eine Träne aus dem Auge wischt.

Sternlieb sackt förmlich zusammen. Er starrt auf die Erde. Henry legt ihm seine Hand auf die Schulter, als der Mann weiterspricht: »Mein Leben liegt in Trümmern. Verstehen Sie das? Meine Frau hat mich verraten, mein ganzes Leben lang. Ich verachte sie. Ich wünschte, sie wäre tot! Und ich hasse dieses Kind, das nicht meines ist!«

»Nein«, sagt der Rabbi leise, »das glaube ich Ihnen nicht. Sie lieben Camilla nach wie vor, auch wenn Sie nicht ihr leiblicher Vater sind.«

Er nickt kaum merklich. »Ja, Sie haben recht. Ich will sie hassen, aber ich kann es nicht.«

»Das ist gut so. Denn das Kind kann nichts dafür. Sie ist ein wunderbarer Mensch geworden, auch weil Sie ihr Vater sind. Sie haben sie erzogen, Sie haben sie zu dem gemacht, was sie heute ist. Sie haben sich um sie gesorgt, Sie haben ihr Talent gefördert.«

Wieder nickt der verzweifelte Mann. »Ja, ja, es ist so, wie Sie es sagen. Aber wie soll ich weiter mit meiner Frau leben? Dieser Lügnerin und Betrügerin!«

»Sie müssen mit ihr sprechen«, rät ihm der Rabbi.

»Nie und nimmer!«, sagt Sternlieb trotzig. »Sie war schwanger und hat mir das Kind untergeschoben. Wie ein Kuckucksei.«

»Ich verstehe Ihre Wut, aber wie wollen Sie aus dem Dilemma herauskommen?«, fragt Henry.

»Sie haben mir vorhin angeboten, mir zu helfen.«

»Das stimmt. Aber wie soll das aussehen? Soll ich mit Ihrer Frau sprechen?«

»Nein! Auf keinen Fall. Sie darf nicht erfahren, dass ich das weiß.« Sternlieb rückt nun näher an den Rabbi heran. »Finden Sie heraus, wer der leibliche Vater von Camilla ist!«

»Wie soll ich das machen? Ich bin kein Privatdetektiv.«

»Die ganze Gemeinde weiß doch, dass Sie ein kriminalistisches Talent haben. Was war denn mit Frau Axelrath? Und jetzt mit Gurewitz?«

Der Rabbi ist zögerlich, dann sagt er: »Klar, es würde mich schon interessieren, wer es war und wie die Sache damals gelaufen ist.«

»Sehen Sie«, sagt Sternlieb, »und deshalb darf keiner davon erfahren. Vielleicht hat meine Frau noch Kontakt zu ihm, wer weiß?«

»Haben Sie eine Ahnung, mit wem sie damals befreundet war?«

Sternlieb schüttelt den Kopf.

»Okay«, sagt Henry, denn inzwischen hat ihn wieder das Jagdfieber gepackt, »ich kann mich mal diskret umhören. Im günstigsten Fall liefere ich Ihnen einen Namen, aber damit hat es sich. Ist das klar, Herr Sternlieb?«

Der Friedhofsgärtner reicht ihm die Hand und lächelt dabei zum ersten Mal.

»Danke, Rabbi, Sie sind ein *mensch.*«

Bereits fünf Minuten später sitzt der Rabbi in seinem Auto und holt sein Telefon hervor.

»Robert«, sagt er, »ich brauche mal deine Hilfe.«

»Henry! Etwa ein neuer Fall?«

»Nein!« Der Rabbi muss lachen. »Ganz bestimmt nicht. Es geht um eine harmlose, private Geschichte. Ohne Mord und Totschlag!«

Aber da irrt sich der Rabbi gewaltig.

ENDE

Glossar

a bissel(e)	*(jidd.)* ein bisschen
a bissele jiddisch hot er sich ojsgelernt!	*(jidd.)* er hat ein wenig Jiddisch gelernt
a grojße sach	*(jidd.)* Eine große Sache! (ironisch) Na, wenn schon!
a kertel	*(jidd.)* wörtl. ein Kärtchen, Karten gespielt
alef	*(hebr.)* Der erste Buchstabe des hebr. Alphabets
areingezogen	*(jidd.)* reingezogen
a stick dreck	*(jidd.)* ein Stück Dreck, Scheißkerl
baruch haschem	*(hebr.)* Gott sei Dank, gesegnet sei sein Name
bekowet	*(jidd.)* anständig, gebildet, auch *bekuwet*
big spender	*(engl.)* der große Wohltäter
bima	*(hebr.)* Empore mit dem Lesepult
bis hundertzwanzig!	*(dt.)* Glückwunsch, auf dass Sie 120 werden!
broiges	*(jidd.)* beleidigt, eingeschnappt
bronfn	*(jidd.)* Schnaps

Bubele	*(jidd.)* kleiner Bub, *(diminutiv jidd)-le, mamele, tatele,* Mütterlein, Väterlein
chag sameach	*(hebr.)* Frohes Fest!
challe	*(hebr.) challa,* Mohnzopf aus Hefeteig
Chanukka	*(hebr.)* Lichterfest mit dem achtarmigen Leuchter
chasen	*(jidd.)* hebr. *chasan,* Kantor
chassene	*(jidd.)* Hochzeit (cha-sse-ne)
chochem	*(hebr.) chacham,* ein Weiser, Kluger, Schlauer (auch oft iron.)
chonte	*(jidd.)* Hure
chuzpe	*(hebr.)* Dreistigkeit
edgy	*(engl.)* nervös, sprunghaft
efscher	*(hebr.)* vielleicht
einen Whisky werd' ich ja nehmen	*(jidd.)* (*ja* mit langem a) soll so viel heißen wie: einen Whisky werde ich – entgegen meiner ursprünglichen Absicht und nachdem du mich überzeugt hast, obwohl ich keinen Durst habe, nun doch – nehmen. All das steckt in dem kleinen »ja«. Im Jiddischen gibt es eine Anzahl solcher »Jokerworte« wie »schon«, »nebbich«, »nu«, für die man im Deutschen ganze Sätze benötigen würde.
eize	*(hebr.) eiza,* Ratschlag, *pl.* eizes, auch oft ironisch: Ich brauche deine eizes?
emmes	*(hebr.)* tatsächlich, wahrhaftig, wirklich

emmes schel chessed	*(hebr.)* eine gnadenvolle Wahrheit
Erez Jisruel	*(hebr.)* das Land *(jidd.)* Israel
ganef	*(jidd.)* Dieb, Ganove
gebenscht	*(jidd.)* gesegnet
gesind	*(jidd.)* gesund, *sollst sein gesind*, edler Wunsch

Good morning, do you speak English? … That's good. Listen, here is the secretary of the Israeli Olympic Swimming Committee. We are looking for one of our members, Galina Bubka. Since we learned that you have a fifty-meters-olympic-pool we are hoping to find her in your resort… Galina Bubka… anyway, thank you so much. Have a nice day.«

Guten Morgen, sprechen Sie Englisch? Das ist gut. Hören Sie, hier ist der Sekretär des Israelischen Olympischen Schwimmverbandes. Wir sind auf der Suche nach einem unserer Mitglieder, Galina Bubka. Nachdem wir erfahren haben, dass Sie über eine 50-Meter-Bahn verfügen, hoffen wir, sie bei Ihnen zu finden. Trotzdem vielen Dank. Einen schönen Tag noch.

goj	*(jidd.)* Nichtjude
gojisch	*(jidd.)* nichtjüdisch
grobber	*(jidd.)* ein dicker, sperriger, ungehobelter Mensch
halal	*(arab.)* rein

Halacha	*(hebr.)* das Gesetz, umfasst alle 613 Gebote
Hanukkah	*(hebr.)* das Lichterfest
heimisch	*(jidd.)* gemütlich, heimelig
homecoming	*(engl.)* nach Hause kommen
I keep you in the loop	*(engl.)* Ich halte dich auf dem Laufenden
jeckisch	*(jidd.)* deutsch, *jecke, (sing.)* Deutscher, *jeckete, (sing.)* Deutsche, *jeckes, (pl.)* Die Deutschen *(angeblich haben die deutschen Einwanderer selbst in der Hitze Palästinas ihre Jacken anbehalten)*
jente	*(jidd.)* vulgäres, geschwätziges Weib
jeschiwa	*(hebr.)* Religionsschule, Talmudschule
jeschiwe bocher	*(jidd.)* Religionsschüler
jiddische mame	*(jidd.)* Jüdische Mutter
jud	*(hebr.)* Jot, 10. Buchstabe des hebr. Alphabets
kacker	*(dt.)* grimmiger, unzufriedener Mann
kaschrut	*(hebr.)* Koscher-Regeln
kelef	*(jidd. / hebr.) kelew,* Hund (vielleicht von kläffen?)
kiddusch	*(hebr.)* Segensspruch für Wein, auch Empfang mit kleinen Speisen
kippa	*(hebr.)* Käppchen, kleine Kopfbedeckung
klären	*(jidd.)* Klarheit in die Gedanken bringen
klaffte	*(jidd.)* geschwätziges, bösartiges Weib

kneidlach	*(jidd.)* dimin. für Knödel, hier Knödelchen
kol hakawod	*(hebr.)* wörtl. All die Ehre, *gebr.* Chapeau! Respekt!
koscher	*(hebr.)* geeignet, *kacher,* den jüdischen Speisegesetzen gemäß
latkes	*(jidd.)* Kartoffelpuffer
lechaim	*(hebr.)* Auf das Leben!
lehitraot	*(hebr.)* Auf Wiedersehen!
leila tow	*(hebr.)* Gute Nacht
lockschen	*(jidd.)* Nudeln
macher	*(jidd.)* der oder die Macher, einer, der sich durchsetzt
magen David	*(hebr.)* Stern Davids, Davidstern
Makkabi	*(hebr.)* Name vieler jüdischer Sportvereine, abgeleitet von den aufständischen Makkabäern gegen die Seleukiden ca. 170 v. Chr.
Mamitschka	*(slav.)* dimin. von Mutter: Mütterchen
masel tow	*(hebr.) mazal tov:* Gutes Glück!
Matzen	*(hebr.) mazoth,* ungesäuertes Brot, auch Mehl
menora	*(hebr.)* der siebenarmige Leuchter
mensch	*(jidd.)* er is a mensch, die größte Auszeichnung
meschugge	*(hebr.)* verrückt, auch *meschigge.*
mesusah	*(hebr.)* Schriftkapsel an Eingangstüren

Mid the California flora, i'll be lighting my menorah. Every California maidl find me playing with my dreidel, in Santa Monica, I'm spending Hanukkah by the sea!

Inmitten der kalifornischen Flora, zünde ich meinen Leuchter an. Jedes kalifornische Mädel sieht mich mit meinem Holzkreisel spielen, in Santa Monica verbringe ich Chanukka am Meer!

Midrasch	*(hebr.)* die Auslegung religiöser Texte
miesnik	*(jidd./russ.)* ein unangenehmer Zeitgenosse
mizwot	*(hebr.)* Wohltaten, *sing. mizwa (jidd.) mizwe pl. mizwes*
moire	*(jidd.)* Angst, *(ahd.)* Mores (werd dich Mores lehren)
nebbich	*(jidd.)* bedauernswert, armselig, aber auch »na wenn schon«. *(Subst.)* Ein nebbich, ein Bedauernswerter!
nudnik	*(jidd./russ.)* Besserwisser, Nervensäge
oj wej!	*(jidd.)* O weh (mir)
pajes	*(jidd.)* Schläfenlocken, von *(hebr.) peot,* Ecken
pecunia non olet	*(lat.)* Geld stinkt nicht
Pelmeni	*(russ.)* gefüllte Teigtaschen
Pinkt ich?	*(jidd.)* Ausgerechnet (Punkt) ich?
pirkej avot	*(hebr.)* die Sprüche der Väter
punim	*(jidd.)* von *(hebr.) panim,* Gesicht
rachmunes	*(jidd.)* von *(hebr.) rachmanut,* Mitleid

Rebbe	*(jidd.)* Rabbiner
Rebbeleben	*(jidd.)* durch Anhängen des Wortes *-leben* an einen Namen wird gesagt: Ihr sollt leben!
Rebbetzin	*(jidd.)* Die Frau des Rabbiners
schalom	*(hebr.)* Frieden
schammes	*(jidd.)* Diener, Synagogendiener *(hebr.) shamash*
Schawuot	*(hebr.)* Wochenfest, *(jidd.) schewuës*
Scheket!	*(hebr.)* Ruhe!
schicker	*(jidd.)* betrunken *(dt.)* beschickert
schil	*(jidd.)* mit langem i, Synagoge, Schule,
schmock	*(ahd.)* Mannesschmuck, Penis, unangenehmer Mensch
schmusen	*(jidd.)* plappern, schwatzen, (Subst.) *schmus* Gerede
spielt a roll!	*(jidd.)* spielt keine Rolle! (Verneinung durch Bejahung)
starker	*(jidd)* der Starke oder die Starken
stetl	*(jidd.)* Städtchen, überwiegend jüdisch bewohnte Ortschaften in Osteuropa
talles	*(jidd.)* der Gebetsschal *(hebr.) tallit*
Talmud	*(hebr.)* Belehrung, rabbinische Anpassung, zeitgemäße Interpretation, besteht aus: *Mischna* und *Gemara.*
Tempi passati	*(ital.)* (Wie) die Zeit vergeht/die Zeiten vergehen

The marines have landed!	*(engl.)* Die US-Marines (Luftlandetruppen) sind gelandet!
Tanach	*(hebr./akron.)* die mündliche Überlieferung, »Bibel«
toda raba	*(hebr.)* vielen Dank
Today I fail, tomorrow I fail better	*(engl.)* Heute scheitere ich (noch), morgen scheitere ich besser
tojre	*(jidd.)* Tora
Tora	*(hebr.)* (An-)Weisung, die 5 Bücher Moses, das Alte Testament
tow	*(hebr.)* gut
trennen	*(jidd.)* *vulg.* für beischlafen, *(dt.)* ficken
tuches	*(jidd.)* Hintern
verkacken	*(jidd.)* etwas in den Sand setzen
waw	*(hebr.)* w, 6. Buchstabe des hebr. Alphabets
Wexler-Schmexler!	*(jidd.)* indem man dem ersten Begriff ein Schm- oder auch ein Schr-, Schw- anfügt: abfällig, verächtlich, unwichtig, wie z.B. bei »Trump-Schwump!«
WIZO	*(engl.)* Women's International Zionist Organisation, Wohltätigkeitsorganisation für jüdische Kinder
zaddik	*(hebr.)* der Gerechte, *chassid.* Weiser, Gelehrter

zubeiß	*(jidd.)* etwas zum Trinken essen, dazu beißen
zures	*(jidd.)* Sorgen, (auch zores)

Danke ...

... Rabbi Chaim-Julien Soussan, für Deine Hilfe und Deine Weisheiten.

... Fred Breinersdorfer, für Deinen juristischen Rat.

... meine Anke, für Deine klugen Einwände und Deine unerschöpfliche Inspiration.

AUCH ALS HÖRBUCH ERHÄLTLICH

Band 1
Du sollst nicht morden
Ungekürzte Lesung
mit Dietmar Bär
1 MP-3-CD
Laufzeit: 6h 13min
978-3-8371-6237-0

Band 2
Du sollst nicht begehren
Ungekürzte Lesung
mit Dietmar Bär
1 MP-3-CD
Laufzeit: ca. 6h
978-3-8371-6269-1

SCHALL & WAHN

www.schall-und-wahn.com